警視庁呪詛対策班

出向陰陽師と怪異嫌いの刑事

竹林七草

角川ホラー文庫
24145

目次

主な登場人物

芦屋玲璽《あしやれいじ》

呪詛対策班の警部補。宮内庁からの出向で警察官をしている陰陽師。

小春《こはる》

芦屋の愛猫。気位の高そうな白猫で、異常なほどに芦屋に懐いている。

大庭《おおば》猛《たける》

警視庁呪詛対策班の警部補。怪異嫌いが高じて『怪異殺し』の異能を持つ。

大釜《おおがま》虎次郎《こじろう》

捜査一課の警部。常に塩を持ち怪異に遭遇すると自分の身に振りかける。

楠木《くすのき》花子《はなこ》

呪詛対策班担当の検事。大庭と芦屋の理不尽な要求に常に激昂している。

斉藤柚葉《さいとうゆずは》

念願の一軒家を買った妊婦。でもそこは窓に怪しい手形のつく家だった。

荒川初枝《あらかわはつえ》

怪現象に悩む柚葉のもとを訪れた霊能者。除霊料は驚くほどに高額で……。

岩國忠広《いわくにただひろ》

新興ホラーゲーム会社の社長。その会社のオフィスには謎の壁がある。

月代瞭子《つきしろりょうこ》

都内の学校に通う高校生。大釜の姪。自覚はないがとても勘が鋭い。

三塚慎滋《みつかしんじ》

瞭子のクラスメイト。現在は不登校。犬を盗もうとし警察に補導される。

イラスト／倉一ひや
デザイン／青柳奈美

第一章　水子の手形で、詐欺罪の立証はできるのか？

1

斉藤柚葉《さいとうゆずは》の夢は、庭付き一戸建ての持ち家だった。

今どき古い夢だと、そんな時代じゃないと、柚葉自身もわかっている。

しかし生まれたときからマンションにしか住んだことがない柚葉にとって、それでも一戸建てに住むのは想像するだけで心躍る、子どもの頃からの夢だったのだ。

そんな柚葉が結婚したのは、二八歳のときだった。

相手は二つ上の男性で、柚葉が当時アルバイトをしていた喫茶店の常連の客であり、いきなり告白してきたことがきっかけだった。

柚葉の外見はスラリとした細身の身体にショートカット、面長の顔には縁の丸いロイドメガネがよく似合っている。客の男性はそんな柚葉を一目見たときから、熱烈なまでに岡惚《おかぼ》れしてしまったらしい。

喫茶店近くの会社に勤めている男性は、なんでも来週には都内の支店から異動となって、地元の茨城に帰るらしい。だからこそ勇気を出しての一念発起であり、その告白は彼が異動するまで一週間以上、毎日続いた。

普通にただの迷惑行為だが、でも男性との交際経験が少なかった柚葉は、その熱意にほだされてしまった。むしろ相手が地元に帰るなら多少の距離ができるわけで、それならつかず離れずぐらいの感覚で試しに付き合ってみようかと、そう思ったのだ。

そんな軽い気持ちで交際を始めて一年、柚葉自身もどこか他人事《ひとごと》めいた驚きを感じつつも、その客と結婚することになってしまった。

当然ながら、柚葉は一軒家に住むことが夢だという話を元客——今や夫に伝えてある。夫の収入だととても都内の土地付き一戸建てには手が出ないが、でも結婚後に柚葉も移住する取手《とりで》市付近ならば、将来設計をしっかりしていけばなんとかなる見込みだった。最初は取手市内の賃貸マンションで生活しながら貯金して、子どもができたら家族で暮らせる一軒家を買おう、というのが夫婦の取り決めだ。

だが家を買う契機となるべき子どもが、なかなか授からなかった。

これぱかりはしょうがないものの、気がつけば結婚から五年も経過し、年々自分が年を取っていくことに柚葉は焦りを感じていた。

加えて世の中では物価高が席巻《せっけん》してもいた。建築資材価格の高騰で住宅価格はどんどん上昇し、倹約し貯めていた頭金の額は相対的に足りなくなっていた。

今後、住宅価格が今より下落することはないでしょう——ワイドショーのそんなコメントに踊らされ、柚葉が日々不安を抱えていた時分に、とうとう懐妊した。

このとき結婚から六年目であり、柚葉はもう三四歳になっていた。

年齢的にも家を買うならここが最後のチャンスだと、そう思った。

夫は既に三六歳になっている。今後は住宅ローンを組むのもどんどん難しくなっていくだろう。この機を逃せば一戸建ての生活は一生手に入らないかもしれない、そんな強迫観念じみた思いに柚葉は囚《とら》われていた。

――一刻も早く、終《つい》の棲《すみ》家《か》となる持ち家が欲しい。

心安らげて、生まれてくるお腹の子を安心して育てられる、そんな憩いの一軒家が柚葉はどうしても欲しかった。

しかし頑張って貯めた資金は世の情勢に左右されて今や心許《こころもと》なく、数年前と比べて跳ね上がった建売住宅の値段を見ていると将来の不安ばかりが胸中へと募る。

そんなとき、日課であるネットの不動産サイト巡りをしていて目についたのが、今の家だったのだ。

二階建て3LDKと、柚葉の理想そのものな間取りだったその家は、中古住宅だった。だが中古とはいえ、築年数はたったの一年。それでいて同じ規模の新築と比較した場合、近隣の土地価格を考慮しても、相場よりどう考えても五〇〇〇万は安かった。

夫の会社に抜群のアクセスとは言えないが、そこは電車通勤から車通勤に変えてもらえればなんとかなるだろう。むしろドアツードアで考えれば、渋滞に巻き込まれない限りは電車で通っていたときより早くなるぐらいの距離だ。

この物件を逃せばきっと後悔する——そんな思いに駆られた柚葉は、パート先での休み時間のうちに会社にいる夫に電話して、早くもその日の退勤時には夫と二人で不動産屋を訪れたのだ。

ほぼ即決だった。外壁の白いタイルもまだ真っ白く、新築と見まがうばかりのこの家が相場より五〇〇万も安い。早く決めないとなくなるかもしれませんよ、なんて不動産屋の決まり文句が、今ばかりは嘘とは思えなかった。

購入を決断し、夫のローンの審査が通ってからはあっという間だった。たまたま今住んでいる賃貸マンションの契約更新が迫っていたこともあり、退去のため解約をするとあとはいっきに話が進んでしまって、ちょっと怖いぐらいだった。

——だけれども。

新築とはいかなかったが、それでも僅《わず》か築一年の中古住宅を購入し、柚葉は一戸建てでの新しい生活を手に入れたのだ。加えてあとおおよそ四ヵ月ほどで、新しい家族も増える。柚葉にとってそれは、夢にまで見た理想の生活だった。

とはいえ不満や不自由がないわけではない。その一つが自動車だ。夫が電車通勤から車通勤に切り替えたことで、日中の足にいささか苦労していた。車が二台あればいいのだろうが、今の斉藤家にそんな余裕はない。だから柚葉は往復で三〇分かかるスーパーに徒歩で買い物に出掛けなければならない。

よって今日もエコバッグを肩に提げつつ玄関から出たところ、

「あら！　また大きくなったんじゃないの、そのお腹」

声をかけてきたのは、柚葉の家と並んだ真隣に住む三沼《みぬま》家の奥さんだった。

柚葉たちは中古で買ったこの家だが、おそらく最初は建売だったのだろう。町中ではたまに建築メーカーが買った土地に同じ形の建売住宅が並んでいるのを見かけるが、柚葉の住む家と隣家の三沼宅がまさにそれで、二軒はまるきり同じ造りをしているのだ。違いは外壁タイルの色だけ。斉藤家が白なのに対し、三沼家の外壁は青みがかった灰色だった。

そんな双子みたいな家に住むお隣さんも、どうやら柚葉と同じタイミングで買い物に出ようとしていたらしく、電動自転車を押しながら柚葉のほうへとやってくる。

年齢は、たぶん六〇手前ぐらいだろう。明るめの茶髪が若々しいので、あるいはもう少しだけ実年齢は上かもしれない。どちらにしろ柚葉よりだいぶ年上だが孫どころかお子さんもいないらしい三沼家は、旦那《だんな》さんとの夫婦二人暮らしだった。

「昨日も同じことをおっしゃってたじゃないですか。たった一日でそんなに大きくなったりしませんよ」

現在妊娠六ヵ月目となる柚葉のお腹は、元から細身ということもあって確かに目立つようにはなってきている。でも今日の柚葉の服装はかなり大きめのジャンパースカートだ。パッと見でお腹の変化などわかろうはずがない。

「そう？　私には元気に大きくなっているようにしか見えないけど」

近づいてきた三沼が、身をかがめて柚葉のお腹を覗《のぞ》き込む。女性とはいえまじまじとお腹を凝視されて、柚葉はなんとなく気まずい思いで僅かに身を捩《よじ》った。

まったくもって悪い人ではないと思う。むしろトラブルがあってもなかなか逃げることのできない一戸建ての住宅事情で、隣人が陽気な人で良かったとも感じている。けれどもこのやたら近い距離感が、柚葉はほんの少しだけ苦手でもあった。

「私のお腹よりも、お買い物はよろしいんですか？」

「あぁ、そうね。今のうちに行っておかないと、午後からのパートに遅れちゃうわね」

柚葉に会釈をすると、三沼は電動自転車に跨《また》がって市街地の方へと去っていく。

本当なら柚葉も買い物に行こうとしていたのだが、大きくないこの町のスーパーは一つしかない。出先で三沼と会ってまた挨拶《あいさつ》をするのも気まずいため、買い物は午後にしようと玄関から再び家の中へと戻った。

昼前の家の中はやたら静かだ。この付近は住宅街であり、家のすぐ前にはやや大きめの道路が通っているものの、夕暮れ時でもない限り車の通りは少ない。道路を挟んで反対側には昔からある古めの戸建てが何軒も並んでいるが、こちら側に建つ家は自分の家と隣の三沼宅だけ。その三沼宅も今は無人で何の音もしなかった。

僅かに聞こえるのは、川の音だけだった。

家の裏手から三〇メートルほどのところを流れる、関東《かんとう》地方の水源でもある大きな川の水音だけが微《かす》かに聞こえてきていた。

最近はとかく水害が多い。この家を買うとき唯一感じた不安が川が近いことだった。しかし不動産屋が言うには、水害が増えているからこそ治水工事も進んでいるという。この家は万が一に備えて土台も底上げしているので、水害に関しては問題ないと説明されてうなずいた。むしろその万が一に不安を感じるからこそこの家は相場より安いのかもしれないと、柚葉はそう考えて納得もした。

なんだろう——買い物に行く予定を急に変えたせいか、ちょっと落ち着かない。

ソファーに腰掛けていた柚葉は気分を変えるため、五〇インチのテレビのすぐ横の、リビングの壁にある採光窓のカーテンをサーッと開けた。

やや薄暗かった室内が、一瞬で明るくなる——が、柚葉は驚き目を見開いた。

「……なに、これ」

透明な窓ガラスに、下から上へと向かう泥の足跡が点々とついていたのだ。

いつからついていたのか。この出窓のカーテンは、たまたま隣の家のベランダで洗濯物を干す三沼と目が合ってから閉めきりにしていたはずだ。確かそれがこの家に越してからまだ一週間と経っていなかった頃だから、この窓のカーテンを開けていたのは引っ越してきてから最初の数日だけだったはずだ。

リビングの壁から外に向かって台形に広がった窓のガラスに、柚葉が顔を寄せる。透明なガラス面に等間隔に並んだ泥の跡は、何かの生き物の足跡だろうとは思うものの、しかし泥は一部剥落《はくらく》していて、それが何の足跡かまでは判別できなかった。

「……猫、かしら？」

そう口にしておきながらも、柚葉は自らの首を捻《ひね》る。当たり前だが窓のガラス面は地面と垂直の状態だ。いくら猫が身軽でも、こんな風に窓ガラスの上を歩けるものだろうか。ならば鳥かとも考えてみるが、やはりそれも変だ。飛べるからといって、垂直の窓を歩いて足跡を残せる鳥なんているはずもない。

だが実際に、こうして泥の足跡はある。しかもこれほどべったり泥が付いているのなら、家の裏手にある川の岸辺を歩いて来たか、あるいは川の底へと潜って泥に身を浸してから這《は》い出てきた、といったところだろう。

とにかく川の泥に塗《まみ》れた手足で、垂直の窓ガラスの上を歩く――そんな正体不明の謎の生き物が、この辺りにはいるのだろうか？

柚葉の脳裏に疑問が浮かぶも、しかし現実問題として今はそんなことより汚れ自体が問題だ。もしも足跡が窓の外の外壁にまでついていたら、落とすのは手間だろう。

そんなことを思って柚葉がため息を吐いたところ、ふと――目が合った。

最初、それは電柱の影なのかと柚葉は思った。印象としてそれぐらい、その男の身体は大きく、そして黒かった。

――三沼宅よりもさらに先の道端で電柱に寄り添うようにして立つ、シングルスーツを着た黒ずくめの大男がじっと柚葉の家の窓を見ていたのだ。

目線に気がついた瞬間、柚葉は「ひっ」という悲鳴を上げながらカーテンを閉めた。

どう表現したらいいのか……とにかく男は不穏だったのだ。ただの不審者とも違う、真っ黒い影法師みたいな姿の大男。

あんな男がどうして自分の家の窓を見ていたのか。もしや泥棒に入る下見ではなかろうか。もしかしたら警察を呼ぶべきかもしれないが、カーテンの開いていた窓を遠くから見ていたというだけで通報するのも、いくらなんでも過剰かとも思った。

だからもう一度だけ。柚葉がカーテンの合わせ目から、こっそり外を見て確認する。

――いない。

勇気を出してカーテンを開け、出窓のガラス際まで身をのりだし確認してみるが、三沼宅の向こう側にいた黒い大男はどこにもいなくなっていた。

遠目での見間違いだったのかと思いたくなるも、でも確かに自分は目が合ったのだ。

異形めいた黒い大男の姿は、もうどこにもない。

それはわかっているのだが、しかし自分が追いやるように買い物に行かせた隣家の三沼が早く買い物から戻ってこないかと、柚葉はそんな身勝手なことを考えていた。

2

上がり框《がまち》に座り、面倒臭がって指だけで古びた革靴を履こうとする夫に、柚葉が冷たい視線を送りながらくつべらを差し出した。

柚葉と同じように線が細く、ともすれば神経質そうにもとれる顔の夫が苦い笑いを浮かべ、柚葉からくつべらを受け取り不承不承ながら踵《かかと》と靴の間に差し込み靴を履いた。

くつべらを下駄《げた》箱の上に置き「じゃ、いってくるよ」と夫が立ちあがると同時に、柚葉は見計らったように口を開いた。

「ねぇ……また、例の出窓に足跡がついているの」

通勤用のトートバッグを提げた夫の肩が、僅《わず》かにビクリと跳ねた。

「またなのかい？」

「えぇ、またなの。ちょっと見てもらえない？」

不安そうな柚葉の顔を前にし、出勤直前だった夫が憂鬱《ゆううつ》そうにため息を吐いた。

「……じゃあ、見ようか」

サンダルを足に突っかけた柚葉が、先導するよう玄関からポーチへと出る。庭の駐車場に停めた車の後ろを通り抜け、そのまま三沼宅に面した白い外壁の前に立つと、ぷっくり外に突き出た出窓をさした。

後ろからついてきた夫が怪訝《けげん》そうに目を細め、眉間《みけん》に皺《しわ》を寄せた。

それもそうだろう。出窓の透明な窓ガラスには、まるで水玉模様でもあるかのように、無数の足跡がついていたのだ。

——柚葉が出窓の足跡を最初に見つけた日から、既に一週間が経っていた。

初めて見つけた日、柚葉は雑巾《ぞうきん》を使って窓ガラスの足跡を丁寧に落とした。幸いなことに泥の足跡がついていたのはガラス面だけで、白い外壁にまで広がっていなくて良かったと、その日は単にそう思っただけだった。

しかし翌日。ちゃんと落ちたかを確認すべく、家の外に出て出窓のガラスを見たところ、柚葉は愕然《がくぜん》とした。

同じ窓に再び足跡がついていて、しかもいっきに数が増えていたのだ。前日はガラス面の上を通り過ぎただけのように見えたのに、今日は犬が地面の臭いを嗅《か》いで回ったかのごとく、何かを探すようにガラス面の上を歩き回ったみたいな跡になっていた。

さらには、その二日間だけではなかった。

その翌日も、そのまた翌日も、翌朝になると同じ足跡がまた窓ガラスについている。

しかも窓にこびりつく足跡の数は、洗うたびに増え続けていった。

そして何度も掃除しているうちに、やがて柚葉には足跡が足跡に見えなくなっていた。元から疑問はあったのだ。最初は泥が乾いて崩れていたからそうは思わなかった。でも毎日洗うようになって、新しくてしっかり形の残った足跡を見る度に、柚葉はどんどんとこの足跡が獣のものには思えなくなっていった。

獣にならあって然《しか》るべきはずの爪の跡や丸みのある肉球の跡がない。変わりにあるのは親指を除く四本の指の付け根の位置がほとんど変わらない掌と、獣にしてはあまりにすらりと伸びた指の跡だ。しかも小さい、それは決して大人のものではない。

もはや柚葉には、窓についた足跡は人の子どもの、それもまだ小さな赤ん坊の手形にしか見えなくなっていた。

「いやぁ、困ったもんだね。やっぱり高圧洗浄機を買おうか、こう頻繁だと君も洗うのに手間がかかってしょうがないだろう?」

白々しい夫の言葉に、柚葉はただ眉《まゆ》を顰《ひそ》めて抗議する。

当然、夫にも手形にしか見えないことは話してある。掃除なんてもうどうでもいい。その程度のことなら、ここまで必死に相談したりはしない。

柚葉が「そうじゃないでしょ」と冷たく言い放つと、途端に夫が頭をボリボリと掻《か》きむしり苛立《いらだ》ちを露《あら》わにした。

「あぁ! 君が言いたいことはわかっているよ、だからそれ以上は口にしなくていい。でもなんと言われたところでこれは猫の足跡だよ。猫以外にはありえない!」

「猫は、地面と垂直の窓ガラスの上を歩けないし、こんなに指も長くないわよね?」

「ああ、そうかいっ! 猫じゃないって言うのならアライグマか? それともハクビシンか? どっちにしろそれでもう決まりだ!」

目の吊《つ》り上がった夫の顔を柚葉が冷めた目で見据え、夫もまた自分を批難するような柚葉の顔をキッと睨《にら》み返した。

「そんなに不満そうな顔をするのなら、ちゃんと教えてくれよ。これが猫の足跡じゃないって言うのなら——君が言うようにもしも本当に赤ん坊の手形なら、どうしてそんなものがうちの窓につくのか。納得いくようにしっかりと説明してくれ」

柚葉が「それは……」と口ごもった。柚葉だって、自分がどれだけ異常なことを話しているのかわかっている。猫も歩けない場所を赤ん坊が這うなんて、なおのことできるはずがない。まして足跡は夜中につく。猫ならばまだ少しは腑《ふ》に落ちるが、でも真夜中にどこからともなくやってきて窓に手形を残していく赤ん坊なんて、いるわけがない。

「……だからさ、何度も言ってきたようにこの足跡は猫のものなんだって。河沿いを歩いてきた猫が、たまたまうちの窓ガラスを気に入って毎日のように泥のついた足で踏み荒らしているだけのことだよ。それ以外に納得できる理由なんてないだろ？」

そう考えるべきなのは柚葉もわかっている。わかってはいるのだが、でも今はもう窓につくのが猫の足跡などにはとても思えなかった。悔しさともどかしさと、得体の知れない何かへの恐怖が混じりあった思いで、柚葉がぐっと唇を噛《か》みしめる。

「悪いけど、会社に遅刻するから」

ばつが悪そうに夫はそう口にすると、出窓の前で無言で立ち尽くす柚葉を残し車に乗り込む。あとはもう柚葉を顧みもせずに、車で会社に行ってしまった。

遠ざかっていくエンジンの音を聞きながら、夫はズルいと柚葉は思った。仕事に行ってしまえば、とりあえず家の状況から逃げられる。それだけで忘れることができる。

でも柚葉は違うのだ。今は妊娠中のため、仕事も辞めて家にいる。車もなく、自転車もなく、この家で一日のほとんどを過ごさなければならない。そして本来なら家の中でも一番くつろげるはずのリビングに、この出窓はある。

ソファーに座っても、ダイニングテーブルに座っても、採光カーテンの向こうには、赤ん坊の手形が夜毎につくこの窓があるのだ。

そのことを思い出すだけで、まだ九月なのに柚葉は寒気を感じた。まるで天井の照明に膜でも張ったかのように、リビングが薄暗く感じられるようになる。

「どうしたの？　旦那《だんな》さんと喧嘩《けんか》でもしたの？」

いつのまにか隣家の玄関から外に出てきていた三沼に、背後から声をかけられた。出窓の前に立ったまま涙ぐんでいた自分に気がつき、柚葉が慌てて表情を取り繕う。

「朝から騒がしくしてすみません。別になんでもないんです」

どうにか愛想笑いを浮かべることのできた柚葉だが、しかし三沼の目は柚葉の顔ではなく、後ろの窓ガラスへと向いていた。

「あら、大変。うちの窓もたまにやられるのよ、その足跡」

瞬間、柚葉が目を丸くした。

「えっ？　それって本当ですか？」

「本当よ。でも……確かにここしばらく、うちはやられてないわね」

柚葉が胸のうちだけで安堵《あんど》のため息を吐いた。

隣家でも同じことが起きていた。そしてそれを隣家の住人は不思議には思っていなかった。そのことが柚葉の得体の知れない不安を軽くしたのだ。

周りの家でも起きているのなら、夫の言うようにやはりこれは猫の足跡なのだろう。

こういうちょっと変わった足の形をした猫が本当にいて、この辺りを縄張りにしてあちこちで悪戯《いたずら》をしているに違いない。それはそれでとても困った話ではあるが、でも猫とわかれば怖くはないと、三沼がいる手前、柚葉は密《ひそ》かに胸を撫《な》で下ろした。

——しかし。

「……ごめんなさい。全然違う話なんだけど、一つだけいいかしら」

三沼が急に申し訳なさそうな表情を浮かべた。

突然の表情の変化に少し戸惑いながらも、柚葉は「はい」と答えた。

「あのね、お隣同士だからこういうときはお互い様と思うし、あまりどうにかできるものでもないでしょうから、口にしてもとも思うのだけれど……でも、うちの旦那も元から不眠気味なところがあってね、少し神経質になって困っているのよ」

歯切れの悪い前置きをする三沼に、話が見えてこない柚葉が首を傾げた。

「悪いのだけれども、もう少しなんとかしてもらえないかしら？」

「……なにをでしょうか」

「真夜中に聞こえてくる——赤ちゃんの、夜泣きよ」

三沼がそう口にするなり、せっかく軽くなっていた柚葉の気持ちがいっきに沈んだ。

——赤ちゃんって、なに？

「親戚《しんせき》の赤ちゃんでも預かっているのよね？　ほんと大変だとは思うわよ、あの声の大きさじゃ斉藤さんたちもきっと寝不足でしょう。でもね、うちの旦那も参っちゃっているのよ。できるものなら、もう少しだけあの夜泣きをなんとかして欲しいの」

まったく話が見えずにきょとんとなる柚葉だが、それでもどうにか口を動かす。

「あの……親戚の赤ちゃんなんて、うちにはいませんけど」

察するに、三沼はどうやら柚葉の家で赤ちゃんを預かっていると思い込んでいて、その赤ちゃんの夜泣きの声をどうにかして欲しいと、そうお願いしているらしい。

でも柚葉の家に、赤ん坊なんていやしない。いるのは柚葉のお腹の中の子だけであり、お腹の子が夜泣きをするなどそれこそありえない。

だからそのお願いは見当違いも甚だしいのに、しかし事実である柚葉の返答を聞くなり、三沼はなんとも困り切った微妙な笑いを浮かべた。

「……うん、だいじょうぶよ。私は、夜泣きなんて気にしていないの。こう見えても、子どもの泣き声とか好きなぐらいなのよ。うるさいぐらいのほうが、賑《にぎ》やかで気持ちが落ち着くぐらいなの――だからね、もうほんのちょっとだけ。うちの旦那が目を覚まさないように、少しだけ声を抑えてもらえるようにしてくれるだけでいいから」

「そうは言われても……本当にうちに赤ちゃんなんていないんです」

柚葉の訴えに、三沼の目が何とも気まずそうに宙を泳いだ。

「……そう、ごめんなさいね。私、変なこと言っちゃったわね。そうよね、人様の家の中のことに口出すなんてダメよね。あの……どうしてもってわけじゃないから、気に障ったのなら今の私のお願いは忘れてちょうだいね」

まるっきり言葉が通じない。柚葉の家には、本当に夜泣きをする赤ちゃんなんていないというのに、でも三沼はそのことをまるで信じてくれない。

どう言ったら信じてもらえるのか、と柚葉が言葉を探しているうちに、気まずそうな顔のまま三沼がぺこりと頭を下げた。いそいそと自分の家に戻っていく背中に向かって柚葉が「本当に子どもなんて……」と声をかけるも、あからさまな愛想笑いとともに三沼は会釈をしてからバタンと隣家の玄関の戸を閉じた。

一人取りのこされた柚葉の口から「……なんなの」という声が自然と漏れ出た。

わけがわからない——わからないのに、しかし意味は通じてしまった。

つまり柚葉の主張がいっさい信じられないほど、真夜中になると柚葉の家から聞こえてくる赤ちゃんの夜泣きに三沼家は悩まされているのだろう。

でも本当の本当に、柚葉の家には夜泣きをする赤ちゃんなどいない。かといって三沼が嘘を言っているとも思えない。三沼が柚葉に、そんな嘘をつく理由がない。

だからきっと、三沼とその旦那さんには本当に聞こえているのだろう。

——真夜中になると柚葉の家の方角から響いてくる、赤子の泣き声が。

その結論にいたったとき、柚葉は急に何かの気配を感じた。うなじに浮き出た鳥肌がじわじわと広がり、全身にまで広がっていく。

——いるの、だろうか？

そう思うだけで柚葉の呼吸は自然と荒くなり、早鐘のように勝手に鼓動が早まった。

――泥に塗《まみ》れた手でもって、赤ん坊が窓ガラスの上を這《は》い回る。

――真夜中に窓の上を這い回りながら、甲高い泣き声を上げる。

この家が相場より安いのは、川が近いからだと思っていたが、違うのだろうか。

柚葉が知らないもっともっとおぞましい何かが、この家にはあるのだろうか。

柚葉がぶるりと身震いしながら、赤ん坊の手形がついた窓を怖々と見つめる。

すると手形と手形の間のガラス面に映っていた黒い何かが、ぬっと動くのが見えた。

突然のことにびくりと肩を跳ねさせ、反射的に振り返る。

柚葉の目に飛び込んできたのは、黒いスーツ姿の男の背中だった。いつぞや三沼宅の向こう側に目撃したあの不審な大男が、道路を挟んだ向かいの家の間の小路に吸い込まれるように消えていく瞬間だった。

――また見られていた。

この窓と、それから震えながら赤ん坊の手形を見つめる自分を。

気がつけば、柚葉は膝《ひざ》から崩れるようにその場に蹲《うずくま》っていた。この家に引っ越してきてから畳みかけるように襲ってくる不可解で不気味な事象の連続に、柚葉はもう気持ちが折れそうだった。

「……いったいなんなのよ、この家は」

独りでに漏れ出た、柚葉の嘆き。

まるでその問いに答えるかのように、柚葉のお腹の奥がちくりと痛んだ。

3

その後も赤ん坊の手形は、出窓につき続けた。

出窓のカーテンを採光用から遮光用に変えると、いっそうリビングの中は暗くなった。少しでも窓ガラスが見えないようにと配慮したつもりだったのだが、その結果としてリビングは昼間から夜のような陰気な雰囲気に変わってしまった。

そのせいもあってか、夫との会話は減った。加えて朝は、窓につく手形のせいで夫と言い争いをすることが日課となっていた。

今の家に引っ越す前は、一軒家を買ったら子どもを育てる準備をしていくはずだったのに、今の家の中には子育てどころでない剣呑な雰囲気が充満している。

──どうしてこんなことになってしまったのか。

あの日以来、三沼との会話もなくなった。これまでは顔を見れば話しかけてきて、必ず柚葉のお腹のことを話題に上げてきた人が、今は遠目から頭を下げるだけでいそいそと柚葉の前から去る。それでも三沼のよろしくない顔色と表情から、いまだに赤ちゃんの夜泣きの声は聞こえていて睡眠不足になっているのだと、そう察せられた。

柚葉は悔しかった。夫からも隣人からも、自分の言っていることは受け入れられない。

だから柚葉が考えたのは、防犯カメラを設置してみる方法だった。

出窓の手形は洗っても洗っても翌朝にはついているが、夕方についていたことは一度もない。つまり夜中のうちにつけられているのだ。だから夫が頑《かたく》なに言い張るように手形が猫の足跡なら、仕掛けた防犯カメラには夜中にやってきた猫が写るはずだった。

もしも本当に猫の仕業であれば、それでもう解決だ。三沼家で聞こえる夜泣きだって、きっと猫の鳴き声に違いない。盛った猫が柚葉の家からは聞こえず、でも三沼の家では目を覚ますぐらいに大きく聞こえるような場所でもって、夜毎に鳴いているだけに過ぎない。どちらも現実的な理由で説明できるようになる。

そんな微《かす》かな希望を抱き柚葉がネットで購入したのは、Wi-Fi経由でスマホにデータを送信し録画できるカメラだった。無線式を選んだ理由はまだ新築同然の家に穴を開ける必要がないのと、レコーダーが不要で簡単にスマホに録画ができるからだった。

届いたカメラを二階のベランダにセットする。ソーラー電池を取り付けて、角度を調整し、問題の出窓が上から写っていることを確認する。これで何かが出窓に近づけば、あとはセンサーが感知し勝手に録画データがスマホに送られてくるはずだった。

これでようやく真偽がわかる。写っていたのが猫ならそれでいい。

けれど、もしも本当に垂直の窓ガラスの上を這う赤ん坊が写っていたならば……。

カメラをセットした翌朝、柚葉は夫が出勤してから意を決して録画データを確認してみたが、しかしそこには何も写ってなどいなかった。

もっと正確に表現すれば、大事な部分になった途端に映像が欠落していた。

明け方近くになって、センサーが反応しカメラが起動したのは間違いがない。でも一瞬だけ暗い景色が映った直後、録画データの時間は飛んでしまっていたのだ。

しかもだ、最初に僅《わず》かに映ったときには綺麗《きれい》なままだった窓ガラスが、映像が戻った際にはもう足跡がびっしりとついた状態になって映っていた。

つまり何者かが来て足跡を残す、その間の分の映像だけが消失していたのだ。

そのことに気がついたとき、柚葉はあまりの気持ち悪さにスマホを投げ捨てていた。

はたして——こんな偶然が、あるのだろうか。

どうして肝心なところだけ、写っていないのか。それは写らないからじゃないのか。出窓に手形を残している存在は映像には残らない、そういうモノだからじゃないのか。

そんな身の毛のよだつ考えを確認すべく、柚葉はセットしたままのカメラの録画データを再び再生してみたのだが、結果はまるっきり同じだった。

明け方近くに汚れていない出窓のガラスが映るとやはり映像が途絶え、そして戻ったときにはもう泥の手形で汚れたガラスが記録されていた。

二度も確認をすれば、それでもう十分だ。カメラは二階のベランダにあるので、出窓付近でセンサーを反応させた存在がすぐにいじることは不可能だ。無線だから線を抜いたりすることだってできやしない。

だからこれは、そういう類《たぐ》いの現象なのだろう。

映像という証拠を突きつけられ、柚葉は心臓が止まるような気持ちの中で涙ぐんだ。

カメラなんて仕掛けるんじゃなかったと、後悔すらした。

でもこの映像を見たところで、頑迷な夫はただの機械トラブルだと主張するだろう。出窓の手形は、あくまでも猫の足跡だと意固地に言い続けるに違いない。

得体の知れない何かの仕業なのはもう確実なのに、決してわかってはもらえない。

その日の朝の喧嘩《けんか》は、ひとしおだった。柚葉は映像のことは何も言わない。理解をしてもらえないから言えない。そんな恐怖と悔しさと怒りがない混ぜとなって柚葉の言葉の端から滲《し》み、夫も夫で柚葉の態度に怒りを露《あら》わにしながら出勤していった。

現実への直視をいっさい放棄した夫に憤慨しつつ、柚葉は一人で家の外に出て今朝も出窓についた赤ん坊の手形を確認した。

最近は、この手形を見る度にお腹の奥がチクチクと痛んだ。子宮が収縮して、中の子までもが得体の知れない怪異に怯《おび》え、身を縮こまらせているような気さえした。

——このままではダメだ。

この子のために、どうにかこの家を安心できる場所にしなければならない。

夫が頼りにならない以上、自分で自分の家を安らげる場所にしなければならない。

そう奮起した柚葉は、まずは道路を挟んで向かいの家に住むご近所さんたちに話しかけてみることにした。

「……すみません。ちょっとよろしいですか？」

昼前の時間帯には、いつも道端で井戸端会議をしている初老の女性二人。勇気を出して柚葉が声をかけた理由は二人の住む家にそれなりに年季があり、柚葉が越してくるずっと前からこの土地のことをよく知っていそうだったからだ。

普段は話しかけてこない柚葉が自分から声をかけてきたことに驚く二人だが、

「うちが住んでいるあの家に、以前はどんな方が住んでいたのかご存じありませんか？」

そう質問をするなり驚きを超えて、二人の顔色が変わった。

今の今までゲラゲラ談笑していた二人の急な変貌《へんぼう》に、柚葉の心にも緊張が走る。

「知ってはいるけれども――それは、いったい何番目の方？」

「……えっ？」

訊《き》いたのは自分だったはずなのに、逆に質問で返されて柚葉が口ごもる。

でもそれ以上に、何番目とはどういう意味なのか。

柚葉の家は中古住宅だが、まだ築一年だ。たった一年な上にアパートでもなく、戸建ての建売住宅だ。そう容易《たやす》く住人が入れ替わるはずがない――のだが。

鳩が豆鉄砲を喰《く》ったような顔をする柚葉を気の毒そうな目で見ながら、訊き返した方ではないもう一人の女性が口を開いた。

「斉藤さんが入居される前に、あの家の住人はもう三回も変わっているの」

――三回っ!?　まったく想定していなかった話に、柚葉が目を白黒させる。

「あの家に住む家族はね、あなたたちご夫婦で四組目なの。正直、私たちも驚いているのよ。うちなんかと違ってあんなに新しくて立派ないい家なのに。それなのに住んだ家族はみんな三ヵ月足らずで、逃げるように出て行ってしまって……。

この辺ではね、そろそろあの家のことが噂になり出しているの」

つまりあの家は、自分たちよりも先に三組もの家族が購入していて、そしてすぐに売りに出した家ということになる。

家は人生を左右する買い物だ。実際に柚葉たち夫婦も、これから三〇年はあの家のローンに縛られていくことになる。そしてそれはきっと、あの家に住んだ他の家族も同じだったはずだ。

なのに出て行った。おそらく借金が嵩《かさ》むだけなのに、それでも家を売って逃げ出した。だから何かがあったのだ。損失など度外視で住人が逃げる何かがあの家にはあるのだ。

その何かに心当たりがある柚葉は、目眩《めまい》がしそうになるのを堪《こら》えて質問を続けた。

「……あの家が建つ前、あの土地にはいったい何があったのでしょうか？」

世に事故物件などという言葉があるが、でも住んだ家族がみんな出ていったのならば、新築で最初に住んだ家族もまた逃げたということになる。だとしたら家が建ってからではなくその前、もともとの土地に何か問題があったのではないのか。

そう思っての質問だったのだが、二人は困惑して顔を見合わせた。そのあからさまに含みがある挙動に、胸のうちで渦巻く不安を柚葉はいっそうかき乱される。

やはりあの土地には曰《いわ》くがあるのでしょうか――そう口にしかけるも、柚葉の表情から勘違いを察した一人が、慌てて首を左右に振った。

「あ、違うのよ。別にね、あなたの家がある場所で事件とか事故とか、そういうことはないの。私はここに嫁いでもう四〇年も住んでいるからそれは間違いないわ。私が来たときから、あの家の土地は長いことずっと放置気味の畑だったのよ。でもね……」

「でも？　……なんでしょうか」

言い淀《よど》んだ相手に先を促すと、もう一人の女性が気まずそうに口を開いた。

「実はね、昨日もあの家に関してまるっきり同じことを訊かれたの。いつものようにここで立ち話をしていたら見慣れない男の人が近寄ってきてね、斉藤さんのお宅を指差しながら、こう質問をしてきたの。

——あそこの家が建つ前、あの土地は何だったかご存じありませんか？　ってね」

「そうなのよ。だからね、今と同じように昨日はこう答えたの。

——あの家の場所は何の変哲もない畑でしたよ、畑を相続したらしい息子さんが土地を売ったらすぐに二軒並びで家が建ちましたけど、ってね。でもそれ以上のことは何も言ってはいないわよ」

結果として二人が顔を見合わせばつが悪そうにしたのは、他人に柚葉の住む家のことを教えたからだろう。

でもそれはそれとして——柚葉は、ごくりと喉《のど》を鳴らした。

どうして、自分の家が建つ場所の過去を探ろうとする人がいるのか。

「……その男の人は、どんな感じの人だったんですか？」

「なんというか、正直に言うと怖い雰囲気の人だったわね。真っ黒いスーツを着ていて、おまけにとても背が大きくて、まさに大男って感じだったわ」

喉までせり上がってきた「ひっ」という悲鳴を、柚葉はなんとか飲み込んだ。

――あの男だ。何度か見かけた、手形のつく出窓をじっと見つめていた黒い大男。

なんで、あんな不穏な大男が自分の家のことなど調べているのか。いったい何を近所の人から聞き出そうとしていたのか。

気がつけば表情を強張《こわば》らせていた柚葉の耳に、急に猫撫《ねこな》で声が入ってくる。

「ねぇ、斉藤さん。実は私たちもね、あの家のことがとても気になっているの。どうしてみんなすぐに出ていってしまうのか。ご近所だもの、ひょっとしたら力になれることがあるかもしれないから、私たちにもあの家のことを詳しく教えてもらえないかしら」

力になれることがあるかも、なんて聞こえの良いことを口にしつつも、二人の目の色がただの興味本位だと如実に語っていた。

柚葉は本当に辛《つら》くて苦しいのに、まるで察しない発言に心底から腹が立った。

「……すみません。ちょっと用があって急ぎますので、今日はここで失礼します」

二人に向かって丁寧に頭を下げるなり、柚葉は家と反対方向に歩き出す。

二人から「ちょっと、斉藤さん！」と批難するような声が背中にかけられるが、柚葉は一度だけ振り返って愛想笑いを浮かべると、強引にその場を後にした。

向こうは持ちつ持たれつの情報交換とでも思っているのかもしれないが、柚葉としては自分の家の話題なのだから堪《たま》ったものではない。ローンがある以上は、これからも住んでいくことになる家なのだ。〝赤ん坊の手形が窓につき、夜毎に赤ん坊の泣き声も響く家〟なんて噂が広まりでもしたら、困るどころの話ではなかった。

とにかく二人から距離をとるため、柚葉は急ぎ足で歩く。用があるなんてでまかせを口にした手前、家には戻れない。

でもそれで良かった、とも内心で思った。

たった一年間で三組もの住人が逃げ出した家——そう聞いた直後に、出窓に手形がつくあの家に一人きりでいられるほど、柚葉の肝は太くはなかった。

とはいえ住宅地であるこの辺りに喫茶店などない。市街地に出ようにも、車は夫が通勤で使っていて今はない。だから柚葉は歩いた。産婦人科から急な体重増加を指摘されていたこともあり、少しぐらいなら大丈夫だろうと行けるところまで歩いてみた。

すると畑ばかりが広がる景色の中で、舗装された道沿いに近代的でやたら大きな建造物が目に飛び込んできた。柚葉は引っ越してきてから、まだ一ヵ月ばかりだ。この辺の地理もわからなければ、施設もまるで知らない。

だから遠目には学校の校舎のようにも見えるその建物に気になって近づいてみれば、正面玄関前にある白い大きな看板には『図書館』と書かれていた。

建物の正体を知るなり閃く——そうだ、自分でも調べてみればいいのだ、と。

あの家が建っていた場所は、以前は畑だったらしい。それは墓地や祠《ほこら》だったなどと言われるよりよっぽど胸を撫《な》で下ろす話だが、同時にまったく腑《ふ》には落ちなかった。何もない土地なら、最初にあの家に住んだ家族はどうして逃げ出したのか。なんであの家の窓には赤ん坊の手形がつき、なぜに夜中には赤ん坊の泣き声が響くのか。

柚葉としては、納得のいく答えを得たかった。理由がわからなければ、手を打つことすらできないのだから。

今の状況が続けば、遠からず自分の頭と心はきっとやられてしまうだろう。

だからこそ、自分でもあの土地の過去を調べてみようと、そう思ったのだ。

平日昼間の図書館内は人がまばらだった。本を読みに来たというより、どちらかといえば空調が効いた空間に休みに来た、という雰囲気の人の方が多い気さえする。

静かなロビーを抜けて二階に上がり、誰ともすれ違わない廊下を通って、柚葉はジャンルの表示を目で追い、人の背丈よりも高い書棚に挟まれた奥の奥へと進んでいく。

そして突き当たりにいたり、ようやく郷土史コーナーに辿《たど》り着いた。

タイトルからめぼしい本を何冊か選んで抜き取ると、両手で抱えながら戻って自分一人きりの閲覧席へと座る。分厚いカバーの本を机の上に積み上げ一冊開いてみたが、読書の習慣がない柚葉はページいっぱいにびっしりと詰まった文字を前にくらくらとしてしまった。

それでも目次の見出しを確認しながらなんとか本のページをペラペラと捲《まく》っていくと、とあるカラーページを開いた瞬間にふと柚葉の手が止まった。

そのページに印刷されていたのは、一枚の絵だった。どことなく浮世絵にも似た気がする筆致のその絵は、おそらく大正や明治よりも前に描かれた絵なのだろう。

絵に描かれていたのは女だった。

畳の上に敷いた茣蓙《ござ》の上に座り、頭に鉢巻きをしている女だった。

鉢巻きをしてまで気合いを込めた女が絵の中で何をしているのかといえば、自分で産んだと思われる赤ん坊の口を、自らの手でもって塞《ふさ》ぐことだった。

障子に映った女の影には、鬼のごとく角が生えていた。

その様をすぐ近くで見ているお地蔵様は、泣いていた。

本を開いたまま、柚葉はただただ唖然《あぜん》としてしまう。

この絵は『子返しの絵馬』というらしい。なんでも今はとあるお寺に保管されているのだが、かつては小さなお堂の壁にかけられていたものだそうだ。

そしてそのお堂のあった場所というのは――柚葉が住む家と、同じ地名だった。

その絵が記載された前後の文面を、柚葉はなんとか読み下す。

なんでも柚葉の家のすぐ後ろを流れる川は、昔はよく氾濫《はんらん》したのだそうだ。氾濫をするたびに飢饉《ききん》となり、付近の住人は生きるか死ぬかという困窮状態に陥ったらしい。

その果てに、子を間引いた。

この『子返しの絵馬』というのは間引きを戒めるために描かれたものらしい。しかし戒めるということは、かつて間引きがこの地でも行われていたということの証拠でもある。

そんな絵が、自分の家が建つ場所と同じ地域のお堂に祀《まつ》られていた。つまりあの辺りでは、昔は赤ん坊の間引きが行われていたということだ。

気がつけば呼吸が荒くなっていた。自然と、お腹を守るように手が下腹部に伸びた。

だがそれでも、柚葉はお腹をさすっていない方の手でページを捲っていく。

その先に書かれていたのは、実際に子を間引いた手段だった。産まれた子に乳を与えないネグレクトのような方法もあれば、絵馬に描かれたのと同じく濡《ぬ》れた紙を赤子の口に当て窒息死させるというやり方もあったと、そう書かれてある。

そうやって間引いた子どもたちは、川へと流したのだそうだ。

産まれ出てきた地に留めおかずに、水へと流してあの世に返したのだそうだ。

きっと——家の裏手を流れるあの川でも、多くの間引かれた子が流されたに違いない。

何百何千、ともすれば何万という赤ん坊が、この世に産まれ出《い》でるなり母親の手で殺され、そしてあの川の中へと捨てられていったのだ。

——それはどんな気持ちだったろうか。

人の身体は重いから、川に流された水子たちはきっと水に浮かばない。晴れることのない想いとともに川の底へとゆっくり沈んでいき、哀れな水子たちの死骸《しがい》は泥の中へと次々に堆積《たいせき》していくのだ。

そんな水子たちの願いは、おそらく母の子宮に帰ることだろう。痺《しび》れるほどに冷たく暗い水の底で眠りながら、静かで温かく何ものにも害されることのなかった胎内へと戻ることを夢見るに違いない。

ゆえに帰ることのできる場所を求め、流されたはずの水子たちは夜になると川底から這《は》い上がってくるのだ。

柚葉の家は、水子たちにとってはいい目印だろう。これまでただの畑でしかなかった場所に建った新しい家は、やたらと目に付くはずだ。

川底から這って出てきた水子たちは、まっすぐに柚葉の家を目指す。すぐに白い外壁からぷっくら膨らんだ出窓を見つけるだろう。カーテンは引かれているものの、室内の灯《あか》りがぼんやりと窓の外に滲《にじ》んでいるのだから。

そして水子たちは、川底の泥に塗れた手をガラス面にべったりと張り付け、カーテンの僅《わず》かな継ぎ目から部屋の中へと目を凝らす。

その視線の先にいるのは柚葉だ。新しく買った家でこれから子育てをしていこうと考えていて、子の宿ったお腹を大事そうに抱えている妊婦なのだ。

自分たちは遺骸《いがい》となって冷たい川底に眠っているというのに、これから産まれるあの胎児は温かい家の中で大切にされながら、親の腕に包まれ眠る日々を過ごすのだろう。

産まれるなり殺され川に捨てられた水子たちは、その差をどう思うのだろうか。

きっと妬《ねた》ましく、憎らしいに違いない。どうして自分は間引かれ、あの子は生かされるのか。

できるものならば、あの腹の中の子にも川の底で眠る同じ苦しみを。

出窓に張りつく水子たちは、そう思いながら隣家にまで響き渡るほどの怨嗟《えんさ》の泣き声を夜な夜な上げるのだ。

――そこまで想像した瞬間、柚葉は胃がめくれそうなほどの吐き気に襲われた。

これ以上は想像してはダメだと、慌てて本を閉じた。

だが一度頭の中に思い描いてしまった、川底の泥に塗《まみ》れた水子たちが家の出窓にへばりついて自分のお腹を睨《にら》みつける映像は、易々と瞼《まぶた》の裏から消えない。

柚葉は吐き気を堪《こら》えつつ、本を手に閲覧席から立ち上がった。

知らなければ知らないで不安しかなかったわけだが、でも今はもう土地の過去など調べるべきではなかったと後悔していた。だが後悔しても、もはや遅い。自分の住む土地に残っていた間引きの記憶は、既に柚葉の頭の中に刻印されてしまった。

とにかく本を返して図書館を出ようと郷土史の棚へと向かうも、書架に囲まれた薄暗い通路を奥に向かって歩いているうちに、ザーという激しい耳鳴りがした。

その直後、すーっと足の力が抜けてよろめき、柚葉は書架に寄りかかってしまった。

バラバラと頭の上に何冊か本が落ちてくるが、かまってなどいられない。

ぐるぐると回る視界に翻弄《ほんろう》され、地面に吸い込まれるように倒れていくも――、

「だいじょうぶですかっ!?」

誰かが、真横に倒れていく柚葉の身体を途中で支えてくれた。

最初、その人のことは女性だと思った。

鋭角な顎《あご》のラインにまで伸びた亜麻色の髪。まさに細面といった縦長の輪郭の中で、ぴっと横に伸びた切れ長で涼やかな目。あっさりとしつつも芯《しん》のある、その整った顔立ちがあまりにも優美だったからだ。

けれども自分を支える細いながらもしっかりとした身体付きに加えて、Tシャツの上から羽織った濃紺のジャケットが男物であることからも、すぐに男性だと気がついた。

眉目秀麗《びもくしゅうれい》な若い男性にもたれかかったこの状況に気がつくなり、柚葉の顔が一瞬で真っ赤に染まる。

「だ、だいじょうぶです！」

とっさに一人で立ち上がろうとするも足に力が入らず、くにゃりと腰が砕けたようになって再び男性によりかかってしまう。

「いけません！　お一人の身体ではないのですから、お腹の子のためにも無理はやめてください」

「……あ、はい」

思いのほか強い言葉で言われてしまい、柚葉が目を丸くして口を噤《つぐ》む。

というか、自分のお腹はそんなに目立つだろうか。確かに元々細く、膨れてきたお腹は大きく張り出し始めている。でも最近はことさら身体のラインが出にくい服装をしていて、今日だって緩めのジャンパースカートだ。それなのにどうしてこの人は、初見で自分のことを妊婦と見抜いたのだろうか。

そんな疑問がちらりと柚葉の脳裏をよぎるも、でも今はそれどころではなかった。

両肩に添えられた手で支えられたまま「少しだけ歩けますか?」と訊《たず》ねられる。

柚葉は小さくうなずくと、どうにか足を動かし書架コーナーから歩いた。なんとか廊下にまで戻ってくると、壁際に据えられた背もたれのないソファーへと腰を落とす。

「おそらく貧血でしょう。少し足を伸ばされたほうがいいですよ」

そう言われて、柚葉はようやく自分が貧血を起こしたのだと気がついた。学生の頃に貧血で倒れたときも、確かにさっきのような耳鳴りがあったことを思い出す。

とりあえず促されるまま横に長いソファーの上で脚を伸ばすと、「失礼します」と声をかけてから男性がフラットシューズを脱がせてくれた。柚葉の顔が再び赤くなる。

「貧血には、よくなられるのですか?」

「……いえ、妊娠してからは一度もありません」

「そうですか」

と、彼は困ったように僅かに小首を傾げた。

別に何も悪いことなどしていないのに、なんだか申し訳ない気持ちになってしまった柚葉が落ち着かずに身体を捩《よじ》る。その拍子に、手に抱えていたままだった本が床にドサリと落ちて、パラパラとページが捲《まく》れた。

そしてピタリと止まったのは、あの『子返しの絵馬』が載ったページだった。

その絵を目にした瞬間、男性の眉間《みけん》にみるみると皺《しわ》が寄った。

「妊婦さんが、どうしてこんな本を読んでいるのですか」

「いや、これは……ちょっと土地のことを調べていただけなんです」

「そうだとしても、あまり感心はできませんね」

ぴしゃりと言われてしまい、柚葉が思わず目を伏せた。

「人の身体というのは、自分で思っている以上に心に引き摺《ず》られるものです。ご自身の身体の状態、ちゃんとご理解されていますか？」

柚葉としてはぐうの音も出ない話だった。実際こんなものを読んでから、柚葉はみるみると気分が悪くなったのだ。貧血だってきっとその影響だろう。もしもあのまま下手な倒れ方をしてお腹を打ち、人の寄りつかない書架の奥で動けなくなっていたとしたら、どうなっていたことか。

「……すみません。おっしゃるとおりですね、助けてくださりありがとうございます」

座ったままの姿勢で柚葉が深々と頭を下げると、男性は引き結んでいた口元を「しかたないですね」と言わんばかりに緩ませた。

「少しぐらいおかしな現象に遭遇しても、そういうものは気にしないのが一番です」

「えっ？」

その妙な言い回しに柚葉が頓狂《とんきょう》な声を上げると、まるで悪戯《いたずら》に成功した子どものように男性が不思議な笑みを浮かべた。

「一つ、いいことを教えてさし上げましょう。あなたとね、それからあなたの家にも水子の霊なんて憑《つ》いていません。変わり者な同僚に言わせれば『水子なんてものは除霊ビジネスが産んだ概念』ということになるのですが、まあその真偽はともかくとして、少なくとも今のあなたの周りには水子なんていやしないんです。

──あなたが気配を感じとっているそれら全ては、ただの思い込みと錯覚ですよ」

今度は驚きの声すらも出なかった。わけがわからぬまま、ただただ心の内で湧いた疑問が柚葉の喉《のど》から声となって出てくる。

「……どうして、そのことを知っているんですか？」

ここしばらく柚葉を苦しめている恐怖の混じった懊悩《おうのう》を見透かされ、目を皿のようにして目の前の人物の顔を見続けるが、その問いに答えが返ってくることはなかった。その替わりに、男性が妙に意味深な表情でパチリとウインクを一つ返してくる。

「まあ、細かいことは気にされずに──不安で不安でたまらなくなるような自分の妄想ではなく、あなたを助けた僕の言うことの方を信じてみてくださいよ。鰯《いわし》の頭も信心からと言いますでしょ。大事なのは些細《ささい》な異変になんて惑わされず、ご自分の健康とこれから産まれてくる子の将来のことだけを考え日々を安らかに過ごすことです。そうすれば、すぐに水子のことなんて忘れてしまいますよ」

柚葉の視界が急にぼんやりと滲《にじ》んだ。自分でも驚いたことに、たったそれだけの言葉で涙ぐんでしまったのだ。

思えば出窓に手形がつくようになってから、夫との関係はずっと剣呑《けんのん》だった。あれほど欲しくて買った一軒家なのに、少しも楽しくない。リビングにいるだけでカーテンを閉め切った出窓が目に入って、どこまでも憂鬱《ゆううつ》な気分になってしまうのだ。

加えて知らない土地への引っ越しで、柚葉は周りにほとんど知り合いがいなかった。多少なりとも仲良くなったのは隣家の三沼だけ。だがその三沼にも、いもしない赤ん坊の夜泣きの話が出てからは距離を置かれている。

どうやら自分で思っていたよりも、ずっとずっと心に負荷がかかっていたらしい。

「何事も気楽に考えることが一番です。それが色んな不安を解消するコツですよ」

涙を堪えて何度もうなずく柚葉を目にし、男性が優しく微笑んだ。

「そのご様子なら、もうだいじょうぶそうですね。それでは僕はこれで行きますが、あなたはもう少し休んでから帰られたほうがいいですよ」

柚葉が座ったソファーの横で、片膝《かたひざ》をついていた男性がすっと立ち上がり、そのまま一階へ降りる階段の方に向かって歩き始める。

遠くなり始めた背中に、柚葉が「本当に助かりました！」と慌てて声をかけると、最後にほんの少しだけ振り向いて、あの柔和な笑顔のまま小さく会釈を返してくれた。

それから一〇分ほどソファーに座ってじっとし、耳鳴りも目眩《めまい》も治まっていることを確認してから、柚葉は揃えて床に置かれていたフラットシューズを履いて立ち上がる。

さっきまでの体調不良が嘘のように、足が軽かった。むしろ貧血を起こして倒れる前より体調が良くなっているような気さえした。

例の『子返しの絵馬』が載った本を廊下にあった返却台の上に載せてから、柚葉は図書館を後にする。

自分の家へと向かって歩き始めてから、柚葉は道端でふと気がついた。

「……そうだ、あの人の名前も連絡先も訊《き》いてなかった！」

我ながらの迂闊《うかつ》さに、道端で天を仰ぎそうになってしまった。

――親切なあの人に、また会えるだろうか。

こんな小さな町だ、きっと何度も図書館に通ってみればまた会えるだろう。無事にこの子が生まれた際には、会えるまで図書館に通ってみよう。

そして無事に再会できたら今度こそしっかりお礼を言おうと、柚葉はそう思った。

行きは重たかった足が、今はこんなにも軽い。貧血を起こした直後だから辛《つら》ければタクシーを呼ぼうとも思っていたが、その必要性をまるで感じなかった。

どこか晴れやかな気持ちで歩いていると、瞬く間に自宅に戻ってきてしまった。

白のタイルを基調とした外壁の、新築も同然の一軒家――でもそんな我が家を目にするなり、柚葉は禍々《まがまが》しさを感じてしまった。

この家は、たった一年で三組もの家族が逃げ出した家なのだ。

――何事も気楽に考えることが一番です。

柚葉は深呼吸をしながら、あの親切な人に言われたことを口の中で繰り返す。

そう……気にしたらダメなのだ。一度気にしたらそこからどんどん気になって、ますます恐怖心から抜け出せなくなっていく。

窓につく猫の足跡なんて、ただの泥の汚れに過ぎない。洗えば簡単に落ちるのだから、そもそも気にする必要すらないのだ。

夜泣きの声だって、思い返せば柚葉は聞いてさえいない。聞いていないのだから、ただの三沼の気のせいという可能性だってありうる。

――多少は無理があっても、そう信じることこそが大事。

目の前の不安よりも図書館で会ったあの人を信じてみようと、柚葉はそう思った。

努めて平静を心がけながら、柚葉が解錠した玄関のドアを開ける。

すると――家の中に入ろうとした瞬間に、何かが柚葉の頭の上に落ちてきた。

あまりにいきなりなことに「ひゃ！」という短い悲鳴をとっさに上げ、冷たい感触のする頭の上に落ちてきた何かを、柚葉が手で払い飛ばした。

落ちてきた何かはそれだけで簡単に頭から離れ、玄関の床の上にぺしゃりと落ちる。

落ちたものを確認するべく柚葉はしゃがみこみ、床にぺたりと貼りついた何かを指でつまんで持ち上げてみた。

それは一辺が五センチほどの、ぐっしょりと水に濡《ぬ》れた紙だった。

しかもプリンターに使うコピー用紙などとは違う、繊維の粗さが見てとれる和紙だ。

「……なんでこんなものが」

そうつぶやくなり、雷に打たれたかのごとく柚葉の頭にある記憶が蘇《よみがえ》った。

同時に背筋が反り返るほどの猛烈な悪寒に襲われ、つまんでいた和紙を玄関の外に向けて放り投げる。

柚葉の脳髄に浮かんだ記憶とは、図書館で読んだあの本の内容だった。

『子返しの絵馬』が載ったページに書かれてあった『濡れた紙を赤ん坊の口の上に被《かぶ》せて窒息死させた』という間引きの方法だった。

「あぁ……あああああっ」

間引きの記録が残るこの場所で、子どもを宿す自分の頭の上に落ちてきた濡れた和紙。

当たり前だがドアの上には何もなく、仮に風が吹いても濡れた紙は容易《たやす》く飛ばないし、ましてや和紙なんてこの家のどこにもない。

だからさっきの和紙は、何もない宙からいきなり降ってきたものだ。

この家に纏《まと》わりつく視えないモノが、自分の頭の上へと濡れた和紙を落としたのだ。

——そんなもので、私に何をしろというのか。

——あの濡れた和紙で、いったい何をさせようとしているのか。

「いやぁぁぁあああああぁぁぁっっっ!!」

瞼《まぶた》の裏に浮かぶ『子返しの絵馬』の残像を見つつ、柚葉の喉から絶叫が噴き出た。

——やっぱり嘘だった。気楽に考えるのが一番とか、まるで意味がなかった。

気にしようが、しなかろうが関係ない。やはり川底から這《は》い出てくる水子たちはこの家の周りにいるのだ。視えないまま忍び寄ってきて、こうして自分たちにしたことと同じことを自らの子にもしろと、そう祟《たた》ってきているのだ。

その事実をようやく悟った瞬間、柚葉は身体が前に折れ曲がるほどに強い痛みを下腹部から感じた。恐怖心から滲んでいた呻《うめ》き声が、お腹の痛みに耐える唸《うな》り声へとみるみるうちに変化していく。

開けたままの玄関から家の外へと出ようとするが、もはや痛みで立つことすらままならず、柚葉はその場で膝《ひざ》から崩れてしまった。

まるで誰かが子宮を直接押し潰《つぶ》そうとしているかのようだった。視えない手を柚葉のお腹の中へと突き込み、子どもごと子宮を捻《ひね》り潰そうとしているように感じられた。

柚葉の目からポロポロと涙がこぼれ出す。

——やはり水子たちの狙いは、このお腹の子だ。

——この子を自分たちと同じように、水子にしようとしているのだ。

ここにいてはダメだと、柚葉が家の敷地の外の往来にまで這って出ようとしたところ、

「斉藤さん、どうしたのっ⁉」

柚葉の悲鳴を聞きつけた三沼が、隣家から柚葉の家の玄関前までやってきた。

駆け寄ってきた三沼の脚を、地面に這いつくばった柚葉が縋《すが》るように握り締める。

「助けてくださいっ！　お願いですから、この子を水子たちから助けてくださいっ！」

瞬間、脂汗にまみれた柚葉の意識がすーっと遠くなり始める。

気を失う手前の柚葉の目に映った最後の光景は、わけのわからぬだろうことを言われて隣人に縋られてしまい、顔を真っ青にして怯《おび》えた三沼の顔だった。

4

三沼が呼んでくれた救急車で運ばれた柚葉に、病院が下した診断は切迫早産だった。

早産とは、妊娠二二週目から三六週目までに子どもが生まれてしまうことを意味する。切迫早産とはまさにその、早産になりかかっている、という状態のことだ。

既に流産から早産と呼ばれる妊娠期間に入っているとはいえ柚葉はまだ妊娠六ヵ月目、まさに今が境目の二二週目だ。この時期に早産した場合の胎児の生存率は約六割――四割近い子が、産まれてもすぐに死亡してしまうということになる。

そんな説明を医者から受けたとき、柚葉の頭に浮かんだのは『子返しの絵馬』だった。裏手の川から這い出てくる水子たちからお腹の子を守るため、柚葉は医者の指示に従い病院のベッドで安静にし、母胎にも胎児にもなるべく負担をかけないようにした。

救いだったのは喧嘩しがちだった夫が優しかったことだ。柚葉が救急車で運ばれたと聞くなり、お腹の子とそれから柚葉の身も案じてすぐに駆け付けてくれた。

数日ほどして退院となり家に帰るときも、しっかりと付き添ってくれた。

しかし夫だって、いつまでも会社を休んではいられない。何しろ今は家のローンを抱えているのだ。夫にはちゃんと会社に行って仕事をしてもらわなければ、たとえお腹の子が無事に生まれてきても、その先で家族三人して路頭に迷ってしまう。

ゆえに柚葉は、夫が出勤してからも一人布団で横になり安静を心がけていた。

それで身体は休めるが、でも心中はまるで穏やかではなかった。むしろじっとしていればじっとしているだけ、ザワザワと不安ばかりが胸の中で蠢《うごめ》いた。

――風が吹けば、出窓にまとわりつき中を覗く水子たちの姿が目に浮かぶ。

――家鳴りがすれば、甲高く泣き喚《わめ》く水子の声が鼓膜の内側より聞こえてくる。

そうやって柚葉は、頭まで被った布団の中で日がな一日ぶるぶると震えるのだ。

なんでこんな目に遭わなければいけないのだろうか。この子ができたことを契機に、この子の将来も考えて買った家なのに、今やその家がこの子の命を奪おうとしている。

きっと自分たちの前に住んでいた家族たちも、同じだったのだろう。

土地に根付く水子たちに生活を脅かされ、借金を覚悟でこの家から逃げ出していったのだと思う。

だが、そんな家を望んだのは柚葉だ。小さい頃からの夢だからと主張して、この一軒家を買おうと夫を説得したのは柚葉だった。相場より安かったとはいえ、それでも夫婦二人で一生かけて返すほどの借金を既に背負ってしまっている。

それなのに「この家は、いやだ」なんて、どうして今さら柚葉から言えようか。

本当は今すぐにでも、この家から逃げたい。

でも柚葉には、自分からそれを言い出す勇気なんてない。

できることは自分の選択を後悔しながら、日々さめざめと泣くぐらいだった。

――だが。

朝から晩まで床に就くようになってから数日が過ぎた日の午前中に、家のインターホンが鳴った。

荷物が届く予定がなかった柚葉は、どうせ何かの勧誘だろうと思い最初はその呼び出し音を無視した。そのまま対応しなければ普通はすぐ立ち去るのに、でもその来客は異常だった。何度も何度も、それこそ一〇回以上もインターホンを押し続ける。

ただならぬ気配を感じた柚葉はやむなく二階の寝室から一階のリビングに降りて、インターホンのカメラを確認した。

映っていたのは恰腹《かっぷく》の良い女性だった。年は初老と呼べるような年齢だろう。かなり明るめの茶色の髪色は、白髪染めの意味合いもあるのかもしれない。真っ赤なシャツ・ワンピがやたら印象的なのだが、しかしそれ以上に柚葉の目を引いたのはその手に大きな房のついた本格的な数珠《じゅず》を握っていたことだった。

何度目となるかもわからないインターホンの音が鳴る。

柚葉としてはこのまま無視し続けたい気持ちもある。でも柚葉は数珠を手にしたその女性のことがなんとなく気になり、意を決して通話のボタンを押してみた。

「……何かご用でしょうか？」

瞬間、女性がほっと大きく息を吐きながら、安堵《あんど》した表情を浮かべた。

「突然に申し訳ありません。私は仕事の都合でこの近くに来た者なのですが、なんだかいやな予感と妙な胸騒ぎがしてこの道を歩いていたところ、お宅が目に入りまして」

「……はい？」

いきなり意味のわからないことを言われた柚葉が不審な声を上げるが、しかしモニター越しの女性の顔色は変わらない。

「もしも私の言うことが信じられなかったり、心当たりがなかったときには謝罪します。それ実はこちらのお宅の前を通りかかるなり、急に赤ん坊の泣き声が聞こえたんです。それで気になって道端から霊視をしてみたら、お宅の出窓に無数の水子が張りついている様子が視えたんですよ」

柚葉が自然と自らの口を両手で覆う。それはないどころか、心当たりしか思いつかない話だった。

「これね、恐ろしく強くて厄介な水子たちですよ。洒落《しやれ》にならないほどに業が深い。だからこの家では何かしらの霊障が起きているに違いないと思って、それで思い切ってお声がけしてみたんです。もしもあなたが水子に苦しめられているのならば、きっと私が助けになれるはずです」

その話を聞き終えるよりも先に、柚葉は自分が寝間着であったことすら忘れて玄関のドアを開けていた。

女性が左右の中指に数珠をひっかけながら合掌し、柚葉に向かって深々と頭を下げる。

女性は、自らを荒川真如《あらかわしんにょ》と名乗った。なんでも真如とは仏教用語で真実の姿という意味らしいのだが、しかしこの人は尼僧の類いではないらしい。尼僧ではなくて、荒川真如は自らを霊能者と称した。

「よろしければお話をうかがいつつ、家のご様子を視せていただけませんか？」

正直なところ、初見の人間を家に上げるのは抵抗があった。だがこの人は当の柚葉ですらわからない、三沼だけが聞いている赤ん坊の泣き声を言い当てたのだ。さらには遠目からパッと出窓を見ただけで、あの窓にやってくるのが水子とも見抜いた。

この人にはきっと、柚葉には見えないモノが視えているのだろう。だとしたら柚葉にはわからなかった水子たちの問題への解決策を教えてくれるかもしれない。

――もしかしたらこの出会いは、不運を帳消しにする降って湧いた幸運かもしれない。

そう思ったとき、柚葉は「どうぞ」と言って荒川を家の中に招き入れていた。

それから問題の出窓があるリビングのダイニングテーブルへと座り、柚葉はこれまでこの家で起きた様々な怪異を語った。柚葉の話を聞きながらも、荒川の視線がちらちらと例の出窓の方に向くのが印象的だった。

そうして一通り話し終えると、荒川はテーブルの上で組んでいた柚葉の手の上に、肉厚な自らの手をそっと重ねた。

「がんばりましたね。邪悪な水子たちの手から、よくぞ今日までお腹のお子さんを守ってこられました」

その言葉を耳にするなり、柚葉は不覚にも涙をこぼしてしまった。誰にもわかってもらえなかった苦労が全て報われたような、そんな気持ちになったのだ。

「えぇ、ほとんど斉藤さんが思っている通りです。家の裏手にある川から這《は》い上がってきた水子たちが、泣き喚きつつそこの出窓から家の中を覗き込んでいます。その目的は、お腹の子を自分たちの仲間に引き摺《ず》り込むためです。頭上に落ちてきた和紙というのも、水子たちからの脅しです。――本当に危ないところでしたよ、ご無事で良かった」

これまで自分だけの妄想の可能性もあった推測が、荒川の霊視で客観的に証明されていく。誰にも理解をしてもらえなかった心のモヤモヤが、急速に晴れていく。

でも同時にどこか漠然としていた恐怖が、これで具体的な形を得て柚葉の心を襲った。

「荒川さん、この子は何年も望んだ末にようやくできた子なんです。絶対にこの子を失いたくありません。どうかこの子を水子たちから守っていただけないでしょうか？」

「ええ、もちろんです――と、申したいところなのですが、はっきり言ってこの家が建つ土地は業が深過ぎます。この業をどうにかすることは生半《なまなか》ではありません。もし可能であるのなら、私はこの家から引っ越しされることをお勧めいたします」

「それは……」

柚葉が思わず口ごもった。

急に表情を沈ませた柚葉を前に、荒川が困ったように苦笑を浮かべた。

「家を買ったばかりなのに引っ越しというのは、確かに難しいですよね」

「……すみません」

「いいえ、謝ることはありません。斉藤さんのご事情は、当然です。ただ……引っ越すことが無理となると、それなりの道具を用いた荒療治が必要でしょう」

「荒療治、ですか？」

「家を建てるときにも、その土地の質が悪ければ地盤改良をしますでしょ？　それと同じことを、既に家が建ってしまったこの土地に施そうと思います。土地の業を抑えつければなんとかなるかもしれません。そのためには良質の念を込めた鎮め物を埋める必要があり、念を込める器の準備にはそれなりの費用がかかることになります」

それなりの費用、という言葉に柚葉が反応し、おずおずと訊《たず》ねる。

「あの……その費用というのは、具体的にいかほどでしょうか？」

「そうですね。このひどい有り様の土地の状況を改善させるだけの強い鎮め物ですから、おおよそ三〇万ぐらいはみて欲しいです」

「三〇万っ⁉」

予想以上の高額に、柚葉がつい声を荒らげてしまう。

「さぞお困りだと思うので、これでも私自身の祈禱《きとう》料や相談料などは引いての金額なのですよ。でも起きている霊現象の酷《ひど》さからしてもこの因縁に塗《まみ》れた土地の質を変えるには、ちょっとやそっとの鎮め物では歯が立ちません。三〇万というのは、この土地を住めるようにするために最低限必要な額だと思ってください」

そう言い切られてしまっては、柚葉としてはそれ以上は何も言えなかった。だが三〇万は、今の柚葉にとってはとんでもなく高額だ。

しばし悩んだ末、柚葉は「少し考えさせてください」と荒川にお願いをした。

連絡先を交換した荒川が帰ってから、柚葉はすぐにネットで『荒川真如』という名を検索してみた。するとすごいヒット数の検索結果が出た。

どうも荒川真如というのは、柚葉がまだ幼かった頃にテレビでは引っ張りだこだった有名な霊能者であるらしい。

動画サイトには、荒川真如の霊能力が本物か否か検証する昔のテレビ特番もあった。コメンテーターが見ている前で、番組側が用意したゲストの過去を次々と荒川が言い当てていく。体型こそほっそりしていて今とはまるで違うが、でも数珠を手にしながらも強烈な赤色のシャツ・ワンピ姿の女性は、確かにさっきまで自分の話を聞いてくれていた初老の女性の若かりし姿に違いなかった。

それ以外にも、荒川に纏《まつ》わるいろいろな記事を柚葉は読んだ。嘘か実《まこと》か、荒川真如はFBIに協力して行方不明者の捜索をしていた、なんてことまで書かれていた。

一通り調べ終えたとき、柚葉はこの人なら信頼できるかもしれないと感じた。

テレビの前でもさまざまな超常現象を起こしてきた荒川真如であれば、きっとこの家の怪異も収めてくれる。現にたまたま家の前を通っただけで、この家で起きている怪異をぴたりと言い当てたのだ。その霊能力は間違いなく本物だ。

柚葉は預金通帳を取り出してくると、すっかり減ってしまった残額を見返す。霊能者という仕事の都合上、荒川は現金一括でしか受けられないと言っていた。

何度見たって通帳の残額は変わらない。変わりはしないが、でもこの先は出産育児一時金も入ってくる。それを前借りしたつもりで、お腹の子のために三〇万円を払おう。

そう決心するなり、柚葉は荒川の電話番号が載っている名刺を財布から取り出した。

5

荒川による土地の業を鎮める儀式は、平日の昼間に行ってもらうことにした。

平日の昼間であれば、夫は家にいない。

夫がオカルトの類《たぐ》いが嫌いなのは前から知っていたが、この家に越してきてからますます実感した。もし霊能者に家のお祓《はら》いをしてもらうなんて知れたら、絶対に反対するはずだ。さらにはその金額が三〇万と知ったら、間違いなく大喧嘩《おおげんか》となる。

だから柚葉は、有事の際にと残していた貯金を一人で銀行から下ろしてくると、夫には全て秘密のまま荒川に土地の浄化をお願いしたのだ。

水晶であろう数珠《じゅず》を手に、荒川が柚葉の家の中を回って一部屋ずつ拝んでいく。荒川が言うには、土地を鎮める前に家の中の邪気を祓っているとのことだが、柚葉にはよくわからなかった。

ただリビングだけは、荒川が「えいっ！」と気合いを込めてから例の出窓のカーテンを開けると部屋の中がはっきり明るくなったのがわかった。もっとも問題の出窓は採光用のものなので当たり前といえば当たり前なのだが、でもずっと薄暗かったリビングにようやく光が差し、柚葉の気持ちも少しだけ明るくなった。

「さて、それでは仕上げと参りましょう」

家の中を一周した荒川が額の汗を拭《ぬぐ》いつつ、持参した麻の袋の中から取りだしたのは、二〇センチ四方の正方形の形をした白木の箱だった。

「これが鎮め物です。この箱の中に収めてあるモノが、間引かれたことで荒ぶり続ける水子たちの霊を慰撫《いぶ》し、この土地を清浄にしてくれるはずですよ」

つまりこの小さな箱が、既に荒川に払っている三〇万の対価であるらしい。

「荒川さん、この中にはいったい何が入っているんですか？」

パートをしていたころの数ヵ月分の給料に値する箱をまじまじと見つめながら、柚葉が率直に訊ねた。でも荒川は苦笑しながら首を左右に振る。

「神社でいただくお守りなどは、中を見ると効力がなくなると聞いたことはありませんか？　こういう類いのモノは中身を知れば、それだけで効果がなくなるんですよ。ですから知ってはいけません。それからこの箱も決して開けてはいけません」

「……そういうものですか」

「えぇ、そういうものなんです」

荒川からにこやかにそう言われてしまうと、柚葉としてはうなずくしかなかった。

「それではお宅の敷地の中で、この鎮め物を埋められる場所に案内してもらえますか？」

それは前もって決めておいて欲しいと、あらかじめ荒川に言われていたことだ。今どきの家だけあって、柚葉の家の敷地はほとんどコンクリートで舗装されている。そんな中で何かを埋められる場所があるとすれば、道路との境目に作られた花壇だけだった。

出産して生活が落ち着いてから何かを植えようと思っていた、でもまだ何も植えてはいない、地面が剝《む》き出しの花壇にまで荒川を連れていく。

花壇を前に、荒川は持参した移植ごてで地面を掘り始めた。すぐにぽっかりと大きな穴が空いてその中に白木の箱を置くと、今度は逆の手順でもって土を箱の上へと被《かぶ》せていく。時間にして五分とかからず、鎮め物を埋める作業はあっさりと終わった。

「それでは最後に埋めた鎮め物の上を、斉藤さんが跨《また》いでくれますか？　それをもって儀式は完了です」

柚葉はこの手のことはわからない。わからないが、でも荒川の指示だ。柚葉は言われるがまま、埋め直して土の色が変わっている花壇の上を大きく跨いだ。

瞬間——ぶわりと地面の下から風が吹いたような気がした。

それぐらいの勢いで、爪先《つまさき》から旋毛《つむじ》にまで一気に悪寒が駆け抜けた。

「……なに、これ」

跨いでから、僅《わず》かに放心してしまう。

なんだろう……何か取り返しがつかないことをしてしまったような、そんな気がした。とてもおぞましい何かが憎しみをもって自分を睨《にら》みつけたかのような、そんな恐怖を柚葉は感じたのだ。

「その様子からして、どうやら成功のようですね」

「成功？」

「えぇ、そうですよ。魔をもって魔を制す、なんて昔から言うでしょ？　怖いものを押さえて鎮めるようなモノには、ときに怖い面も必要なんですよ。ですから絶対に、さきほど埋めた鎮め物の箱を掘り返してはいけませんよ」

荒川は笑顔でそう言う。柚葉としては言われるまでもないことだった。むしろ頼まれたって、さっきのような悪寒を感じるモノを掘り返すのは御免だった。水子たちのせいでただでさえ身の毛がよだつ日々なのだ。これ以上、怖いモノと関わりたくなんてない。

「だいじょうぶです。これでもう今夜から安心して眠れますから」

そして最後に「もしもまた何か困ったことが起きたら、連絡をください」とだけ言い残し、荒川は去っていった。

その晩は、荒川の言葉通りに柚葉はひさしぶりにぐっすりと眠ることができた。

昼間の儀式のせいで疲れていたこともあったのかもしれない。でもそれを差し引いたって、しばらくぶりに深く静かに眠ることができたのだ。

翌朝、目を覚ました柚葉は夫を起こさぬよう静かに寝室を出ると、一人でリビングに降りた。そして例の出窓のカーテンを怖々と開けてみた。

昨日までは朝になると泥に塗れた赤ん坊の手形がついていた窓ガラスだが、しかし今日は汚れ一つない綺麗《きれい》な状態のままだったのだ。

透明な窓ガラス越しに、日の光がリビングを明るく照らす。

それは翌日も、そのまた翌日も同じだった。

だからこれまでは閉めきっていたカーテンを、隣家に人がいなそうな時間を見計らって柚葉は開けることにした。

たったそれだけで、家全体の雰囲気ががらりと変わった気がした。

夫とも喧嘩《けんか》をしなくなった。自分の話をいっさい聞いてくれず、あれほど苛立《いらだ》たしかった夫の態度が変わったのだ。ひょっとしたらその理由は、柚葉の表情が和らいだからかもしれない。人と人の関係は鏡と似たようなものだ。これまで赤ん坊の手形に悩まされていた柚葉の態度が元に戻ったからこそ、夫も元に戻ったのかもしれない。

そう考えると、全ては荒川のおかげだった。荒川がこの土地に跋扈《ばっこ》する水子たちを鎮めてくれたから、柚葉の心は安らかになったのだ。

産婦人科での健診の結果も悪くはなかった。医者はまだまだ安静にと言うが、柚葉としてはじっとしていられないほどに、浮かれた気持ちになった。

確かに三〇万は痛手だが、それでもお腹の子の命を考えれば安すぎたぐらいだろう。

全ては、荒川のおかげだった。

荒川がこの家を訪ねてくれたから、柚葉とお腹の子は救われたのだ。

――一週間後に夢を見るまでは、柚葉はそう思っていた。

6

それは、嬰児《えいじ》の夢だった。

まさに産まれた直後らしく目は閉じたままの、肉片らしき塊が混じったドロドロとした血に塗《まみ》れたままの裸の嬰児だった。

それが寝室の布団で横になる柚葉の、大きなお腹の上に乗っていた。

柚葉の身体は動かない。金縛りだ。目玉だけはどうにか動かすことができるが、でもあまりの嬰児のおぞましさに視線は自らのお腹の上から離せなかった。

嬰児が血濡《ぬ》れた小さな手を前に突き出し、柚葉の腹の上を這《は》う。皺《しわ》の寄った猿めいた顔が徐々に自分の顔に近づいてくる様に、柚葉は悲鳴を上げてしまいそうになるが、金縛りにあった喉《のど》からは呻《うめ》き声しか出ない。

やがて両の乳房の上にまでやってきた嬰児が、パクリと口を開けた。その口はあまりに大きくて、身を濡らす血と同じ色をした赤黒い口腔《こうこう》が顔の半分を占めている。

柚葉の視線が否応《いやおう》なくその口腔の中に吸い込まれると、

「イギャーッ！　イギャーッ！　イギャーーッ！」

金属を擦り合わせたような硬質な泣き声が、嬰児の口から噴き出てきた。

その声はまるで威嚇をする獣のごとく敵意に満ちていて、柚葉はどうにか身を捩《ねじ》って逃げようとするも、やはり身体は動かない。

柚葉が動けないことをいいことに、嬰児は泣き声を上げながら柚葉の胸からさらに上へと、頭の方に近づいてくる。

柚葉の視界の中で、徐々に大きくなっていく嬰児の口腔。鼓膜を通して柚葉の頭の中に侵入してくる泣き声に、柚葉の奥歯がガチガチと震えて勝手に音を鳴らし始める。

――いやだ、もういやだ！

できるものなら恐怖に身を任せて意識を失いたいと思うがその願いは叶《かな》わず、柚葉は嬰児の顔からいっさい視線を逸《そ》らせない。

やがて柚葉の顔を覗《のぞ》き込める距離へと迫った嬰児は、これまで閉じたままだった両の瞼《まぶた》をゆっくりと開けた。

瞬間、柚葉の呼吸が喉の途中で止まった。

嬰児の目の中は空っぽだった。洞穴のように、ただ闇が詰まっていただけだった。

「イギャーッ！　イギャーッ！　イギャッ――――ッ!!」

泣き声は止まらない。むしろその音量はさらに上がり、がらんどうの目に睨まれたまま正気を失いそうになったところで――。

柚葉は、布団の中でようやく目を覚ました。

がばりという音がしそうな勢いで半身を起こし、掛け布団をすぐさまはね除《の》ける。でも柚葉の大きくなったお腹の上に血塗れの嬰児などいない。汗でいくらか寝間着が濡れているものの、血塗れの嬰児が這えば当然つくはずの汚れもいっさいなかった。

強張《こわば》っていた肩がすとんと落ち、柚葉が大きなため息を吐いた。

「……なんて、夢」

そう口にしながらも、自分で口にした夢という語に柚葉はどこか半信半疑だった。それぐらい、今見た夢はあまりにも生々しかったのだ。

夫は隣の布団でいまだに寝息を立てており、今の時刻はまだ六時前でいつもの起床時間よりも三〇分は早い。

とはいえとても二度寝する気にはなれなかった柚葉は、そのまま起き上がった。いよいよ重くなってきたお腹に手を添え階段を降り、朝食の用意のためリビングへと入る。

起き出しても、まださっき見た夢への恐怖は消えない。だから気分を変えるべく、隙間から朝日が差し込んでいるリビングの出窓のカーテンを一気に開け放った。

途端に――カーテンを開けたままの姿勢で柚葉の動きが止まる。

「……うそ、でしょ？」

荒川のおかげで消えたはずの怪異、確かに収まってくれた霊現象。

れ以上のおびただしい数の、泥に塗れた赤ん坊の手形がついていた。

――それなのに。

柚葉が勢いよく開け放った出窓のカーテンの向こう側には以前と同じか、あるいはそ

その日を境に、怪異がぶり返した。

出窓の窓ガラスには再び水子の手形がつくようになり、しかも前より数が増えているのだ。以前からびっしりついているとは思っていたが、今は隙間などなくなるほどに増えて、まるで集まってくる水子の数が増したかのように見える。

三沼の態度もさらに悪化した。柚葉の顔を見れば、気まずそうにしてまるで逃げるように自分の家に駆け込んでいく。目の下のクマは前よりも悪くなっており、それだけで眠ることができないほどの夜泣きが、まだ聞こえているのだろうと想像できた。

嬰児の夢は、あれから毎夜見続けていた。夢の内容はいつも同じで、目を覚ましても決まって夢か現《うつつ》か悩むほどに、凄《すさ》まじい生々しさに悩まされるのだ。

さらにはその夢を見始めてからというもの、急激にお腹が重くなった。体重計に乗っても指す針の位置はまるで変わっていないのに、でもやたらお腹が重いのだ。まるでもう一人、視えない赤ん坊が自分のお腹に張りついているかのようにずしりとしている。

結局のところ、柚葉が再び荒川に連絡を入れるまで、鎮め物を埋めてもらってから二週間とかからなかった。

『――なるほど。どうやら私が思っていたより、はるかに業の深い土地のようですね』

「なんというか前よりも手形の数が多くなって、水子の数も増している気がするんです」

『それは、抵抗ですよ』

「抵抗？」

『えぇ。一度は抑え込んだ水子たちが、鎮め物の力に抗《あらが》うために激しく暴れ回っている証拠です。毎晩見るというその夢が、特にいけません。その夢を見続けるようであれば、本当に水子たちにお子さんをとられてしまいかねない。お腹が重いというのは、水子がいよいよお子さんにまで手を出そうとしているということです』

夢で見るおどろおどろしい嬰児の姿が柚葉の脳裏に浮かび、同時にキュッと子宮が縮むような感覚が下腹に走った。

その感覚には覚えがあった。切迫早産と診断された際に感じた痛みとそっくりだった。

「荒川さん！　どうにかもう一度助けていただけないでしょうか」

『……手はありますよ』

「ほんとですか？」

『はい。前に埋めた鎮め物でダメだったのであれば、より強力な鎮め物で対抗すればいいのです。水子たちも抵抗できないほどに圧倒的に強く、比較にならないほど霊験の高い鎮め物を使えば、その家は今度こそ必ず人が住める家となります』

そう断言した荒川だが、しかし柚葉は力強い言葉の内容とは別の不安を抱いていた。

「あの……その比較にならないほどに強力な鎮め物というのは、やはり前のものと同じぐらいのお金がかかるのでしょうか？」

夫に黙って三〇万の貯金を下ろしてきたとき、口座にはもうほとんど残額はなかった。仮に三〇万をもう一度払って欲しいと言われたって、ない袖《そで》は振りようがない。

だから電話口の荒川が『いいえ』という声を発するなり、柚葉は安堵《あんど》のため息をもらしたのだが――、

『同じくらいではありません。より強い鎮め物を用意するには五〇〇万ほどかかります』

荒川の言葉に、柚葉は思わずスマホを取り落としそうになった。

「えっ……えぇっ‼　ご、五〇〇万ですかっ⁉」

『戸惑われるのはわかりますよ。ですが前と同じような霊験の鎮め物では短い間しか効かないことは、斉藤さんも身をもってご理解されたはずです。その土地の業は、あまりに深過ぎるのです。その家に住もうとする限り、規格外に強力な力でもって水子たちを鎮めなければ、何度だって川の底から這い出てきますよ』

荒川の言葉に、柚葉がごくりと喉を鳴らした。

「それはわかりますが、さすがに五〇〇万なんてお金はどうにも……」

『斉藤さん……これでも、本来なら一〇〇〇万はかかるだろうものを用意しようと思っているのです。私だって一度とりかかった以上は、半端な仕事をしたくありません。ですのでなんとか妥協できるギリギリの額で申し上げています。それもこれも新しい家を

購入されたばかりで、引っ越すのが難しいだろう斉藤さんのご事情を斟酌《しんしゃく》してのことですよ。残念ながらこの額は、今後もその家で暮らしていこうとする限り、どうしても必要な金額です』

「少し……考えさせていただけませんか？」

『えぇ、もちろんいいですよ。ですが……水子たちはお腹のお子さんを狙っています。お腹の子のためにもなるべく早めにご決断されることを、お勧めします』

荒川との通話を切るなり、柚葉は足の力が抜けてフローリングの床の上にへたり込んでしまった。お腹の奥がズキズキと痛む。

「……どうしてよ。どうしてこんなことになるわけ？」

宙に向かって、柚葉が問いかけた。

問いかけてはみたものの——でも本当は、理由なんてわかっていた。

それは、この家が安かったからだ。

安いからには、やはりそれなりの理由があったのだ。

ここら付近の似た築年数の家の平均的な相場と比べて、この家は五〇〇〇万も安かった。

そして荒川から提示された金額もまた、同じく五〇〇〇万だった。

この家を見つけたとき、安いなんて浮かれていた自分がバカだったのだ。

安いなら安いで、もっといろいろと疑ってかかるべきだったのだ。

けれども、もう遅い。柚葉と夫は既に人生を左右する買い物を終えている。

柚葉が提案してわがままを言ったから、もう終えてしまった。

——でも。

だからこそ、荒川と出会えたのは幸運だったとも考えられるのではないか。相場の差額と同じ五〇〇万を払いさえすれば、この家はこれからも住んでいくことのできる普通の家となる。荒川がそうしてくれる。

だったら、それでトントンだ。

本来なら不動産会社に払わなければいけなかったものを、単に荒川へと支払うだけのことに過ぎない。

だから——一晩悩んだ末に、柚葉は隣街にまで出ることにした。

車は今日も通勤で夫が使っているため、移動はバスだった。奇《く》しくも三〇万を下ろしに銀行に出向いたときと同じ時刻のバスだった。

お腹の奥に違和感があるが、今はあえて気にしないようにした。なぜならこのお腹の中の子を水子たちが狙っているからだ。今は医療の力に頼るよりも、荒川の言うように急いで新しい鎮め物を用意することがこの子を守ることに繋《つな》がるだろう。

市街地でバスを降り、お腹を両手で支えつつ柚葉が向かったのは駅前の都市銀行だった。とはいえ三〇万ですらあれほど悩んだ柚葉の口座に、五〇〇万もの大金なんてあろうはずもない。

だから今日、柚葉が銀行に向かう理由はお金を下ろすためではなかった。

あの家を担保に五〇〇万を個人融資してもらえないか、その相談のために柚葉は銀行を訪れようとしていた。

もちろん夫にはまったく相談していない。反対されるのが明らかだからだ。

ゆえに融資してもらえることになっても、夫には秘密のまま借りるしかなかった。

……払えるだろうか。

毎月の家のローンもあるのに、そこから夫にバレないように五〇〇万もの借金を少しずつ返済していくなんて、本当にできるのだろうか。

もしも返せなくなったらどうなるのか。家は、間違いなく失うだろう。それから夫も、きっと失う。それはこれから産まれてくるこの子を交えての、幸せな家族での生活を全て失うということと同義だった。

それを想像するだけで、柚葉の足は竦《すく》んでしまった。

銀行の名前が書かれた自動ドアに怖《お》じ気づき、銀行前の歩道の端に置かれたベンチに座ると、そのまま動けなくなってしまった。

——今日のところは、とりあえず帰ろうか。

そんな弱い考えが、心の中でムクムクと頭をもたげてくる。

でも、そうはいかない。手ぶらで家に帰っても、何も事態は変わらない。

お腹の奥にあった違和感が、少しずつ痛みに変わっていく。

さらに今日は、ことさらお腹が重かった。

……荒川の言うように、やはり狙っているのだろう。このお腹の子を仲間にするために、出窓ではなく自分のお腹に張りついて、水子が子宮の中を覗《のぞ》き込もうとしているのかもしれない。だからこそ手遅れとなる前に、荒川にあの土地の水子たちを鎮めてもらわなければならないのだ。

一時間か二時間か、はたまたもっとか。銀行の前のベンチでずっと座ったままだった柚葉が、ようやく決断した。

——借金で全てを失おうが、それでもこの子の命は残る。

その思いだけを頭に充満させて、柚葉が銀行の自動ドアの前へと立つ。

だが——自動ドアは開かなかった。

それどころか、いつのまにか自動ドアと柚葉の間に黒い壁が聳《そび》えていた。

正面を向いた柚葉の視界が真っ黒に染まり、自然と「えっ?」と声が出る。よく見たら、黒いそれは壁ではなかった。細身の柚葉より三回りも四回りも大きな肩幅をした、見上げるほどに背の高い、真っ黒なシングルスーツを着た男性だったのだ。

間違いない。この男は柚葉が家の周りをうろついていた、あの大男だった。

遠目から家の出窓を眺めては目が合うとすぐ消えてしまう、向かいの住人たちに柚葉の家が建つ土地が元はなんだったのかを訊《き》いてきた、不気味で不穏な黒い男だった。

いきなりの遭遇に柚葉が息を呑《の》んで動きを止めていると、しかめ面をした大男が柚葉を見下ろしながら口を開いた。

「斉藤柚葉さん、失礼ながら今朝方からあなたを尾行しておりました。突然で驚いているでしょうが、でもこれ以上被害が拡大するのを見過ごせません。もしも高額の除霊料をふっかけられて銀行からの融資をお考えであれば、おやめになったほうがいい」

見た目通りの野太い声ながら、でも意外なほどに丁寧な口調の言葉が降ってきた。

しかし、あまりのことに柚葉の頭はまったく理解が追いつかない。

――尾行？　被害？　この黒ずくめの大男は何を言っているのだろうか。

そもそもこの人は何者なのか。まるで自分のことを心配しているような口ぶりだが、家の周囲をうろつくこの男のせいで柚葉の不安が助長されていたことは間違いないのだ。

「……あなたは、誰ですか？」

勇気を出してそう問いかけるなり大男が首を前に傾けて、ずいと柚葉に顔を寄せた。

刈り込んだ短髪に眼光鋭い目、顔の輪郭は面長なのだが、あまりに厳《いか》めしい雰囲気過ぎて長方形のように見えた。

怯《おび》えて再び黙ってしまった柚葉に対し、大男が上から告げる。

「荒川真如――こと、本名荒川初枝《はつえ》には詐欺の嫌疑がかかっています」

「…………えっ？」

「あなたは荒川が仕掛けた劇場型の霊能詐欺に騙《だま》されている可能性が高いと、自分たちはそう心配しているのです」

――詐欺？　劇場型の霊能詐欺って、いったいどういうこと？

そもそも水子たちによる祟《たた》りは、荒川と出会う前から起きていた。それを一目で当てた荒川は、一度は水子たちを鎮めることに成功したのだ。

だから荒川の霊能力は本物だ。詐欺であろうはずがない。

嘘ですっ！——柚葉がそう叫ぼうとした瞬間、腹部に急激な重みが生じた。

それは嬰児《えいじ》の夢を見て以降、ずっと自分の腹に張りついている気がする別の赤ん坊が、突然鉄にでもなったかのような、そんな劇的な感覚だった。柚葉の膝《ひざ》が耐え切れずに、舗装された固い歩道の上で崩れ落ちそうになる。

でもすんでのところでもって、柚葉の両肩を大男が支えてくれた。

「だいじょうぶですかっ⁉」

そういえば図書館でも似たようなことがあった——なんて場違いなことを柚葉が思った直後、まるでパンッと水風船が割れたかのように腹部の重みが弾《はじ》けて、霧散した。

いきなりの感覚の変化に驚く柚葉だが、しかし動転しているような間はなかった。

何者かの手が子宮を押し潰そうとするかのような、前に救急車で運ばれたときと同じ猛烈な痛みが、下腹部から襲ってきたのだ。獣じみた「うぅ」という呻《うめ》きだけを出して、その場に柚葉が蹲《うずくま》る。

ぶわっと脂汗が吹き出てきた柚葉の顔つきを見て、大男の血相が変わった。

「いけないいっ！　しっかりしてください、いま救急車を呼びますから」

すぐさまスマホを取り出し、大男が送話口に向かって何かを叫んだ。

目の前の大男の叫び声をまるで遠くの出来事のように聞きながら、柚葉は下腹に両手を添え「……まだ出てきちゃダメ」と必死に訴えていた。

7

「柚葉っ！」

顔色の青い夫が病室に駆け込んできたとき、柚葉はベッドで半身を起こしていた。

――病院に運ばれた柚葉に下った診断は、またしても切迫早産だった。

同じ月に二度も救急車で運ばれたこともあって、医者からは「とにかく安静に」とかなりきつく言われ、精密検査も兼ねてそのまま入院することになったのだ。

張り止めが効いてきたおかげもあって、普段とほとんど変わらない顔色をした妻を前に夫が安堵《あんど》のため息を吐いた。

「前に運ばれたときも、なるべく安静にするようにって言われたんだろ？　それがどうして隣の市の駅前にいたんだよ。頼むから今は身体を大事にしてくれ」

夫は今日は都内にまで出張の予定で、帰りは遅くなるはずだった。それなのに柚葉が病院に運ばれてから僅《わず》か二時間で来たということは、出張先から病院まで急いできたということだ。最近は喧嘩《けんか》ばかりしているが、こうして仕事を放ってまで駆け付けてくれたことが柚葉は少しだけ嬉《うれ》しかった。

でも同時に、胸が裂けそうなほどの申し訳なさも感じた。

「……ごめんなさい」

安静を言われている柚葉が出掛けた理由は、夫に内緒で借金しようとしたからなのだ。

それを言えぬ柚葉が目を伏せたところ、病室のスライドドアがすーっと開いた。

同時に「失礼」という声とともに室内に入ってきたのは、頭が天井に届くのではないかと錯覚しそうなほどに大きな黒スーツの男だった。

いきなり病室に入ってきた仏頂面の見知らぬ男性に仰天して、夫が柚葉を庇《かば》うかのように男の前に立つ。

「……し、失礼ですが、どちら様でしょうか？」

その夫の問いに答えたのは、当の大男ではなく背後にいる柚葉だった。

「あっ！　違うの……その人は私が倒れたとき近くにいてくれて、救急車を呼んで付き添ってくださった人なの」

そう聞いた途端、大男の威容に気圧《けお》されていた夫がばつの悪そうな顔をした。

「そうでしたか。そうとは知らず、この度は妻が大変お世話になりました」

慌てて頭を下げた夫に対し、大男が首を左右に振った。

「いえいえ、まったく礼には及びませんよ」

おそらく見舞いの品なのだろう。今しがた病院の売店で買ってきたらしいペットボトルが何本も詰まったビニール袋をサイドテーブルに置きつつ、大男が苦笑する。

「あのときあの場所に私がいたのは、奥様である柚葉さんを尾行させてもらっていたためなのですから」

いきなりとんでもないことを口にした大男に、夫が言葉を失う。倒れる前にそんなことを言っていた気もするが、柚葉もあらためて正面切って言われ押し黙ってしまう。

「実を申しますと、私はこういうものでして」

二昔前の刑事ドラマそのものな台詞《せりふ》を口にしつつ、男がスーツの懐から取り出したのは警察手帳だった。上下に開いたパスケース型の手帳の上部には、目の前の厳めしい顔と同じ顔の写真が確かに貼られ、下部の警察を示す記章には『警視庁』の文字が書かれている。

「警視庁の生活安全部で警部補をしている、大庭猛《おおばたける》と申します」

無言のまま夫の目が飛び出んばかりに見開くが、だがそれ以上に仰天していたのは柚葉の方だった。

黒い大男——あらため大庭を、柚葉はこれまでたびたび家の付近で目撃していた。自分の家の出窓を凝視する不穏な気配の大男を、柚葉は赤ん坊の手形や泣き声などと同列の怪異の一種のようにさえ感じていたのだ。

それがまさか、あの黒い大男が警察官であったとは。

「茨城県警でもない警視庁の刑事さんが、どうして妻の尾行なんて」

柚葉よりもやや衝撃が少なかった夫が、当然の疑問を口にした。

「ご安心ください。別に柚葉さんに嫌疑がかかっているわけではありません。自分が調べているのは、既に柚葉さんと接触をしていると思われる荒川初枝という人物です」

荒川の名前に、柚葉の顔から血の気が失《う》せた。

一方で、まるで話のわからない夫は、狐につままれたような顔で首を傾げる。

「実は、あなた方が現在お住まいであるお宅が、既に三度も所有者が変わっているということはご存じですか？　築一年のあの家に住むのは、あなた方で四番目なんです」

「よ、四番目っ!?」

夫は驚いて声を上げるも、知っていた柚葉は黙ったまま目を泳がせる。

「そうです。調べてみると前に住まわれていたどの方もローンでもってあの家を購入されているのに、その全員ともが僅か三ヵ月ばかりで家を売りに出し、引っ越されている。これがどれほど異常なことかは、説明するまでもありませんよね。

そしてどの家族が住んでいたときにも、あの家には荒川真如という霊能者を自称する人物が出入りしていたことが自分らの捜査からわかっています」

話がさっぱりわからない夫が「その荒川というのは……」と口にする。

でもその直後に、うつむいた柚葉が大庭と目を合わせぬままで声を発した。

「……荒川さんの霊能力は本物です。胸騒ぎがしたから家の前を通り、そうしたら水子たちの泣き声が聞こえたからって、心配してうちを訪ねてくれたんです」

何も知らない夫が目を皿のようにして柚葉の顔を見る一方で、大庭が口を開いた。

「残念ながらそのようなことはありえません。胸騒ぎなんてのは荒川の舌先三寸でしょうし、そもそも柚葉さんは水子の泣き声とやらを自分で聞いたことがありますか？」

「……確かに、私は水子の泣き声を聞いたことはありません。でも荒川さんだけじゃなく、隣家に住む三沼さんも水子の泣き声を聞いているんです。三沼さんはうちのほうから聞こえてくる夜泣きの声に夜毎悩まされて、それを本物の赤ちゃんの泣き声だと勘違いし、私に困った目を向けてくるんです。それにあの家で起きている不思議な出来事は、泣き声だけじゃありません。あの家の出窓には、水子たちの手形がつくんです。流された水子たちが川の底から這《は》い出てきて、家の中を覗《のぞ》こうと泥に塗《まみ》れた手で夜な夜な窓の上を這い回るんです。その霊現象を荒川さんは、鎮めてくれたんですよ！」

最後は声を荒らげて吐き捨てた柚葉の様子に、驚いたのは大庭ではなく夫だった。どこか怖い目つきをした柚葉を、信じられないものでも見たように見つめる。

「そのことなんですがね……実はお宅の隣家に住む三沼秋穂《あきほ》には、荒川の共犯者の疑いがあります。三沼は荒川と共謀し、水子に祟《たた》られているとあなたに思い込ませるために、赤ん坊の泣き声の偽証や手形の怪異の偽装を行っていた可能性が高いと考えています」

あまりに予想外だった大庭の返答に、柚葉が口を開けたまま固まる。

――三沼が、荒川の共犯者？

「正直申しまして、柚葉さんが荒川を庇いたい気持ちは理解できなくもありません。荒川のおかげで助かったと、きっとそう思われたことでしょう。ですがあなたを苦しめていた怪異が、荒川の指示で三沼が仕組んでいたものだったとしたら、どう思いますか？　偽の怪異であなたを追い詰めるだけ追い詰め、精神的に参ったタイミングでやってきて、助けるふりをして金を奪い取ろうとした相手に、本当に感謝する気になれますか？」

　大庭の言葉に柚葉は深くうな垂れるも、しばし逡巡《しゅんじゅん》してから口を開いた。

「……それでも誰も理解をしてくれず本当に苦しかったとき、私の悩みを聞いてくれたのは荒川さんなんです。何を言っても夫からは相手にしてもらえなかったのに、荒川さんだけは私の話を信じてくれて『がんばりましたね』とまで言ってくれたんです」

　今度、目を伏せたのは夫だった。柚葉の話に心当たりが山ほどあるのだろう。柚葉の思いを知った夫は、ショックを受けた表情でもって自らの唇を噛《か》んだ。

「なるほど、柚葉さんの思いはよくわかりました。確かに、自分が性急過ぎたと思います。であれば今日のところは、自分からの話はここまでとしましょう」

　腕を組んだ大庭が、瞑目《めいもく》しながら深くうなずく。威圧感のある大庭の話が終わるということに、夫も柚葉も少しだけ安堵《あんど》する――も。

「ですがお身体の具合がよろしくないときに難しい話をしてしまったお詫《わ》びとし、水子の霊に悩まされている柚葉さんに、除霊ができる人物を一人ご紹介させてください」

　驚いた柚葉が伏せた顔を上げたとき、大庭はもう手にしたスマホからメッセージを送信したあとだった。

　直後、柚葉が「あっ⁉」という廊下にまで響きそうな大声を上げる。

その人物はたぶん廊下で待機していたのだろう。メッセージを送った大庭がスマホをしまうよりも早く、病室のドアをスライドさせてその人は室内に入ってきていた。

その人の顔は、柚葉が見知ったものだった。見知っているとはいえ知り合いではない。それ以前の関係で、むしろどうすれば再会できるかとさえ考えていた相手だった。

「はじめまして――ではありませんね。柚葉さんとお会いするのはこれで二度目です。大庭と同じく警視庁生活安全部に所属する芦屋玲璽《あしやれいじ》と申します」

芦屋と名乗ったその男性は、いつぞやの図書館にて貧血で倒れた柚葉を介抱してくれた、あの男性だったのだ。

白い患者衣を纏《まと》いベッドの上で上半身をもたげる柚葉を目にし、芦屋が困ったように苦笑した。

「……だから『気にしないのが一番です』と、そう申したんですよ」

前に助けてもらった柚葉としては、芦屋の忠告を聞けず申し訳ないと思う。でも一方で、あれだけ激しい水子たちの祟りを気にしないなんて無理な話だとも思った。

「ですが……これはさすがに仕方ありませんね。どうやら全部が全部とも嘘とは言えなくなってしまったようですし」

ベッドの傍らに立った芦屋が目を細め、布団の上から柚葉のお腹の辺りを見据えた。

わけのわからない柚葉が「はぁ」と間の抜けた声で応じた。

「こいつは自分と同じ警察官なのですが、まあ変わり種でして。さきほど申したように除霊の真似事ができるんですよ」

「なに言ってんだよ、除霊なんて胡散臭《うさんくさ》いことはできないよ。僕にできるのは撫物《なでもの》さ」

「普通の人からすればどっちも変わらん。いいから、やれ」

難しい顔で眉間《みけん》に皺《しわ》を寄せた大庭に対し、芦屋が「はいはい」と、飄々《ひょうひょう》と肩を窄《つぼ》めた。

柚葉と向き直った芦屋は手近な椅子に座り、あらためて柚葉のお腹の上に目を向ける。

「……これは、大変だったでしょう」

「えっ？」

「ここしばらくずっと、お腹が重かったんじゃないですか？」

「……はい、そうです。確かに重かったです」

「そうですよね。まるでもう一人赤ん坊がお腹に乗っているような、そんな感覚ではなかったですか？」

荒川以外には誰にも話していなかったことを看破され、柚葉が目を見開いた。

「今はどうですか？」

「今は、だいじょうぶです。病院に着く前からずいぶんと軽くなりました」

「そうですか。ならよかった」

優しげな面持ちで芦屋はそう言うと、Tシャツの上に羽織ったジャケットの内ポケットから何かを取り出した。

それは和紙だった。和紙で怖い体験をした柚葉はギョッとなるも、でもそれは自分の頭上に落ちてきた和紙とは違うと、すぐに気がついた。芦屋が取り出した和紙は人の形に切り抜かれ、しかも人形《ひとがた》の胸の辺りには星形のマークが書かれていたのだ。

「これを使って、今から柚葉さんに憑《つ》いた水子を祓《はら》ってさしあげますからね」

「あの……さっき大庭さんもそれらしいことを言ってましたが、芦屋さんは霊能者なんですか？」

その問いに芦屋は僅《わず》かに驚いた表情を浮かべるも、それはすぐに悪戯《いたずら》めいた表情に変わり、人差し指を自分の口に添えながら柚葉の耳の近くで囁《ささや》いた。

「これは誰にも内緒ですよ。僕はね、陰陽師なんですよ」

そのあざとすぎる芦屋の仕草がなんだか妙に可愛くて、本当なら驚くべきところなのだろうが柚葉はくすりと笑ってしまった。

「ですから安心してください。霊能者になんて負けません。今から柚葉さんを苦しめて苛《さいな》んできた水子たちを、みんなこの人形に封じ込めて楽にしてあげますからね」

芦屋はそう言うと、隣にいた夫に向かって手にしていた紙の人形を差し出した。

「服の上からでいいので、これで柚葉さんのお腹を優しく撫でてあげてください」

いきなり話を振られて驚く夫だが、空気を読んでか静かにうなずいた。それから人形を受け取り、どことなく怖々とした動きでもって患者衣の上から柚葉の腹を撫で始める。

すると——なぜだろうか。あれほど辛《つら》かったお腹の張りが、夫が一撫でするごとに和らいでいく気がした。普通に考えれば張り止めの薬が効いてきたからということなのだろうが、でもそれだけが理由ではないように柚葉には思えて仕方がなかった。

「水子たちの祟りに脅かされた日々は、さぞストレスだったでしょう。そういう不安は家の中に充満し、仲の良い人同士の間にさえ不和を呼び起こす。だから安心してください。こうして旦那さんが柚葉さんのお腹を撫でて、外からやって来る水子を封じてさえくれたら、それだけでもう全てがうまくいきますからね」

「そうですか……夫と喧嘩《けんか》して辛かったのも祟りのせい、だったんですね……」

柚葉の目と顔つきが急にトロンとなり、口調がたどたどしくなった。張り止めの薬を飲んでいるので本来なら動悸や頭痛がするはずなのに、そんな副作用などまるで感じさせない穏やかな表情を浮かべたまま、柚葉がコクリコクリと舟を漕《こ》ぎ始める。

それほどまでに、気を張り詰めていたのだろう。それが傍目《はため》にもはっきりとわかるからこそ、無言で妻のお腹を撫でていた夫は身を小さくしながらただ唇を噛んだ。

「ええ、だから安心してください。この人形で祟りを鎮めれば、それでもう夫婦喧嘩なんてしなくなりますよ。旦那《だんな》さんには同じ人形を何枚も渡しておきますからね。だからもし苛々《いらいら》したり悲しくなったりしたときは、二人のお子さんがいるこのお腹をこうして優しく撫でてもらってください。それだけできっと万事うまくいくはずですから」

「……ありがとうございます。それで……除霊料は、おいくらでしょうか？」

もはや目を開けることすら辛そうな柚葉が、ぼんやりした意識で口にする。本当に苦しめられているからこそ、夢現《ゆめうつつ》でも自然と出てきてしまったのだろうその問いに、芦屋が僅かに笑みを強張《こわば》らせた。

「だいじょうぶですよ、そんなものは要りませんから」

「こういったことは……お高い、はずです……」

「でしたらこれはお詫びということにしましょう。銀行前で大庭と会ったのが偶然でないように、図書館で僕と会ったのも偶然ではなく捜査で尾行していたからです。そんな失礼なことをしたことに対しての、これはせめてものお詫びですよ」

柚葉が「……ですが」と困った声を出すも、そこが限界だった。それきりベッドの背もたれに上半身を預けて、首を傾けた状態でもって寝てしまった。

「――もう手を止めてもらって、だいじょうぶですよ」

芦屋に言われて、静かな寝息を立て始めた柚葉のお腹から、紙の人形を握っていた手を夫が離した。妻の様子から、切迫早産の原因だろうストレスの要因が自分にもあると悟り、夫が無言で肩を落とした。

そんな夫に、芦屋がさっき使ったものと同じ人形を数枚差し出す。

「もし柚葉さんがまた不安がり出したときは、今と同じように『悪いものはこれに移す』といってこの人形を使ってお腹を撫でてあげてください。そのとき肝要なのはどれほど柚葉さんが苛立っていようとも、旦那さんが穏やかで落ち着いた気持ちで語りかけてあげることですよ。ただでさえ普段と違う身体の状態に、柚葉さんは戸惑っているんです。せめて外からかかるストレスは、できる限り取り除いてあげてください」

「……はい」

人形を受け取りながら殊勝に頭を下げた夫の様子に、芦屋が満足そうにうなずいた。

二人のやりとりが終わるなり、大庭が口を開く。

「さて、大変なときに長々とお話をしてしまい、申し訳ありませんでした。自分たちはこれでいったん退室しますが、柚葉さんが目を覚まされたらよくよくご家庭のことを話し合ってみてください」

「……おっしゃるとおりですね。一度、柚葉の話をよく聞いてみます」

「おそらく柚葉さんのお話の中には、荒川真如という名の霊能者が出てくるはずです。その人物を自分たちは詐欺師と考えています。柚葉さんとお話をされた上で、どうか捜査へのご協力をいただけるとありがたいです」

大庭から差し出された名刺を、夫が人形を握ったままの手で受け取った。

そのまま踵《きびす》を返して病室を出ていく二人に向けて、夫が再び頭を下げた。

8

「馬鹿野郎っ！　おまえなんでわざわざ陰陽師と名乗ったっ！」

病院の駐車場に停めておいたセダン車に乗り込むなり、大庭が芦屋を怒鳴りつける。

ちなみに助手席が大庭で、運転席が芦屋だ。きっちりシートベルトを締めて助手席で腕を組む大庭の頭は天井スレスレで、やたら窮屈そうに見えた。

「別にいいじゃないか。ああ言ったら、柚葉さんはいっそう安心できるだろ？」

「だからって、ほいほいと前職の名を出す必要はあるまい」

「前職じゃなくて、僕は今でも陰陽師が本職だよ。警視庁には、宮内庁からの要請で出向しているだけなんだからさ」

「だとしてもだ！　内密な情報をおいそれと参考人に明かすな！」

鼻息荒く捲《まく》し立てる大庭を、芦屋が肩を窄めて「はいはい」と面倒臭そうにいなした。

「というか、大庭よ。それはそれとしておまえ、柚葉さんの身体に触れただろ」

「目の前で倒れそうになった妊婦を支えんわけにはいかんだろうが。破廉恥ながらも、手で肩を支えさせてもらった。水子のことで悩んでいるとは思っていたが、まさか倒れるほどに神経をやられているとはさすがに想像以上だったがな」

「はたして倒れたのは、本当に水子が原因か？　案外に祟《たた》りへのストレスじゃなく、突然に飛び出てきた大庭のおっかない顔に驚いて気が遠くなったってことはないか？」

「そんなことあるか！　失敬な」

腕を組んだまま、大庭が眉間に皺の寄った厳《いか》めしい顔でギロリと芦屋を睨《にら》みつける。たいがいの者はそれだけで震え上がるほどの迫力なのだが、芦屋は大庭を嘲笑《あざわら》うように涼しい表情で鼻を鳴らすだけだった。

「戯言《ざれごと》はもういい。いいから――おまえが視たところ、どうだったのかを教えろ」

「説明する必要があるからこそ、おまえが柚葉さんに触れたことを責めているんだよ。まったく視にくいったらありゃしない。でも——当たりだろうね。大庭が触れたから綺《き》麗《れい》に散っているけれど、嬰児《えいじ》の形をしたモノがお腹にぶら下がっていた痕跡《こんせき》は残っているよ。相当、重くて怖かっただろうね。あれは以前に図書館で会ったときには、間違いなくなかったモノだ」

「だとしたら、荒川はやっぱりクロということだな」

「まあ資料映像で見た昔の様子と違って、今はもうたいした力はないと思うけどね」

芦屋のあっさりとした物言いとは対照的に、大庭は眉間《みけん》に浮かべた皺《しわ》を深めた。

「それで、これからどうする気だい？　捜査の結果、もしも荒川がただの詐欺師だったら捜査二課に引き継ぐという話だったと思うけど」

「荒川がクロ——本物の呪詛《じゅそ》を使った容疑が高いとわかった以上、答えは決まっている。これは間違いなく、自分たちが解決すべき事件だ」

迷いのない大庭の断言に、芦屋も神妙にうなずいた。

「しかしそうは言っても、今回の件は妊婦である柚葉さんとの相性は最悪だ。のんびり通常捜査なんてしていたら、最悪の事態に発展する可能性もあるだろうね。——なんだったら荒川がもう新しい呪詛をかけられないよう、僕から先に仕掛けようか？」

それまでの微笑みとは毛色がまるで違う、陰湿な笑みを芦屋が急に口元に浮かべた。

途端に大庭がカッと目を見開いて、芦屋を睨みつけた。

「よさんかっ！　冗談でもそんなこと言うな、今はおまえも俺と同じ警察官だ！」

ほんの少しだけ芦屋はつまらなそうに苦笑すると、肩を竦《すく》めた。

「はいはい。わかってるから、そんなに目くじらたてなさんなって。——とはいえ悠長にできないのは確かだろ。これからどうするつもりだ？」

「案ずるな、令状請求での通常逮捕だけが事件解決の手段ではない。柚葉さんが捜査協力をしてくれるのであれば、ちゃんと別の手もとれる」

腕を組んだ大庭が、口をへの字に結びながらもしたり顔を浮かべる。

大庭に策あり——ならば警察官としては後輩に当たる自分はその指示に従うだけだ。

芦屋はそう思いつつ、車のエンジンをかけた。

9

「隣の斉藤です。——ご心配おかけしましたが、なんとか昨日退院してきました」

午前中のまだ早めの時間に、三沼宅の門柱に付いたインターホンを柚葉が押す。

すると家の中を走る音が聞こえてから、すごい勢いで三沼家の玄関が開いた。

驚いて固まる柚葉の顔とちゃんと大きなままのお腹とを交互に見て、化粧をしたばかりであろう三沼の眦《まなじり》に急に涙が浮かんだ。

「……どうしたんですか？」

「ごめんなさいね。無事に斉藤さんが戻ってきてくれて本当よかったと思って……」

話をしているうちにみるみる三沼の目から涙がこぼれ出し、漏れ出す嗚咽《おえつ》を隠すように口元に手を添えた。

隣人の過剰すぎる反応に戸惑う柚葉だが、でも無事に戻ってきたことを喜んでもらえて悪い気はしない。

三沼が落ち着くまで数分ばかりじっと待ってから、あらためて柚葉も声をかけた。

「……そんなに喜んでもらえるなんて、まるで思ってもいませんでした」

「そんなの当たり前でしょ、お隣同士なんだから。それに――お腹のお子さんが無事で、本当に良かったわ」

また涙ぐむ三沼の笑顔に、柚葉自身もついもらい泣きをしそうになる。

――けれども。

「まだ赤ちゃんの夜泣きは聞こえていますか？」

「えっ？」

ピシリという固まる音がしそうなほどに、三沼の顔が一瞬で凍りついた。

さっきまでの泣き笑いの表情のまま、顔色だけが急速に青くなっていく。

「……どうしたの、突然に」

「前におっしゃっていましたよね、赤ん坊の夜泣きがうちから聞こえてきて辛《つら》いって」

「えぇ……そうね」

「ですから私がいない間もその声が聞こえていたのかどうか、気になりまして」

さっきまで潤んでいたはずの三沼の目が、途端に泳ぎ始める。

「……変わらずよ。あい変わらず毎晩、赤ちゃんの夜泣きの声は聞こえていたわ」

「そうですか」

冷淡な声で柚葉がそう返すと、三沼の眦が僅かにひくついた。

「ご、ごめんなさいね。せっかく退院されてきたのだから上がってもらってお茶でもとは思うのだけれども、これから私もパートの時間なの」

「いいえ。こちらこそ急に押しかけてしまって、すみませんでした」

愛想笑いを浮かべて柚葉がそう言うと、三沼はいそいそと自分の家に引っ込み玄関の戸をバタンと閉じた。柚葉も三沼宅の敷地を出て自分の家へと戻る。

途中、三沼宅側の壁にある出窓へと目を向けてみる。泥に塗《まみ》れた手形はついておらず、出窓に嵌《は》められたガラスは透明のままだった。

自分が入院中に夫が洗ってくれていたわけではない。消しても消しても翌朝にはついていた水子たちの手形が、柚葉が入院した日を境にぴたりとつかなくなったらしいのだ。

柚葉が自分の家の玄関をカードキーで解錠する。ドアを開けるときほんの少しだけ頭上が気になったが、でも濡《ぬ》れた和紙など落ちてはこなかった。

スリッパに履き替え、リビングへと向かう。出窓のカーテンを閉めているため午前中にもかかわらずリビングは薄暗く、柚葉がドアの近くにある照明のスイッチを押した。

途端に室内が明るくなり、二つの人影がリビングに浮かび上がった。

夫は既に会社に行っている。いつもならこの時間に家にいるのは柚葉だけだが、

「……照明ぐらい、勝手に点《つ》けてくださってかまいませんのに」

そう口にした柚葉に返ってきたのは、やたら野太くて生真面目な声だった。

「どうぞお気になさらず。自分らがこの部屋にいることを、三沼に感づかれるわけにはいきませんので」

出窓のカーテンの合わせ目から前屈《まえかが》みになって外をうかがう大庭がそう言うと、ダイニングテーブル用の椅子に腰掛けて頬杖《ほおづえ》をついていた芦屋が苦笑した。

――切迫早産で入院してから一週間後。劇的に出血とお腹の張りが治まった柚葉に退院許可が下りてから、大庭と芦屋は柚葉に捜査協力を求めてきた。

その協力の内容は『柚葉の家から隣家の様子をうかがわせて欲しい』というもので、柚葉は少し悩んだが、夫はほぼ二つ返事だった。退院後もなるべく安静にしなければならない妻を、独り家に残して仕事に行くことが不安だったのだろう。

柚葉は、確かに大庭と芦屋には助けられた。だから協力すること自体はやぶさかではないのだが、でも同時にまだ荒川のことを疑い切れないでもいた。荒川は本当に苦しかったときに助けてくれた恩人であり、その想いは簡単に割り切れなかった。

「……荒川さんは、本当に三沼さんと通じているのでしょうか？」

お腹を抱えながらソファーに座った柚葉がポツリとつぶやくと、大庭と芦屋の二人の目が同時に細まった。

「やはり、信じられませんか？」

「……えぇ、正直なところまだ少し」

詐欺に遭ってお金を騙《だま》しとられたとは思いたくない——そんなプライドが、働いている自覚も柚葉にはある。だがそれを差し引いたって、柚葉は自分の身を襲った数々の怪異が全て嘘だったとはいまだに信じられなかった。

「夜泣きの件、三沼に訊《たず》ねてみましたか？」

「はい、尋ねてはみましたが……」

その先を柚葉はつい口ごもってしまった。

先ほどの三沼への挨拶《あいさつ》は、実のところ大庭に協力を頼まれてのものだった。以前に聞こえていた夜泣きがどうなっているのかを三沼に訊ねてみて、その反応を教えて欲しいと言われたのだ。

そして夜泣きのことを訊《き》いたときの三沼の態度は、確かにおかしかったのだ。

三沼の様子を言い淀《よど》んだ柚葉を見て、大庭は柚葉の複雑な心情を察したのだろう。腕を組みつつ「ふむ」と唸《うな》ってから、口を開いた。

「柚葉さんにも知っておいてもらった方がいい気がするので申しますが、実は隣の三沼宅は柚葉さんたちが購入されたこちらのお宅と違って、借家なのですよ」

「……えっ？　持ち家じゃないんですか？」

驚いて、つい返してしまった柚葉の問いに、大庭がうなずいた。

二軒並んだ色違いの双子のような家。中古とはいえ自分の家が持ち家だから隣の三沼宅も同じと思い込み、疑うどころか柚葉はそんなことを考えたこともなかった。

「三沼宅を含めた、前のここらの土地の持ち主は、現在は仕事でマニラに赴任されているのですよ。そのため土地を相続して売りに出す際に、不動産屋に条件を出したんです。斉藤さんが今お住まいのこちらの家は土地ごと全て不動産屋に売却するが、隣家の三沼宅は自分が日本に戻ってきたときに住むので、家を建てたら期限付きの借家として貸し出して欲しい、とね」

そういえば道を挟んだ向かいの住人と話をした際に、黒い大男こと大庭の話が出たことがあったのを柚葉は思い出す。今になって思えば、あれはきっと捜査の一環だったのだろう。大庭はこの家と土地の、過去を調べていたのだ。

「そして三沼秋穂は、斉藤さんのご自宅であるこの家が新築で売りに出た際に、いの一番で内見に来たこともわかっています。つまりこの家を買おうと考えた、最初の人物が三沼なのです。だが三沼は、当時建売だったこちらのお宅を買うことはできなかった」

「……どうしてですか？」

大庭の話に仰天しつつも、素で感じたままの疑問を柚葉が挟む。

「急に購入資金が足りなくなったのですよ。内見をした直後、まさにローンの計画を立てていた最中に、旦那《だんな》が連帯保証人をしていた弟の会社が倒産してしまったんです。それで家を買うために貯めていた預金を、全て銀行に押さえられてしまった。

当時の三沼夫妻は社宅に住んでいたのですが、まもなく六〇歳を迎える配偶者が正社員から嘱託に切り替わるため、引っ越しせざるを得なかった。それもあって終《つい》の棲家《すみか》の購入を検討していたのでしょうが、突然に降りかかった不運で買うことができなくなり、とりあえず急場を凌《しの》ぐために隣の借家を借りた——ということのようなのです」

なんというか、少しだけ身につまされる話だった。柚葉もまた、資材高騰で家の値が上がっていく中で、予算に合った家を見つけるなり急いで購入した身だ。それが直前になって頭金が消えて買えなくなり、でも住むところを得るためにすぐ隣の家を借りたとなれば、どんな気持ちになるだろうか。

なんとなくだが、悔しい三沼の胸中が柚葉には推し量れた。

「失礼ながらこれも調べさせてもらったのですが——柚葉さんがこちらのご自宅を購入された際、購入額は相場よりもかなりお安かったですよね？」

「……はい。かなり安くて、それが買う決め手になりました」

「ご承知のとおり、こちらのお宅は築一年という浅さで既に三度も転売されています。家自体には何も問題がないのにそれでも住んだ人間が短期間で売りに出すので、不審に感じた不動産屋がなるべく早く売り抜けようとどんどん値を下げているんです。ですからその値段の推移をネットで見つつ、三沼はたぶんこう思っているはずですよ。柚葉さんたちがこの家を手放せば、この家の値はもっと安くなる――とね」

大庭の口から出たその結論に、柚葉がはっと息を吞《の》んだ。

「三沼秋穂は詐欺の実行犯です。とはいえやっていることは悪戯《いたずら》レベルですがね。真夜中にこっそりこの家の敷地に忍び込み、出窓に泥の手形をつけていく。本当は聞こえてなどいないのに、赤ん坊の泣き声が聞こえるとクレームをつける。やがて不安を感じたこの家の住人は土地のことを調べ始め、すると必ず『子返しの絵馬』へと辿《たど》り着くのです。あれは世の中的にはさして有名ではありませんが、とある学術的な界隈《かいわい》では知らぬ者がいないほどに有名な絵なのですよ。そうやって住人の不安を煽《あお》りに煽った段階で――『この家は水子に祟《たた》られています』と、荒川が登場するのです」

……言われてみれば、確かにそんなタイミングだった。荒川が家にやってきたときまさに救いの神という感じだったのだが、それは柚葉が最初に倒れて「この子を水子たちから助けてくださいっ！」と、三沼に叫んだ後のことだ。

「前の住人のときも、そのまた前の住人のときも、この家に荒川が出入りしていたのは確実です。そして何度か出入りして除霊料を受け取ると、荒川は住人の前から急に姿をくらまします。荒川の目的は金ですから、高額の除霊料をせしめさえすればもうこの家と住人に用はないのです。でも三沼は違います。自分が欲しかったこの家の住人を追い出し、そして家自体の値を下げていくことこそが目的なのです。

ゆえに荒川からの連絡を受けた三沼は、一度目の除霊後はいったん怪異の偽装をやめます。でもすぐに前以上の勢いで再開し、怯《おび》えた住人はさらに高額の除霊料を荒川に払うも、三沼はその後はもう怪異の偽装をやめない。借金してまで除霊したのに怪異は収まらなかったことで、家族仲を険悪としたまま住人はこの家から逃げ出していく。そして前よりさらに安くなったこの家に、すぐにまた新しい被害者がやってくるのです」

柚葉の顔が青くなった。それはあまりに思い当たる節の多い話だったからだ。

荒川に鎮め物を埋めてもらって以降、確かにこの家の怪異は収まった。でも安心したところでぶり返した。そして二度目は、借金をしなければ払えぬほどに高額の除霊料を提示された。

仮に銀行に入る直前に大庭に止めてもらわなければ、柚葉は借金して五〇〇万もの除霊料を荒川に支払った可能性が高く、それは遠からず夫の知るところとなって関係は険悪となり、そのまま離婚してこの家から出て行ったかもしれない。

そのもしもの状況を想像し、ショックを受けた柚葉がソファーに座ったまましばらく黙っていると、家の外のやや遠くでもってガチャリという金属音が聞こえた。

「どうやら話題のお隣さんが、外出をしたみたいだね」

ダイニングテーブルの椅子に座ったままの芦屋が口にしたことで、柚葉も今の金属音が隣の家の玄関が閉まった音なのだと気がついた。

「あぁ。自転車に乗って——たった今、路地を曲がって姿が見えなくなったところだ」

そう言うなり、合わせ目から隣家を監視していた出窓のカーテンを大庭が開けた。

急に光が差してリビングが明るくなり、柚葉は反射的に目を細めてしまう。

「それでは三沼が共犯である証拠を集めるために、水子の祟りの正体を暴きましょうか」


最初に大庭と芦屋が向かったのは、玄関だった。

柚葉の身体を気遣いつつも、三人揃って玄関のポーチにまで出る。

「柚葉さんの頭上に落ちてきた濡《ぬ》れた和紙というのは、確か図書館まで外出してから家に帰ってきたときに降ってきたという話でしたよね」

今朝方に大庭から「この家で遭遇した、水子の祟りと思《おぼ》しき現象を全て教えてください」と尋ねられた際に説明した話の概略を問われ、柚葉が「はい」と答える。

うなずいた柚葉の様子を確認した大庭が、ドアの上部に手を伸ばした。大男の大庭の手は悠々とドア枠のサッシの部分にまで届き、丁寧になぞってからポーチ側に立つ柚葉と芦屋に向かって振り向いた。

「思ったとおりです。僅《わず》かですがサッシのここにヘコみがありますね」

ドアノブからちょうど真上辺りの部分を大庭が指さす。目を凝らせば、ぴったり嵌《は》まったドアと枠の間に、ヘアラインのように黒い線の隙間があるのが柚葉にも見てとれた。

柚葉の隣にいた芦屋が、肩を竦《すく》めながら小さく鼻で笑う。

「……なるほどね。それぐらい小さなヘコみだったら、中古住宅として販売されるときにも補修されない可能性が高い。たぶんこの家が建った最初の頃に、三沼が人目を盗んでバールか何かでこじったんだろうね」

「そうだ。確かに小さなヘコみだが、それでも和紙の一枚を差し込むには十分な隙間でもある。入れることさえできたら、あとはスポイトなりなんなりを使えば中の和紙だけを後から濡らすことなんて造作もない」

「濡れているとはいえドアの上に載せただけの和紙だから、勢いよくドアを開ければ枠に貼りついていたのが縁《へり》とぶつかって剝がれて落ちてくる、ってわけだね」

大庭と芦屋の会話を聞きながら、柚葉が大きく開いた口元に手を当てた。

「それじゃ、私が救急車で運ばれたときに落ちてきたあの和紙は――」

「まず間違いなく、柚葉さんが図書館に赴いた隙に三沼が仕掛けたものでしょう。雑な仕掛けですから失敗も想定して様子をうかがっていたからこそ、柚葉さんの悲鳴を聞きつけすぐにやってきたのだと思います。あるいは証拠の和紙をどさくさで回収するために、玄関で外に出るタイミングを虎視《こし》眈々《たんたん》とうかがっていたのかもしれません」

柚葉の頭の上に落ちてきた和紙は、その後探しても確かに見つからなかった。てっきり救急車のドタバタでどこかに消えたのかと思っていたのだが、駆け付けてくれた三沼が回収していたのならば見つからないのも納得だ。

信じられなくて――というよりも、あまり信じたくなくて声を失っている柚葉だが、その心中を知ってか知らずか、大庭と芦屋は今度は三沼宅との境目側に移動した。

そこには例の赤ん坊の手形がつく出窓があるも、しかし大庭が最初に目を向けたのは窓ではなく、柚葉が二階のベランダに設置をした防犯カメラだった。

「手形がつく瞬間になるとどうしても録画映像が止まる、とおっしゃっていたカメラはあれですか？」

「……はい、あのカメラです」

自分で答えて、柚葉は気がついた。頭に落ちてきた和紙が仮に三沼の仕業でも、カメラの録画映像を自在に止めることは無理だ。というのも二階のベランダにはどうやっても手は届かないからだ。仮に脚立か何かを使ったとしても、センサーの範囲に入った段階でその姿が記録されるだけのことになる。

しかし柚葉のスマホに記録された映像は、人影などまったく映らずにただブッ切れとなっている。やはりこれは人の手では為《な》せない怪現象――そう思ったのだが。

「あのカメラじゃ、ダメだね」

「ああ、あのカメラではまるで防犯の意味がない」

同意し合う芦屋と大庭の会話を耳にし、柚葉の目が丸くなった。

意味がわからず戸惑う柚葉に、解説でもするかのように大庭が語りかける。

「あのカメラは、Wi-Fiを経由しスマホに映像を送るタイプですよね？」

「えぇ、そうですけど」

「だったらダメです。無線で動画を記録するカメラというのは、簡単に妨害ができてしまうんです」

「妨害？」

「そうです。Wi-Fiを無効化するジャマーはネットで手軽に購入ができます。それを懐に忍ばせてやってくるだけで映像を送信する電波は阻害され、録画データは端末に保存されなくなってしまうんです。そもそもからして、ジャマーを使わずとも家庭用のWi-Fiは電波が不安なことが多い。ソーラー電池式の無線カメラは、壁に穴を開けて通線する必要がない点でとても便利ではありますが、防犯の観点からの信用性は極めて低いんです。犯罪の証拠をつかんでやろうと思うなら、外部からの干渉がしにくい同軸ケーブルなどを用いた実線式のカメラを使うべきなんですよ」

　大庭の勢いに押されて、柚葉が「はぁ」と間の抜けた声を上げた。

「ところで、一番問題であったはずの窓ガラスの手形がありませんね」

　ベランダのカメラから窓ガラスに視線を移した大庭の言葉に、柚葉がうなずいた。

「……そうなんです。これまで毎日ついていたのに、夫に確認したところ私が二度目の入院をしたその日から、この窓に赤ん坊の手形がつかなくなったようなんです」

　大庭が厳《いか》めしい面の眉《まゆ》を八の字にし、ふむと唸《うな》る。

「それなら、以前のものを撮影した写真とかはありませんか？」

「ごめんなさい。最初は足跡の正体を調べられればと撮影していたんですけど、あるときからスマホの中にあんな写真があること自体が気味が悪くなってしまって……」

その柚葉の話を聞いて動いたのは、芦屋だった。

「だったら、実際に似ているかどうか見てもらおうか」

そう口にして、ジャケットの内ポケットから妙なものを取り出す。

それは腕だった。淡い赤みを帯びた赤ん坊の腕——でも本物ではない。

それは子どものままごと用に作られた、等身大の赤ん坊を模した人形《にんぎょう》の腕だった。

合わせて取り出した小さなタッパーに、芦屋がソフトビニール製の人形の手を突き入れる。そのタッパーの中に入っていたのは泥だった。

そして泥に塗《まみ》れた人形の手を、芦屋が綺麗《きれい》なままの窓ガラスに押しつけると、

「あぁっ!!」

柚葉が、今日一番の大声を上げた。

窓ガラスに張りついた、泥に塗れたのっぺりとした手形——それは柚葉を脅えさせて、悩まし続けたあの手形と同じものに見えたのだ。

「人間の手であれば、バラつきはあれど指紋や手の皺《しわ》も手形に残ったりするものです。しかし人形のものならば、つくのはこのように五本の指と掌《てのひら》の跡だけになります。もしもこの手形が、これまで柚葉さんを悩ませたものと酷似しているのであれば、同じ手法で三沼がつけた可能性が高いと考えるべきです」

正直なところ、柚葉は今にも泣きたい気分だった。今日まで自分が脅えていたものの正体を大庭と芦屋に教えてもらう度に、自分はこんな子ども騙《だま》しに脅えて人生を左右す

る借金をしかけていたのかと、情けなく感じてしまう。

だからこそ、つい率直に口にしてしまった。

「……私は枯れ尾花に怯《おび》えていただけで、やはり本物の怪異なんてないのですね」

──でも。

その自責の言葉を口にするなり、大庭は柚葉から目を逸《そ》らした。

大庭だけではない。芦屋もまた、どことなく気まずそうな表情を浮かべる。

「──とりあえず、三沼から一度じっくりと話を聞いてみましょうか」

「それはいいのですが……でも、素直に話していただけるものなのでしょうか？」

「安心してください。自分ら警察官は、任意で話を聞き出すタイミングはよく心得ていますから」

10

正直に言って──三沼秋穂は、もはやまったく気が乗らなくなっていた。

荒川から依頼をされていたのは、ただの悪戯《いたずら》のはずだ。

隣家に対して軽い悪戯をしてくれればそれだけで十分と、そういう話だったはずだ。

夜中にこっそりと隣家の敷地に入って、裏の川から掬《すく》った泥を塗った人形の手を隣家の窓ガラスに押しつける。

隣家の人間と親しくなってきたら夜中に赤ん坊の泣き声がして困っていると主張し、たまにでいいので隣家が留守のときを狙ってドアの隙間に濡《ぬ》れた和紙を挟み込む。そんな子ども染みた悪戯をするだけで、いずれ隣の家が安く買えるようになる——と、そう三沼は荒川に囁《ささや》かれたのだ。

それなのに……ただの悪戯だけのはずが、どうしてこんなことになっているのか。

自分が呼んだときも含め、ここ最近で柚葉は二回も救急車で運ばれた。その原因にストレスが関係していることは、まず間違いないだろう。なぜなら自分がしている悪戯は土地に記録が残る間引きを連想させるものだからだ。こともあろうに妊婦に向けて、自分はそんな悪戯を仕掛けているのだ。

もともと細身の人だからお腹が目立っていたものの、それでも臨月はまだまだ先だ。胎児はできる限り母胎の中で育つほうがいい。早産は早ければ早いほど、胎児の死亡率と後遺症が残る可能性が高くなってしまう。

だとしたら、水子の祟《たた》りの偽装は間接的な人殺しではないのか？

もしも早産となり新生児に後遺症が出てしまえば、それは傷害ではないのか？

ならば自分のしていることは悪戯ではなく、紛うことなく犯罪だ。

そう自覚したとき、三沼はこれまで自分がしてきたことが恐ろしくなった。

柚葉たちが住む前の三組の家族に対しては、そうは感じなかった。自分が買うつもりだった家に住む、幸せそうな家族たちの姿を目にするだけで苛々《いらいら》してきて、荒川に言われるがままに水子の祟りの偽装を何度も三沼は繰り返したのだ。

隣の住人たちが疲弊していく様を傍目《はため》でせせら笑ってから荒川に連絡すると、やがて荒川が隣家に出入りするようになり、幸せそうだった家族はみんないがみ合いながら出ていって、ほどなくして隣家は売りに出されるのだ。

荒川が言っていたように、隣家の値はどんどん安くなっていった。

――だから、もう一回だけ。

旦那《だんな》が弟の連帯保証人になっていたことでこれまでの貯金はなくなってしまったが、でもまだ旦那の退職金がある。もう少し安くなれば、退職金と合わせて年金からの支払いローンできっと隣の家を買えるはずだ。

そう思っていた矢先に隣家を買って入居してきたのが、妊婦である柚葉だったのだ。

三沼とは親子ほども年が違う柚葉だが、不思議と馬が合った。それはこれまでの住人たちと違い、柚葉が内向的な性格だったからかもしれない。

本当のことを言えば、三沼は対人関係が得意ではない。元は内気な性格だ。でも水子の祟りを偽装するためには、最初は陽気に隣人と接していく必要がある。だから気さくな人を装って柚葉とも会話していたのだが、そのうちに情が移ってしまった。

三沼は来年で還暦を迎える。旦那も同じ歳であり、さすがにもう子どもは望めないだろう。それを自覚しているからこそ、隣に住む柚葉のお腹が少しずつ大きくなっていく様を、いつしか三沼は楽しみにし始めていたのだ。

そんな柚葉が、三沼が仕掛けた濡れた和紙が頭に落ちてくる悪戯で、泣き叫んでいた。柚葉自身ではなくお腹の子を助けてと、自分の足に縋《すが》りついてきた。

お腹を抱えて必死に自分に訴えていたそのときの柚葉の表情が、三沼は忘れられない。救急車を呼んで柚葉が運ばれてからも、三沼は自分が水子の祟りの偽装をしている証拠となりかねない和紙を、しばらく回収し忘れていたぐらいだ。

その後、市街地に出掛けた際に柚葉がまた救急車で運ばれ入院したと、道を挟んで向かいの住人たちが噂しているのを耳にした。きっと同じだったのだろう。そのときもお腹を抱え、水子の祟《たた》りから必死に自分の子を守ろうとしていたに違いない。

だからこそ荒川から定期連絡の電話がかかってきたとき、三沼はこう伝えたのだ。

もうやめたい——と。

やめたところで、これまでやってきたことが取り消されるわけではない。だがそれでもいやだった。これ以上、柚葉とそのお腹の子を三沼は追い詰めたくはなかった。

告解にも近い三沼の話を聞いた荒川は、しばらく黙ってから「……あと一回だけ、もう一度だけで片がつきますから」と、そう囁いた。

準備も仕掛けも、既に全て終えている。後は柚葉が連絡をよこすのを待つだけだ。

だから最後のもう一押しだけしてくれたら——、

「それで隣の家が買えて、旦那さんともども恥をかかずにすみますよ」

そう、言われてしまった。

夫の会社の社宅を出るとき、三沼は自分の友人や知人、それから親戚《しんせき》などにも新築の家を買うのだと喧伝《けんでん》していた。終《つい》の棲家《すみか》なのだと嬉《うれ》しくて自慢し、内心ではみんなに見て欲しくてたまらなくて、引っ越し先の住所まであちこちに教えて回った。

それが夫の弟の事業失敗で貯金を失い、突然ダメになってしまったのだ。

今にして思えば、降って湧いた不運で家が買えなくなってしまったと、知り合いにも正直に言えば良かった。でもあのときは、見栄《みえ》が邪魔してそれが言えなかった。身内の恥の上に、さらに自分の恥を上塗りすることができなかった。

だからこそ番地が一つしか違わない、隣の家を借りたのだ。家主が日本に帰ってきたときは、自分たちが引っ越さなければならない契約になると不動産屋に言われたが、それでもいっときの恥を凌《しの》ぐため、期限付きの借家である今の家に住むことにした。

そして自分たちが買うはずだった隣家に最初の入居者が入ってきたころ、義理の叔母《おば》が有能な霊能者を紹介すると言ってきた。タイミングの悪い不幸は悪い霊の企《たくら》みの可能性が高いからと、そんな意味のわからないことを口にして、一度霊視してもらったほうがいいと無理に勧めてきたのだ。

若いころにテレビ特番などでたまに見た霊能者に、義理の叔母が入れあげているという話は親戚から聞いて知っていた。三沼はその手のことを信じていない。百歩譲って占い師ならまだしも、霊能者なんて胡散臭《うさんくさ》いだけで会いたくなんかないと思っていたのだが、でも強引に叔母に押し切られた。

叔母の顔を立てるためしぶしぶと家に荒川を招き入れ、おおまかな事情を説明し終えたところで——荒川は、三沼に詐欺の手伝いを持ちかけてきたのだ。

荒川が詐欺師ではないかと最初から疑ってはいたが、それでもよもや共謀をもちかけられるとは思っておらず、始めは頑として断った。

——だけれども。

「詐欺とかそんな大袈裟《おおげさ》なものではなくて、ただの悪戯ですよ。三沼さんが不運に見舞われて買えなかったことも知らず、のうのうと隣家に住んでいる人たちをほんの少しだけ驚かせて欲しいだけなんです。窓に泥の手形をつけたり、赤ん坊の泣き声が聞こえると言ってみたりする程度の悪ふざけに過ぎません。

——でもそんな些細《ささい》なことをするだけで、いずれ隣の家を安く買えるようになります」

結果として、荒川の誘惑に負けた。

願い望んだ隣家を買えるならばと、たかが悪戯程度のことでいいのであればと、そう思って三沼は荒川の詐欺の片棒を担ぐことにしたのだ。

そして三沼は今夜、最後の悪戯を柚葉の家にするつもりだった。

丑三《うしみ》つ時も終わりかけの朝の四時前に、三沼は旦那と二人並んで寝ている寝室を静かに出る。玄関を出る前にはインターホンのカメラで外に誰もいないのを確認し、それから下足箱の中に隠してあるエコバッグを手にして、音をたてぬように家の外へと出た。

まず最初に向かうのは家の裏手を流れる川だ。エコバッグから取りだした小さなバケツで、浅瀬の川底から泥を掬《すく》った。泥だけは新しいものを使わないと、窓ガラスにうまく手形がつかないのだ。

他にエコバッグの中に入っているのは、ネットで買ったソフトビニール製の赤ん坊の人形の腕と、それから荒川に買い与えられたWi-Fi用のジャマーだ。

バケツの底に堆積《たいせき》した泥に人形の手を差し込むと、三沼はジャマーを片手に足音を殺しながら隣家の出窓に近づいていく。隣家に住んだどの家族も、窓に手形がつき始めるとカメラを設置したが、その全てが無線式のカメラだった。おかげで三沼の姿が、これまでカメラに写ったことはないはずだ。

この一年間、数え切れないほど繰り返してきた隣家への悪戯《いたずら》を今夜も行う――それだけのはずなのに、しかし三沼の足どりは重く、文字通りに二の足を踏みそうだった。

――もしも自分がしている悪戯のストレスで柚葉が実際に早産してしまい、産まれた子も運悪く亡くなってしまったら、仮に隣家を買って住むことになっても、その家の中からは本物の水子の泣き声が聞こえるようになるのではなかろうか。

自分のことを恨んで憎む、早産させられて僅《わず》かしか生きることのできなかった水子の声が、夏のセミの鳴き声のようにきっと途絶えることなく聞こえる気がする。

三沼は霊なんて信じていない。でもその声だけは絶対に聞こえるだろうと、そう思った。鼓膜を震わせることはなくても、それでも脳の中で、あるいは心奥にて、間接的に胎児を殺した自分に向かって、きっと水子は喚《わめ》き続けるだろう。

そんな家に住めるはずがない。他人を追い出すだけでなく、水子を生み出してまで手に入れた家でもって、のうのうと幸せに暮らすことなんてできるわけがない。

それがわかっているのに、でも三沼は自分でも足を止められない。止めてしまったら、これまで何のために荒川に言われるがまま隣人を追い出して、罪を重ねてきたのかわからなくなってしまうからだ。

隣家の出窓の前にまでやってきた三沼は、バケツの中から人形の腕を引き抜く。泥に塗《まみ》れた掌《てのひら》側を、手形が綺麗《きれい》につくようにガラス面に近づけていく。

でも——もう、いやだ！　私は、胎児を殺したくなんかないっ！

三沼が心の中でそう悲鳴を上げた瞬間、

「三沼秋穂さんですね？　すみませんが、少々お話をうかがわせていただけませんか？」

いきなり背後よりかけられた声に、三沼は飛び上がらんばかりに驚いて振り向いた。

そこには三沼の逃げ道を塞《ふさ》ぐようにして立つ見知らぬ男性二人と、その後ろには悲しそうな顔をしてじっと自分を見つめている柚葉がいた。

三人の立ち位置からして、おおよそのことを理解した三沼は「あぁ、ようやくなのね」と小さくつぶやき、自らの胸を撫《な》で下ろした。

……これでやっと、この胸の痛みから解放される。

二人の男のうち、やたら背の高い方が一歩前にずいと進み出て「よろしいですよね？」と、威圧的な表情で三沼を見下ろした。

三沼はにっこりと笑う。男に対してではない、その後ろの柚葉に向かって。もっと正確に言うのなら柚葉のお腹の中にいる子に対して、三沼は微笑みかけたのだ。

常軌を逸したようにも見える反応に三人がギョッとするも、でも三沼は気にしない。

「えぇ、もちろんです。私が知っていることは、すべてお話をいたします」

そう言うと、三沼はもう一度だけ柚葉のお腹に向かって笑いかけた。

11

「三沼秋穂が、荒川から詐欺の共謀をもちかけられたことを自供しました」

水子を彷彿《ほうふつ》とさせる窓の手形や夜中の泣き声、それから濡《ぬ》れた和紙の件も、すべて荒川の指示でしたことだと、三沼は驚くほど素直に語ったらしい。

その話をリビングで大庭と芦屋から聞いた柚葉は、なんとも複雑な気持ちになった。

「私はやはり、詐欺師に騙《だま》されていただけなのですね……」

本来であれば荒川に対し怒りを露《あら》わにすべきところだろう。でも今の柚葉はそれ以上に自分が情けなかった。自分さえしっかりしていれば、過剰なストレスで体調不良を起こすこともなく、お腹の子を危険な目に遭わせることだってなかったのだ。

おまけにもしものときの備えだった三〇万を騙しとられたうえ、五〇〇万もの借金までするところだった。それもこれも全ては自分が過度なまでに水子の祟《たた》り――今となっては三沼の悪戯に脅えてしまったからだ。

何のことはない、頭から信じることを放棄していた夫のほうがずっと正しかったのだ。

萎《しお》れる柚葉を見て大庭が声をかけようとするも、でもここは自分の役目とばかりに、芦屋が大庭を手で制止して口を開いた。

「そんなに落ち込むことはありませんよ。確かに気にしないのが一番とは言いましたが、それでも理解できない不気味な現象に怯《おび》えてしまうのは、しかたのないことです」

「……でも本当は、水子なんてどこにもいなかったんですよ。全てお隣の三沼さんがやった悪戯で、私はまんまと荒川さんの手の上で踊らされて、自分の想像した水子の姿を瞼《まぶた》の裏に思い浮かべては独りで馬鹿みたいに怯えていただけなんです」

今にも涙をこぼし始めそうな柚葉を前に、芦屋が困ったように自分の頭を掻《か》いた。

「どうも勘違いしているみたいですが、本物の水子の霊は柚葉さんの前に現れてますよ」

「……えっ？」

うつむいていた柚葉が急に面を上げ、芦屋に向かって疑問の声を投げた。

「でも『水子なんていやしない』って、図書館で会ったときに芦屋さん自身が言っていたじゃないですか」

「それは図書館でお会いした、あの時点でのことですよ。あのときは間違いなく柚葉さんの周りに水子なんていなかった。でもね、その後に状況は変わったんです」

「……何が変わったというんですか？」

「柚葉さんは、夢を見たのですよね？　血塗れの嬰児《えいじ》に威嚇をされる、夢と現《うつつ》の狭間《はざま》が曖昧《あいまい》に感じられるほどに生々しい夢を」

「はい。確かに……でも、あれは夢です。あれだけ自分の妄想に怯えていれば、水子の夢ぐらい見たっておかしくないじゃないですか」

「いいえ、違うんですよ。その夢の中の水子だけは悪戯の類《たぐ》いではない、この世の理《ことわり》の外に位置している本物の〝呪詛《じゅそ》〟なんです」

芦屋の言葉に驚き、柚葉は口を半開きにしたまま固まってしまう。

そこに追い打ちを掛けるように語り出したのは、大庭だった。

「今回の事件の中で、間引きに起因する〝水子の祟り〟なんてものは存在しません。ですが、荒川が確実に柚葉さんを騙すために仕掛けた〝水子を使役した呪詛〟は存在しているのです」

――この人たちは、突然に何を言い出すのだろう。水子の祟りを現実の事象へと貶《おとし》め解体してくれたのは、この二人だ。荒川が霊能力者ではなく詐欺師だと証明してくれたのも、この二人だ。

それなのに、どうしてここにきて真逆のことを言い出すのか。

「荒川の手口は実に巧妙で悪質なんです。怪異を装った詐欺の癖に、一点だけ本物の怪異をつけ加える。まさに画竜点睛《がりょうてんせい》、説明のつかない本物の怪異が一つ混じるだけで、さながら全て本物の怪異のごとく思えてきてしまう。テレビに出ていた全盛期のような強い霊能力はもはや失っているようですが、それでも人を呪詛して悪夢を見させるぐらいの力はまだ残っている。これを許してはならんのです。こんな悪辣《あくらつ》な呪法を用いる外法《げほう》遣いを、いくら法に抵触せぬとはいえ見逃すわけにはいかないのです。ゆえに荒川は、詐欺を扱う捜査二課ではなく自分と芦屋が追っていたのです」

大庭の話を聞き終えた柚葉がごくりと喉《のど》を鳴らした。いつのまにか乾いていた口を動かして、得体の知れない話を始めた二人に頭に浮かんだとおりの疑問をぶつける。

「……あなた方二人は、いったい何者なのでしょうか？」

「申していますように、警察官ですよ。自分も芦屋も間違いなく警視庁の警察官です。ただし自分と芦屋が所属する部署は少しばかり異色でして、悪質な呪詛や呪法から市民の生活と安全を守ることを目的に設立された――『呪詛対策班』と申します」

何が何やらさっぱりな柚葉が「呪詛対策班……ですか」と鸚鵡《おうむ》返《がえ》しにつぶやくと、悪戯が見つかった子どものような顔をした芦屋が「その部署名は他言無用でお願いしますね」と付け足した。

「正直に申しまして、自分と芦屋が最も心配しているのは柚葉さんのお腹のお子さんです。三沼を押さえたことで怪異の偽装は止まりますが、しかし三沼と連絡がとれなくなれば荒川がさらなる呪詛を仕掛けてくる可能性がある。偽装ではない本物の怪異によって、再び激しいストレスを感じるようになれば、いつまたお腹の痛みが再発するかわかりません。だから荒川の身柄を早急に押さえる方向へと、捜査方針を切り替えようと思っています。そのためにも、柚葉さんには今以上の捜査協力をお願いしたいのです」

いまだに柚葉はさっぱり状況が飲み込めない。何が欺瞞《ぎまん》で何が真実か、それさえもわからなくなっている。でも一つだけ、自分のお腹の子を心配していると口にしてくれたときの大庭の真剣な目は信じられると、そう思った。

だから頭を下げた大庭に対し、柚葉も覚悟を決めて静かに首を縦に振った。

「わかりました。お二人を信用し、全面的に捜査に協力をいたします」

「ありがとうございます。――ならばさっそくですみませんが、荒川が埋めたという鎮め物を、今から掘り返させていただけないでしょうか？」

「……えぇ、それはいいですけど」

むしろそんなことでいいのかと、やや拍子抜けした声で柚葉が了承すると、二人はすぐに掘り出す準備を始めた。

なんでもこういうときのために、大庭たちの車には常にスコップが積んであるらしい。柚葉としてはいったい何がこういうときなのかとも思うのだが、きっと素人である柚葉にはわからない何かがあるのだろう。

もう隣家の三沼を気にして隠れる必要もないため、大庭と芦屋は昼過ぎの明るいうちから鎮め物を埋めた花壇を掘り返し始める。本格的なスコップを手にした男性二人がかりということで、荒川の埋めた木の箱があっという間に土の中から姿を現した。

大庭が目配せすると芦屋がうなずき、慎重な手つきでもって箱を持ち上げて花壇の横のコンクリートの地面の上に置くと、紐《ひも》を解いて木の箱を開けた。

中に入っていたのは、壺《つぼ》だった。

おそらく直径で二〇センチほどの小さな壺。色味はくすんだ灰色で、丸いぽっちのような取っ手がついた蓋《ふた》が、底が浅くて扁平《へんぺい》な壺の上に載っていた。

それをまるで爆発物でも扱うような手つきで芦屋が箱からとり出し、蓋を外す。

壺の中に入っていたのは、真っ黒く干からびたスルメのような塊だった。

「干物……でしょうか？」

黙って後ろから見ていた柚葉が、思ったことをつい口にしてしまう。

柚葉の隣に立っていた大庭が、神妙な表情でもってうなずいた。

「えぇ、そうです。おそらくこれは胞衣《えな》——人間の胎児と一緒に母胎から出てきた胎盤を燻《いぶ》し、干物にしたものだと思われます」

何気なかったはずの質問に返ってきた答えに、柚葉がギョッとする。大庭の言ったことが正しければ、これは紛れもなく人の身体の一部ということになる。

荒川は、そんなものを鎮め物と称して自分の家の敷地の中に埋めたのか。

「本当に質《たち》が悪いよ。予想通りだけど、実際に目にしたらムカムカしてきた」

自分の頭をガシガシと掻きつつ、芦屋が珍しく苛立《いらだ》った声を出す。

「あぁ、同感だ。そしてこいつを確認したからには、やはり放置はできんな。

——柚葉さん、先ほどのお話通りにもう少し我々にご協力ください」

12

荒川初枝は戸惑っていた。

最後に三沼と電話で会話して以降、あれからもう三日も連絡がとれていない。SNSアプリでメッセージを送っても、既読さえもつかなかった。

三沼の住んでいる場所はわかっている。連絡がつかなければ直接に家を訪ねればいいのだが、しかしそれができないからこそ荒川は困っていた。三沼の家を自分が訪ねているところを、万が一にも隣家の柚葉に見られるわけにはいかないのだ。

柚葉に仕掛けた詐欺は、今や仕上げの段階だ。ここで勘繰られたら、これまでの苦労が全て台無しになる可能性がある。荒川だって手間暇をかけて柚葉を騙《だま》している。柚葉から騙しとった最初の三〇〇万だけでは、あまりに割に合わなすぎるのだ。

とにかく柚葉に提示した二度目の除霊料である五〇〇〇万が手に入れば、自分に付きまとう借金取りもしばらくは黙るだろう。荒川としては、なんとしても柚葉に五〇〇〇万を用意させなければならなかった。

それなのに、ここにきて三沼が日和り始めたのだ。

最後に連絡がとれたとき、三沼は「こんなことはもうやめたい」なんて抜かしていた。それから「人殺しにはなりたくない」ともほざいていた。

荒川はそこをなんとか宥《なだ》めて「もう一度だけで片がつきますから」と返したのだ。

ついでにそうすれば「恥をかかずにすみますよ」とも囁《ささや》いておいた。

三沼には隣家に〝水子の祟《たた》り〟を連想させる偽装をやらせ続けてきたが、しかしこれまで三沼は実利を得ていない。三沼の目的は何度も隣家の人間を追い出した果てに、安くなったその家を購入することだからだ。

これまでに何も得ていないからこそ、三沼は詐欺に加担している意識が薄い。自分の言ったことを真に受けて、妬《ねた》ましい隣家に本当にただ悪戯《いたずら》をしているぐらいの気持ちでいるのだ。

だから簡単に「やめたい」なんて言い出す。本当はもう三家族も破滅させた癖に、まだ謝れば許してもらえるとでも思っているに違いない。そこまで馬鹿ではないと思いたいが、でも思い余って誰かに本当のことを話されたら、今度は荒川の身が危なくなる。

こんなことなら報酬と称し、三沼に多少の金を握らせておけばよかったと思う。最初に会って話を聞いたとき、この女ならタダで手伝わせることができると感じたからこそ声をかけたのに、この土壇場で裏目に出てしまった。

柚葉の件は、もう手を引いて逃げる算段をすべきかもしれない。でも一度目で信頼させて、本命である二度目の高額除霊料を騙し取れる、その寸前の状況なのだ。

だからこそ諦《あきら》めきれず判断に悩んでいたところ――、

「荒川さん。ようやくお金のご用意ができました。私も覚悟を決めましたので、あらためて新しい鎮め物のご用意をお願いいたします」

柚葉からの連絡が荒川に入った。

金を回収するときが一番危ない。だからこれまで詰めとなる除霊料を受け取りに行く前には、必ず三沼に連絡して隣家の状態を聞いていた。その上で問題ないと判断してから赴いていたのだ。

でも三沼と連絡がつかない以上、今回はそれができない。柚葉とその家族の状態がどうなっているのか、三沼から聞き出せない。

荒川は悩む。確かに確認できない怖さはあるが、でも柚葉は前に住んでいたどの家族よりも騙しやすかった。柚葉が妊婦であることが水子の祟りの偽装に想定以上に嵌《は》まっていて、むしろこれで騙せなければその方が不思議なぐらいだった。

それに――柚葉には呪詛《じゅそ》を仕掛けてある。

かつて各地に存在していた、我が子の胞衣を人知れぬ場所に埋めるという風習。胞衣は呪物だ。後産として子とともに産まれ落ちるからこそ、魂の分身と考えられた。ゆえに胞衣にはそれと繋《つな》がった者を支配する類感の呪力がある。

そして柚葉の敷地に鎮め物と称して埋めた胞衣は、死産した嬰児《えいじ》のものだ。この世に産まれ落ちることができぬまま、子宮の中で無念に力尽きた存在の胞衣なのだ。

つまりあの胞衣が繋がっているモノは死んだ胎児の魂――水子の霊だ。

その上を柚葉に跨《また》がせた。埋めた胞衣の上を跨がれると、繋がったモノは跨いだ存在を怖れるとされている。ゆえに水子の霊は、柚葉を怖れている。だから怖れ、憎み、敵として認識し、負けじと威嚇して、柚葉を排除しようと攻めるのだ。

あれは、そういう呪詛だった。

三沼の偽装なんかとは生々しさが違う、本物の水子の霊をけしかけた呪詛だ。

あの呪詛をかけた以上、今も妊婦の柚葉は本物の水子の霊に悩まされ続けているだろう。誰でも知っている藁人形《わらにんぎょう》などと違い、あれは素人が簡単に見抜ける呪詛ではない。土地を鎮める呪具が、よもや自分を呪うための呪物だったとは思ってもいないはずだ。

だとしたら、柚葉は怪異に怯《おび》えて本当に金を用意したに違いない。

そう思いいたったとき、荒川は一人ほくそ笑んだ。

三沼と連絡がつかない以上は、本当のところ確証はない。でも欲に目がくらんだ。なにしろ五〇〇万だ。同じ払うにしても、自分たちが相場よりも安く買った額までなら心理的にも出しやすい。だからこそ何度もリスクを重ねて家を安くしていき、柚葉の番でようやくそれだけの額が提示できるようになったのだ。

加えて五〇〇万をせしめて借金が払えず柚葉が出て行けば、三沼がきっとあの家を買う。そうなれば三沼もまた、利益供与を得た共犯だ。柚葉から金を回収することが、三沼の口封じにもなるはずだった。

あの胞衣壺だって回収しなければならない。地中に埋めていた大昔と違い、産汚物と同等の扱いな胞衣は今は非合法な手段でしか手に入らない。あれは貴重な呪物なのだ。

やはり柚葉の元に行かない選択肢はない。
そして金さえ得れば、それで万事がうまくいくはずだ。
——だからこそ。
「助けに来ましたよ、斉藤さん」
連絡をもらった翌日にはもう、荒川は柚葉の家を訪れていた。
約束した時間通りに柚葉の家の前に立ってインターホンを押し、カメラに向かってこ
こぞとばかりに人の好《よ》さそうな笑みを浮かべた。
いつもだったらもう少しもったいぶる。鎮め物に念を込める儀式に時間がかかるとか、
精進潔斎をする必要があるなんて言って、それだけの価値があると匂わす。
でも今ばかりは、そんな時間をとる気にはなれなかった。
——早く終わらせたい。さっさと決着をつけて、この件から手を引きたい。
荒川が心中でそんな思いを抱えていると、玄関を開けて姿を見せた柚葉がどことなく
幸薄そうな力のない笑みを浮かべた。
「お辛《つら》そうですね、ちゃんと眠れていますか？」
「いえ……眠ると水子の夢を見てしまうので、それが怖くて怖くて」
内心で舌舐《したな》めずりをするも——しかし柚葉の姿を前にして、荒川は僅《わず》かに目を細めた。
柚葉のお腹にぶら下がっているはずの水子が、いなくなっていたのだ。
それは胞衣を通して柚葉にかけた呪詛が、解けていることを意味していた。

どうして——と混惑するも、しかし先ほどの柚葉は水子の夢を見ると言っていた。だとしたら、いっときは間違いなく呪詛にかかっていたはずだ。

それが、どうして……呪詛が消えている？

荒川は訝《いぶか》しむが、でもここまできてしまったらもう後には退《ひ》けない。

「……夢見が悪いというのは、まずいですね。霊というのは夢に干渉しやすいものです。きっと水子たちの祟りが強くなっている証拠でしょう。準備をして、さっそく水子たちを鎮めてしまいましょう」

「はい。どうか、よろしくお願いいたします」

玄関口に立つ荒川に向けて、先に廊下に上がった柚葉が家に入るよう仕草で示す。

なんとなく嫌な予感がする荒川は家に上がりたくないのだが、でも五〇〇万ものやりとりだ。さすがに玄関口でとは言いだせなかった。

顔は笑顔のまま、でも内心ではしぶしぶと荒川は家に上がり、柚葉の先導でもってリビングに入った。

途端に「えっ？」という声が出てしまった。

てっきりこの家にいるのは柚葉一人だと、荒川は思っていた。というのも柚葉の夫は霊的なものに無理解で、除霊なんて絶対に認めないと前に聞いていたからだ。

だから前回同様、今回も柚葉だけがいるだろうと思っていたのだが、リビングには荒川の見知らぬ黒いスーツ姿の男が立っていた。

しかも——でかい。頭が天井に届くのではないかとすら感じられるほどの巨体で、そんな大男が荒川の姿を目にするなりのっしのっしと近づいてきたのだ。

思わず「ひっ」と悲鳴が出そうになるのを、ぎりぎりで堪《こら》える。

目の前に立った大男は巌《いわお》のような強面《こわもて》で荒川を見下ろすも、次の瞬間にはにっこりという擬音が聞こえそうなほどに破顔した。

「いやぁ、昔にテレビでお見かけした通りのお姿だ！　かのご高名な荒川先生とお会いできて、自分はいまとても感激しています！」

図体《ずうたい》通りの大声を上げるなり、大男が強引に荒川の手を握ってぶんぶんと振り回した。どうやら握手のつもりらしく、男からさしあたっての敵意は感じられない。

「えぇと……この方は、いったい？」

隣に立つ柚葉に向かって荒川がどうにか問いを発すると、大男ははたと何か気づいたように手を放し、一歩後ろへと下がった。

「いやぁ、これは失敬！　不調法者のため、ご容赦ください。自分は大庭猛と申します」

丁寧な仕草で頭を下げた大庭を前に、少しだけ調子を取りもどした荒川がごほんと咳《せき》払《ばら》いをする。

「……なるほど、あなたは大庭さんとおっしゃるのですね。それで、その大庭さんとやらはどうしてここにいるのですか？　今日の私はとても大事な用事があって、こちらのお宅にお邪魔しているのですが」

大庭が下げていた頭を上げる。その目の鋭さに、荒川が自然と喉《のど》をごくりと鳴らした。

「無論、自分の目的も荒川先生と同じです。因業深い水子に憑《つ》かれたこの家の窮状を察して、自分もまた柚葉さんを助けに参ったのですよ！」

13

「あらためまして。自分は怪異の解決を生業《なりわい》としております、大庭と申します。どうぞお見知りおきください」

ダイニングテーブルを挟んで荒川の対面に着座した大庭が、テーブルの上にぶつかりそうなほどに深々とお辞儀をした。

大庭の隣に座っている柚葉の話だと、なんでも大庭は荒川と同じくたまたまこの家の前を通りかかったところ、水子の姿を視て押しかけてきたそうだ。

だが柚葉はもう荒川に相談をしていたため、その旨を説明しお帰りいただこうとしたものの「かの有名な荒川先生ですかっ！　それは是非とも自分にもお手伝いさせてください！」と、主張してまったく譲らなかったらしい。

しかも大庭は、金銭はいっさい要らないという。後学のため荒川の手伝いをさせてもらえたらそれで十分なのだと言い張り、柚葉も柚葉で荒川の助けになるのならばと思って、今日も押しかけてきた大庭を家に上げたのだそうだ。

話を聞き終えた荒川が眉間《みけん》に手を添え、ふぅと大きなため息を吐いた。

「それで――大庭さんは先ほど怪異の解決を生業としているとおっしゃいましたが、それは私と同じ霊能者ということでしょうか？」

「いえいえ、私は霊能者なんて大層な存在ではありませんよ」

「……だったら、どうぞお引き取りください。この家の中では、今もなお危険な霊障が起き続けています。専門家でもない方の同席など、とても認められません」

「困りましたね……私の友人には確かに陰陽師がいたりもしますが、私はあんな胡散臭《うさんくさ》い奴ともまた違いますし……強いていうなら呪詛《じゅそ》や呪法の類《たぐ》いを憎んで怪異を消してしまう、そういう特殊な専門家です」

――実に、白々しい。

　この大男が本物の霊能者ではないことなど聞くまでもない。何しろ柚葉の家を襲っている怪異の大半は、三沼による偽装だからだ。柚葉に仕掛けた呪詛も解けている今、霊能力が本物であればあるだけ水子の怪異など視えようはずがないのだ。

　つまるところこの男も自分と同じ詐欺師だろう――と、荒川はそう考えていた。

「まぁ、大庭さんがどんな肩書きを持つ者でも関係ありません。土地の悪霊を鎮める儀式は極めて繊細な作業です。鎮め物を用意しているとはいえ、一つ間違えれば何が起きるかわからない。あなたも専門家を名乗るなら、それぐらいのことはおわかりでしょう？」

「いいえ、だからこそですよっ!!」

怒声めいた大庭の大声に驚き、荒川の肩がびくりと跳ねた。

「柚葉さんからうかがっていますよ。荒川先生は、一度はこの地の水子たちを鎮め物で封じたのだと。さすがは荒川先生と申す以外に言葉がありません。土地神の力を増すことでこの地に宿った因業を鎮めるなど、見事過ぎる手腕です。柚葉さんからその方法をうかがったとき、自分はいたく感服しました」

持ち上げられるだけ持ち上げられるも、柚葉の手前でどう返していいかもわからず、荒川はただ「はぁ」とだけつぶやいてしまう。

「ですが、そんな荒川先生の手腕をもってしてもなお、この地に根付く水子たちが再び活性化し始めたということは、この地に宿った業の深さが想像以上であったという証左でしょう。これは手強い。荒川先生のことです、以前よりも圧倒的に強力な鎮め物を用意して対抗されるに違いありません。それは重々承知をしておりますが、水子たちも今以上の抵抗をしてくるであろうことも予想ができます。そうなったとき、荒川先生は自分の身を守れるでしょうから問題ない。でも柚葉さんに限ってはそうではない。むしろ危ないのは柚葉さんと、そのお腹の子です。仲間を増やしたいと思っている水子たちは、真っ先に柚葉さんのお腹の子に手を出すでしょう。いくら荒川先生とてここまで凶悪な水子たちを相手どるとなれば、柚葉さんのお腹の子への守りまでは手薄となるはずです。そこで僭越《せんえつ》ながら、自分の出番なのです。荒川先生が鎮め物の儀式に集中している間、自分が柚葉さんのお子さんを守ります。そうすれば荒川先生も水子たちに集中して向き合うことができますし、柚葉さんの不安もいくらか薄れるでしょう。決して私は荒川先生の邪魔をする気はないのです。むしろ荒川先生が水子を鎮めることに集中できるようにと、そう心得てここにきたのですよ！」

大庭の語りに圧倒され、荒川が息を呑《の》んだ。でもここで引き下がっていたら、自分だって商売上がったりなのだ。荒川は「ですが！」と反論を試みようとするも、

「えぇ、そう声を荒らげずともわかっております。荒川先生のことですから、きっと私なんていなかろうとも、誰一人として犠牲を出すことなく凶悪な水子たちを見事に鎮めてみせるでしょう。でもそれと柚葉さんのストレスは別問題なのです。子どもを守ることに必死な妊婦というのは、ときに必要以上にストレスを感じてしまうものです。ですから柚葉さんの気休めになるためにも、どうか私も同席をさせていただきたい」

大庭の言い草に、荒川は秘《ひそ》かに奥歯をぐっと噛《か》んだ。

この男は、何をどう言っても同席をする気なのだろう。

それはどういうつもりで？　――決まっている、自分への脅しだ。

儀式の間中付き添うことで、いつだって本当のことをばらせるのだぞ、と。そういう脅しに違いないと、荒川は判断した。

この男の望みはいくらなのか。一〇万か、二〇万か、あるいは一〇〇万か。

こんなハイエナは本当なら突っぱねてやるところだが、この男はどうしてかこの家で

行っていた水子の偽装の件を知っている。

ひょっとしたら……三沼が関わっていたりすることはないか？　三沼が裏切り、柚葉から巻き上げる金の取り分を要求するため、この男を差し向けたのではなかろうか。

もしそうならば、それはそれでいい。

三沼が進んで共犯者になるというのなら、口止めのためにも多少の金額であれば応じてやらないこともない。

「……なるほど。大庭さんのおっしゃること、承知しました。確かに私が水子たちに意識を向けている間、依頼者を守っていただけるというのならありがたいお話です。ここは柚葉さんのためにも協力をして水子を鎮めることにしましょう」

「いやぁ、さすがは荒川先生です！　ご理解をいただけてとても嬉《うれ》しい」

大仰なまでに相好を崩し、大庭がテーブルに手を突き再び直角に頭を下げた。

荒川は短く刈られた大庭の頭を微笑んで見つめながらも、内心ではこの男が憎々しくてたまらなかった。

でも今は、金を用意したという柚葉を騙《だま》しきることが優先だ。

「それでは、さっそくとりかかるとしましょうか」

「えぇ、そういたしましょう！」

荒川が前回埋めたのと同じ形の白木の箱を取り出し、ダイニングテーブルの上に置く。

手順としては前回に埋めた鎮め物を掘り出して回収し、今度は中身が空であるこの箱を代わりに埋め、それでおしまいだ。後は柚葉から五〇〇万を受けとるだけとなる。

荒川としてはそういう算段なのだが、自分の仕掛けに便乗しピンハネするつもりだと思っていた大庭もまた、ごとりとやや重い音がするものをテーブルの上へと置いた。

瞬間、荒川の目が丸くなった。

——どうしてそれがここにある？　なんでそれをここに出す？

自分に見せつけるように置かれたそれは、柚葉を呪詛することに用いた胞衣壺《えなつぼ》だった。

「お、大庭さん……これは、いったい？」

隠しきれない動揺をそれでもどうにか抑え、荒川がかろうじて疑問の声を発する。

「柚葉さんから聞き及んでおりますよ。柚葉さんを悩ませていた土地の因果に起因する水子たちの霊障を、荒川先生は往来からこの家を見ただけでぴたりと言い当てた、と。さすがは、かつて日本中に雷名を轟《とどろ》かせた荒川真如です。全国のお茶の間を唸《うな》らせたその希代の霊能力に、私は深く感銘を受けているのです！」

荒川が眉間に皺《しわ》を寄せながら、苛立《いらだ》たしげに自分の唇を噛む。

この男は本当にわけがわからない、だから何が言いたいのか。

「なるほど、なるほど！　まさに神業の域にも達しようという荒川先生の霊査ですが、とんでもなく根の深い因業を捉《とら》えておびただしいまでの水子を目にしていては、たった一体の別の水子を見逃してしまうのもさすがにやむを得ないことでしょう」

「……別の、水子？」

「まったくこの世は塞翁《さいおう》失馬、禍《わざわ》い転じて何が福となるのかわかったものではありません。本来なら荒川先生ほどの非凡の才がないこの身を嘆くべきでしょうが、今回は私が無能であることが幸いしました。土地の業を見抜けなかった私には、実は一体しか水子が視えなかったのです。ですが視えたのが一体だけだったからこそ、私にはその正体がはっきりとわかりました。その水子は、呪詛として使役されたモノです。――数多《あまた》の水子たちの霊障に潜ませ、柚葉さんに水子を用いた悪質な呪詛をかけた者がいます」

大庭が鋭く目を光らせ、テーブルの上の胞衣壺を荒川の前へと押し出した。

瞬間、荒川の顔からさーっと血の気が引いた。どんなに表情は取り繕えても、皮膚の色までは誤魔化せない。自分の顔が青くなっているのを感じつつも、だがそれでも荒川は動揺をひた隠そうとする。

「呪詛なんて……そんな馬鹿な。私にはまったくそんなもの感じられませんでしたよ。大庭さんの勘違いではありませんか？」

大庭がわざとらしいほどに大きく目を見開いて、驚愕《きょうがく》の表情を浮かべた。

「なんと！　これは荒川先生らしくもない。こうして目の前に呪詛の証拠があるではないですか。この胞衣壺は間違いなく呪詛に用いられた呪物です。そもそも胞衣とは母の胎内から、子と合わせて産まれ出るもの。いうなれば胎児と一対の存在であり、胎児の魂と胞衣は繋《つな》がっている。ゆえに胞衣の上を跨《また》がれると、繋がった胎児もその相手を怖れることになる。今でこそ胎盤は各自治体の条例にて専門機関での処分が義務付けられていますが、かつては他人に利用されることがないよう人知れず埋めて隠すものでもありました。これは胞衣というそんな強力な呪物を介し水子を操る、悪辣《あくらつ》な呪詛《じゅそ》です」

我慢しきれずに、荒川はギリリと奥歯を鳴らしてしまう。

どうして柚葉の前でそれを言う。そんなことをして、この男に何の得があるのか。

「確かに大庭さんがおっしゃるような呪詛は存在します。ですがその壺の中に入っているだろう胎盤が人のものとは限りませんよね？　例えば……そう、犬とか。昔から多産ゆえに犬は安産の守り神ともされてきました。ですから呪詛ではなく、むしろ犬の呪力を用いた安産のお呪《まじな》いなのかもしれませんよ」

「安産のお呪いですかっ！　それは確かに思ってもいませんでした！　ですがそれが本当なら、どうして当の妊婦に何の説明もなく敷地内に胞衣を埋めるのでしょうか？」

うるさい、黙れっ！——そんな言葉が、喉《のど》まで出かかる。

この男が欲しいのはいくらなのか。一〇〇万か、二〇〇万か。半分までなら手を打とう。悔しいし納得もいかないが、それでもゼロとなるよりましだ。

「すみません、柚葉さん。例のものを持ってきてもらえますか？」

大庭に言われた柚葉が「はい」と答えて立ち上がり、キッチンへと向かう。

すぐに戻ってきた柚葉が、大庭と荒川が向かい合うテーブルの上に置いたのは、卓上用のカセットコンロとサラダ油だった。

わけがわからず呆気《あっけ》にとられた荒川の前で、大庭が胞衣壺を五徳の上に載せる。次いでコンロの上に置いた壺の蓋《ふた》を開けると、中にドボドボと油を注ぎ始めた。

自分の大事な呪物を油まみれにされて、荒川がたまらず大庭に喰《く》ってかかる。

「ちょっと！　何するつもりですかっ！」

「決まっています。呪詛返し、ですよ」

「……呪詛、返しですって？」

「そうです。荒川先生もご存じですよね？　古くからの呪詛返しの作法の一つに、呪詛に用いられた呪物を煮えたぎった油の中に投じれば、かけられた呪いはより強力な呪詛となって返る、というものがあります。今からここでそれをするのですよ」

真顔で口にした大庭の言葉に、荒川が青い顔でごくりと生唾《なまつば》を呑んだ。

「呪詛返しなんてよしなさいっ！　たかが胞衣を使っただけの呪詛でしょ！」

瞬間、大庭が両目をカッと見開いた。テーブルの上に両手を突き、体重をかけたら天板が割れそうなほどの巨体で、ぐいと前に身を乗り出す。

「どんな呪法であっても『たかが』で済まされる呪詛なんてありません。

たしかに現行法の世界では呪詛は不能犯罪とされています。実際に藁人形《わらにんぎょう》に五寸釘《ごすんくぎ》を打って人が死のうともそこに因果関係は認められず、呪った本人はなんら罪に問われない。でも人が悪意をもって他人を害そうとするのが呪詛である以上、そんな無法が本当に許されると思いますか？　まして今回の場合は、相手が妊婦であるのに水子を彷彿《ほうふつ》とさせる呪詛を仕掛けるなど言語道断、まさに外道です。ストレスから柚葉さんが早産し、子どもの身に何かあればどうする気だったのでしょうか。仮に呪詛をかけた側にそこまでの意図がなかったとしても、これは紛うことなく殺人です」

「……殺人だなんて、それはいくらなんでも大袈裟《おおげさ》でしょう」

「いいえ。この呪詛を行ったものはこの世に産まれ出るはずだった子の命を奪いかけるという、人として許しがたい罪業を犯しました」

荒川を睨《にら》みつつ大庭が毅然《きぜん》と言い放つも、荒川とて簡単に尻込《しりご》むわけにはいかない。

「人として許しがたいなどと言っても……先ほど、自分でも口にしていましたよね？　呪った本人はなんら罪には問われない、と。呪詛をかけても警察が捕まえることができない以上、呪詛はこの国では犯罪ではない。つまり罪などではないんですよ」

そんな苦し紛れの荒川の言い訳に、大庭の目がいっそう鋭くなった。その怒りすら滾《たぎ》っている大庭の目に怯《ひる》み、荒川の背筋はしゃんと勝手に伸びてしまった。

「――なるほど、ごもっともです。確かに呪詛は犯罪ではないですし、それはぐうの音もでない正論です。ですが、だからこそ、なのですよ」

「……だからこそ？」

「えぇ。だからこそ、呪法を悪用した呪詛など決して認めてはならないのです」

そう言うと、大庭は油で満たした胞衣壺が載ったコンロに火を点《つ》けた。

すぐさま青い高温の炎がゴォーという音をたてて壺を熱し始め、荒川が「あぁっ！」という悲鳴にも似た声を上げた。

咄嗟《とっさ》にコンロのスイッチへと荒川の手が伸びるも、荒川のものより三回りは大きい節くれた大庭の手が、横から荒川の手首をつかんで止めた。

「荒川先生、どうしてそこまで呪詛返しの邪魔をしようとするのですか？」

「うるさい！　いいから火を消せっ！」

「わかりませんね。この地に根ざした〝水子の祟《たた》り〟をこれから鎮める荒川先生にとって、別物である水子の呪詛を排除することは助けにしかならないはずですが」

油の温度が急激に上がり、壺の中にプップッという気泡が生じ始める。

顔を真っ青にした荒川が、胞衣壺を叩《たた》いてでもコンロの上からどかそうとするが、振り上げた手もまた大庭により摑《つか》まれてしまう。大庭の手をどうにか振り解《ほど》こうと腕を振り回そうとするも、自分の手首を易々と掌《てのひら》に収める大きな手はビクともしない。

コンロの熱で炙《あぶ》られて、顔の表面にヒリヒリしそうなほどの熱さを感じる。

だが——その反面、荒川は自分の背後が急速に冷え始めているのを感じていた。

——ゆっくりゆっくり、ひたひたと呪詛が戻ってくる。

自分が放った水子の形をした悪意が、そのままの姿でもって自分の元へと返ってくる。

荒川の耳には、嬰児《えいじ》の泣き声が聞こえ始めていた。

鳥類めいた「イギャー！　イギャー！」という甲高い泣き声が、使役された分の恨みも追加して、遠くから自分の延髄の辺りに向かって徐々に近づいてくる。

壺の中で胞衣が蠢《うごめ》き躍り始めた。間もなく油は沸騰するだろう。沸騰してしまえば、大庭が言うように呪詛が返ってくる。

自分が仕掛けた呪詛など比ではない、圧倒的な強さとなって自らに戻ってくるのだ。昔と違ってほとんど霊能力を失っている自分では、その力に抗《あらが》うことなどできやしない。きっとひどい死に方をするはずだ。死産だった哀れな嬰児を弄《もてあそ》んだ分だけ、苦しい思いをすることになるのだろう。

――背後から小さな手が、自分の肩に乗る感覚があった。次いでずしりと重たい何かが、背中にのし掛かってくる。きっとこの、自分が放ったものよりずっとずっと重い悪意に潰《つぶ》されるのだ。何もできることなく道端のヒキガエルのように轢《ひ》き潰され、そして血反吐《ちへど》と内臓をぶちまけるのだろう。

荒川は、そんな死に様なんて御免だった。

「……わかったわ。もう認めるから……だから、火を消してちょうだい」

「それは何を認める、というんだ？」

上目で鋭く睨みつけてくる大庭が、質問でいっそう自分を追い詰める。本当ならば歯《は》嚙《が》みをしたいぐらいだが、今はもうなりふり構う時間すらも惜しい。

「えぇ、そうよ！　斉藤柚葉に呪詛を仕掛けたのは、私よ！」

その叫び声に、これまで黙って大庭の隣に座っていた柚葉が悲しげにうつむいた。

「おまえが、柚葉さんを呪詛した理由はなんだ？」

「お願いだから、先に火を消してよっ！」

「いや、理由が先だ」

「三沼秋穂に偽装させた〝水子の祟り〟に、本物の水子の霊を混ぜてより確実に斉藤柚葉を脅すためよ。脅して怖がらせて、お金を巻き上げるために決まっているでしょ！」

「つまり、柚葉さんを詐欺にかけたということだな？」

「そうよ！　だから――もうこれでいいでしょ、早く火を消してちょうだいっ‼」

その言葉で大庭が荒川の手首を放した。途端に荒川がドタバタとテーブルの上に身を乗り上げ、大急ぎでコンロの火を消す。

同時に背後に憑《つ》きかけていた嬰児の気配が薄れ、荒川はテーブルに乗り上げたまま、胸を撫《な》で下ろし脱力した。

「おいっ！　今の問答はちゃんと聞こえていたな？」

みっともない姿の荒川を横目に大庭が声を張り上げると、リビングのドアが即座に開き、線の細い優男――芦屋が室内に入ってきた。

「そんなに怒鳴らなくても聞こえてるよ。おまえが口にした『柚葉さんを詐欺にかけたということだな？』の問いかけに、荒川初枝が『そうよ』と答えたことぐらいはさ」

苦笑しながら近づいてきた芦屋が、腹ばいのままテーブルの上で唖然《あぜん》としている荒川の目の高さに合わせ、懐から警察手帳を取り出して開いた。

鼻先に突き出された警察手帳を目にするなり、荒川は本当に半分ぐらい目玉を飛び出させてから、芦屋と大庭と柚葉の三人の姿を代わる代わる見る。

——そして。

「荒川初枝。斉藤家に対する詐欺の自白により、一〇時五〇分をもって緊急逮捕とする」

抵抗する間もなく、荒川の手首に黒い手錠がかけられる。

あまりに突然過ぎる展開にまったく理解が及ばないらしく、荒川は金魚のごとく口をパクつかせる——が。

「加えて胞衣《えな》の無許可での取扱いは都条例により禁じられている。にもかかわらず土地の所有者にも内容物を開示せず敷地内に胞衣の投棄をしたことで、廃棄物処理法違反の容疑も追加となる。——覚えておけ。法には抵触せずとも、それでも呪詛は罪だ」

大庭が自分の警察手帳も取り出して開くと、荒川の首ががくりとうな垂れた。

14

「身重なのにわざわざお越しいただいて、すみません。本来なら僕たちから赴いてお話をうかがうべきなんですが、どうしても大庭が動けなくなってしまいましてね」

そう言って頭を下げた芦屋に柚葉が案内されたのは、木目調のテーブルと淡いベージュのカーテンが印象的な、明るい雰囲気の応接室だった。

「調書を取るという話だったので、もっと殺風景な部屋に通されると思ってました」

室内をさっと見回してから、柚葉がお腹を支えつつクッションのある椅子に座る。木目調のテーブルの上には、既に二人分のアイスコーヒーが用意されていた。

「ドラマでよくみる殺風景な部屋は取調室ですよ。被疑者として勾留《こうりゅう》もされていない人には縁のない部屋です。――ちなみにそのコーヒーはカフェインレスですから、よろしければどうぞ」

その芦屋らしい気遣いが、妙に嬉《うれ》しかった。柚葉は「でしたら遠慮なく」とガムシロップをたっぷり入れると、紙製のストローでやや酸味の強いコーヒーを啜《すす》った。

――大庭から「荒川の件で調書を取らせてください」と電話があったのが、昨日のこと。柚葉が「わかりました」と自宅に二人を迎える準備をしていたところ、今朝になっていきなり「今日の予定をキャンセルさせてもらえませんか」と芦屋から連絡があったのだ。なんでも急に大庭に用事ができて、都内を離れられなくなったらしい。

前の日の大庭との電話で、荒川が送致されたという話は聞き及んでいた。柚葉は決して法律に明るいわけではないが、それでも容疑者を逮捕できる期間は定まっていて、その間に証拠を集めて起訴しなければならない、ということぐらいは知っている。たぶん柚葉から調書を取りたいというのも、証拠集めの一つなのだろう。

だから「……もしよろしければ、私がそちらに行きましょうか？」と返したところ、やはり切羽詰まっていたらしく、芦屋が恐縮しながら「ではお言葉に甘えて、お願いしてもいいですか？」と返してきた。

幸いなことに早産の危険性はだいぶ薄れたと産婦人科からは言われており、それもこれも大庭と芦屋のおかげだと柚葉は思っている。警視庁がある東京メトロの桜田門《さくらだもん》駅までは、柚葉の家の最寄り駅から一時間半だ。それぐらいなら多少の運動がてらと思うことにして、柚葉は警視庁の本庁舎にまで一人でやってきたのだった。

柚葉がコーヒーを半分ほど飲み干しグラスをテーブルに戻したところで、テーブルの上に置いた芦屋のノートPCがちょうど立ち上がった。

「それじゃ、さっそくで申し訳ないのですが――」

という芦屋の言葉で、柚葉からの聞きとりが始まった。とはいえ質問はほとんどは形式的なものらしく、前に大庭と芦屋に話したことばかりだった。

柚葉が荒川と知り合ったのはいつか、どんな会話を荒川としたのか、そして荒川からはどのような被害を受けたのか。それを三沼のことも交えながら柚葉の口から説明し、気がつけば三〇分ほどで一通りの話が終わって、芦屋がPCを閉じた。

「ありがとうございました。これでどうにか花《はな》ちゃんから怒られずにすみますよ」

晴れやかな表情をした芦屋の口からぽろりと出た、一周してもはや聞き慣れない感すらある名前に、柚葉はつい「花ちゃん？」と小首を傾げてしまった。

「あぁ、花ちゃんというのは、うちの担当検事の名前なんですよ。これが黙ってさえいればそこそこ可愛いのに、すぐ怒って角を出すからとにかくおっかないんです」

芦屋が両手の人差し指を突き立てた手を、自分の頭の上にポンと乗せる。子どもっぽくも、でもどこか芦屋らしいその仕草に、柚葉はコロコロと笑ってしまった。

柚葉の屈託のない笑みを前にし、芦屋はテーブルの上で手を組み優しく眦《まなじり》を下げた。

「どうですか？　そろそろ事件に関するショックは薄れてきましたか？」

「……そうですね。正直に言えば、今でもよくわからないことばかりです。でも昼間に例の出窓のカーテンを開けたままリビングでうとうとしたりすると、こないだまでの水子に怯《おび》えていた自分は何だったのかと、そう思ったりもします」

さっきまで芦屋の調書に協力していたこともあり、柚葉の脳裏にはここ一ヵ月ぐらいの悪夢めいた出来事がいくつも蘇《よみがえ》っていた。

その中でも最も苛烈《かれつ》に記憶に残っているのは、やはり大庭と荒川の対決だ。呪詛《じゅそ》返しを匂わせながら、荒川を詐欺の自白に追いやった大庭――でも柚葉はあのときのことで、どうしても気になっていることがあった。

「あの……一つだけ、お訊《たず》ねしてもいいですか？」

「えぇ、どうぞ」

「実は、大庭さんが荒川さんにしようとした呪詛返しですが、あれ途中で終わっていますよね。あの壺《つぼ》を使った水子の呪いが本物であったのなら、呪詛返しを半ばでやめてしまって、呪いをかけられた私とお腹の子はだいじょうぶなんでしょうか？」

柚葉としてはそれなりに勇気を出して口にした質問に、以前に陰陽師と名乗った警察官が困ったように苦笑した。

「なるほど……疑問は確かにごもっともですね。でも、実のところまったく問題ないんですよ。何しろ大庭がいたわけですから」

芦屋の答えの理由がまったく理解できず、柚葉が微《かす》かに眉《まゆ》を顰《ひそ》める。

すると、さっき逡巡《しゅんじゅん》していた以上に弱りきった笑みを芦屋が浮かべた。

「柚葉さんが呪詛の影響で見ていた血塗《まみ》れの嬰児《えいじ》に威嚇される夢ですけれど、その夢をいつ頃から見なくなったか覚えていますか？」

「ええ、覚えています。銀行前から救急車で運ばれたあの日、つまり芦屋さんに撫物《なでもの》をしていただいた日からです」

「そうですね。でもあの撫物は、実はただの気休めなんです。というのもあの段階で、もう荒川が柚葉さんにかけた呪詛は解けていたんですよ。――救急車で運ばれる前、柚葉さんの身体に大庭が触れましたよね？」

質問の言葉に一瞬ギョッとするが、どうやら変な意味ではないらしい。だから柚葉は少し考え、銀行前で倒れかけたとき大庭に身体を支えてもらったことを思い出した。

……そういえば、あのときは自分のお腹にぶら下がった視えない何かが、突然に鉄のように重くなって倒れかけたのだ。その何かが、大庭が触れた途端にスッと消えて、それ以降はまったく感じなくなった。

「あの堅物はね、実は大の怪異嫌いなんですよ。特にこの世の法則をねじ曲げる呪詛はことさら大嫌いでしてね、虫唾《むしず》が走ってしょうがないそうです。できるものなら呪詛の存在を否定し、この世にそんなものはありはしないと思いたくて仕方がない。そんな思いが強すぎてね——あいつは近づくだけで生半可な呪術を打ち消してしまう『怪異殺し』の体質になっているんです。だから倒れかけた柚葉さんを大庭が支えたとき、その段階で僕が手を出すまでもなく荒川にかけられた呪詛は綺麗《きれい》さっぱり消えていたんです」

あまりにも突拍子のない、とても簡単にうなずけるものではない芦屋の話に、柚葉は「はぁ」と生返事をする。

「ついでにもう少し種明かしをしますとね、もともと荒川は都内で似たような詐欺を繰り返していたんです。ほとんど偽装の怪現象の中に、一点だけ本物の呪詛を混ぜる。その呪詛は本物だから、周りの怪異もそうだと思い込み詐欺の被害届はまるで出てこない。そのやり方があまりに悪質でして、僕と大庭の二人で捜査していたんですよ。そうしたらあるときを境に都内での活動をやめ、別の県へと移っていた。それから県を跨《また》いで捜査を進めていくうちに行き当たったのが、いま柚葉さんがお住みのあの家なんです。

ですから荒川に対し、僕たちは証拠を集めての通常逮捕を目指していました。でも柚葉さんの様子を見て、大庭は考えを変えた。柚葉さんに仕掛けられた呪詛はそれほど大きな影響があるものではないのですが、妊婦のあなたとの相性は最悪だった。『怪異殺し』の影響で呪いは解けたものの、しかし荒川はあれでもかつて一世を風靡《ふうび》した霊能者の残りカスです。第二、第三の呪詛をかけることだって可能だったんですよ。なのでこれ以上の呪詛をあなたにかけさせないため、大庭は一計を案じて荒川を罠《わな》に嵌《は》め、そして時間のかかる通常逮捕から緊急逮捕に切り替えて身柄をおさえたんです」

大庭の話をする芦屋の顔は、どことなく誇らしげだった。

今のような話は、きっと柚葉のような参考人にすべき話ではないだろうに、でもまるで友人のことを自慢するような口調で芦屋は語ったのだ。

「信じる者は救われると言いますが、自分の信念にそぐわないものを真っ向から否定して信じたくないと思う奴も、どうやら救われるみたいなんですよね」

今日一番の機嫌の良さで、芦屋が楽しそうに微笑んだ。

――そんな按配《あんばい》でもって、柚葉の事情聴取は終了した。

その後はロビーまで芦屋に送ってもらった。「今日はありがとうございました」と頭を下げる芦屋に、柚葉も「こちらこそ」と頭を下げ、入口で立哨《りっしょう》する制服警察官の横を通り抜けて本庁舎を後にする。

警視庁から東京メトロ桜田門駅までは一分とかからない距離だ。警視庁の敷地から歩道に出て、すぐ目の前にある地下鉄への入口階段を手すりを使って降りていく。

するといきなり「柚葉さんっ！」と呼びかけられて、階段を降りる足を止めた。

突然に響いたその胴間声は、大庭のものだった。桜田門駅の方角から階段を上がってくる大庭と、柚葉はばったり出くわしたのだ。

「芦屋から聞いております。別の捜査で動けなくなった私のせいで、わざわざ本庁までご足労いただいたそうで、大変恐縮です」

大庭は柚葉より二つ下の段に立っているにもかかわらず、それでもなお柚葉よりも目の位置が高い。そんな大男が直角に近い角度で頭を下げる姿は、律儀過ぎてほんの少しだけ滑稽《こっけい》だった。

「いえ、お気になさらずに。むしろこちらこそ、その節は本当にありがとうございました。こうして電車で都内に出られるぐらいに回復したのも、大庭さんたちのおかげです」

「……いやいや、そう言っていただけると警察官冥利《みょうり》に尽きますね」

角刈りの頭に手を添えて、いかつい顔にまったく似合わない照れた表情を浮かべながら、大庭が盛大にはにかんだ。

そんな見た目とのギャップがすごい大庭の様子を前にし、柚葉は笑いを堪えつつ、ふと芦屋から聞いた信じられない話を思い出した。

「あの……つかぬことをうかがってもよろしいでしょうか？」

「はい、なんでしょうか」

「大庭さんが『怪異殺し』というのは、本当ですか？」

柚葉が口にした途端に、大庭の眉がぴくりと跳ねて顔が固まった。

目だけで周囲を見回し、周りにほとんど人がいないことを確認してから「それは、芦屋が言ったのですか？」と小さな声で柚葉に問いかける。

柚葉は別に口止めされなかったよね、と思いながら、おずおずとうなずいた。

「まったく……あの出向陰陽師は自覚がまるで足りないゴンゾウで、本当に困ったものです。あの不良警察官の性根を、もう少し叩《たた》き直してやらないといかんですね」

と、大庭はため息を吐くも、柚葉の耳に顔を近づけると囁《ささや》くような声で付け足した。

「……『怪異殺し』のことは、誰にも内緒ですよ」

芦屋みたいなその言い草がちょっとだけおかしくて、柚葉は微笑みながら無言のままで首を縦に振った。

「それと、もしも誰かに呪詛されていると感じた際には、どうぞ自分たちにご連絡ください。この国は法治国家です。どれだけ被疑者が悪辣《あくらつ》な呪法を用いようと、必ず現行法にのっとって司法警察たる自分ら『呪詛対策班』が対処をいたしますので。

——ちなみに私の体質もそうですけれど『呪詛対策班』のことも口外禁止ですから、もし相談をくださるときにはこっそりご連絡ください」

「はい、わかりました」

「まあ、もっとも呪詛のようなあってなきがごとしの怪異の類《たぐ》いなんてものは、本当は信じないようにするのが一番なんですけどね」

告げるなり、往来にもかかわらず大庭が「あははっ！」と豪快に笑った。

柚葉も釣られて「ははっ」と笑ってしまう。

「本日は捜査へのご協力、まことにありがとうございました。それでは他の事案がありますので、自分はこれにて失礼いたします」

最後にもう一度頭を下げ、大庭が柚葉の横を歩き抜ける。

柚葉が慌てて振り向くと、大庭は背を向けたまま片手を振りつつ、警視庁の正門に向かって歩いていくところだった。

柚葉はほんの少しだけ襟を正すと、それから去りゆく大庭の背中に向かって深々と一礼をした。

第二章　座敷ワラシの部屋は、建築基準法に違反するのか？

1

楠木《くすのき》検事は激怒した。必ず、かの呪詛《じゅそ》対策班に司法のなんたるかをわからせなければならぬ、と決意した。

とはいえ――楠木は検事に任官されてまだ三年目の新入りだ。

検事というのは任官された直後は単独での立ち回りは基本的には許されず、二年間は指導官から指示を仰ぎながら仕事をする決まりになっている。つまり三年目とはようやく独り立ちが認められた、まだぺーぺーの検事ということだった。

そんな楠木が担当しているのが、警視庁生活安全部の『呪詛対策班』なのだ。

元指導官から最初にその部署名を聞かされたとき、当然ながら楠木は首を捻《ひね》った。自分が知らないだけでなく、警視庁の組織図を穴が空くほどに見ようとも、呪詛対策班などというトンチキな名前の部署はまるで見当たらなかったからだ。

まあ警察組織にはテロ対策の公安部もあったりする。表に名を出せない部署があっても不思議がないどころかむしろ当然なのだが、それにしたって〝呪詛〟なんていかれた単語を冠する班がまともな部署とは思えない。というか正気とすら思えない。

だがそこはまだ新人の立場だ。不平など言えようはずもなく、担当の決定は問答無用だった。ちなみに元指導官より担当を命じられたとき「所属の警察官二名の令状要請は、多少無茶でもそのまま詮索《せんさく》せずに応じるように」と言われた。

その言葉を聞いたとき、さては「新任検察官として、ベテラン刑事たちから現場を勉強させてもらってこい」という意味だな、と楠木は受け取った。

だが、しかし——まさか一言一句違《たが》わずそのままの言葉の意味だったとは、誰が予想できようか。呪詛対策班に所属する大庭という大男の警部補と、芦屋という優男の警部補が自分に依頼してくる令状請求は、無茶というよりもはや横暴だった。

証拠を集めて裁判所に正当性を示し、被疑者の逃亡や証拠隠滅、あるいはさらなる被害の拡大が想定される際に、個人の自由や権利を法で規制するのが令状だ。

にもかかわらずあの二人は「被疑者が祭壇に祀《まつ》った呪物を確保しないと被害が拡大する怖れがあります。とりあえず呪物をおさえないとまずいので、急ぎ家宅捜索令状を申請してください」などとしれっと言ってくる。

本気で思う——こいつらバカなのかと。

令状なんてものは〝とりあえず〟で請求するものでもなければ、罪状もはっきりしていないうちから〝急ぎで〟請求するものでもないのだ。

しかもだ、先月には珍しく通常逮捕で進めると言っていた詐欺の被疑者を、あの二人はいきなり緊急逮捕した。そのことを電話で告げられたとき、楠木は思わず電話口に向かって「ギャーッ！」とダチョウの断末魔みたいな叫びを上げてしまったのだ。

緊急逮捕は、現行犯逮捕とは違う。緊急逮捕は『直ちに裁判官の逮捕状を求める手続をしなければならない。逮捕状が発せられないときは、直ちに被疑者を釈放しなければならない』と刑事訴訟法で定められているのだ。

呪詛対策班の班長である大庭の階級は警部補で、班員である芦屋も同じ警部補だ。そして裁判所に令状請求ができる司法警察官は警部以上と定められているため、あの二人では令状の取得ができない。

よって呪詛対策班の令状請求は、担当を元指導官より任命された楠木が全て代行することになっていた。

おかげで荒川初枝という、霊能者を騙《かた》る悪質な詐欺師を起訴するために、楠木は全ての予定をキャンセルして現状でのありったけの証拠を即座に用意し、そのまま裁判所に駆け込んで当直の裁判官に逮捕状請求の正当性を必死に訴えたのだ。

しかもそれだけでは終わらない。逮捕してしまったからには、四八時間以内に警察からの送致を受けなければ被疑者を釈放せざるを得なくなる。

それは通常逮捕を見込んで組んでいた起訴までのストーリーが完全に崩れるということで、あらためて緊急逮捕した際の状況に相応《ふさわ》しい別の証拠が必要となるのだ。つまりそれまでの地道な準備がほとんどパーになったということだった。

ちなみに「どうして緊急逮捕したのか」と追及したところ「あそこで身柄を確保しておかなかったら、痺《しび》れを切らし荒川が新たな水子を差し向け、被害者のお腹の子が再び危なくなる可能性があったんだ。しかたがないね」との言い訳が芦屋から返ってきた。

本当に思う——こいつらアホなのかと。

だが逮捕されてしまったものはもうどうしようもない。とりあえずは余罪もあり、起訴することを当然と考えていた容疑者だ。

とにもかくにも二〇日間の勾留《こうりゅう》期間をフル活用し、てんやわんやの末に起訴までどうにか持ち込んだのが、つい先週のことだった。

そのときの疲れも抜けきっていないのに、また呪詛対策班より電話があって、

『今追っているヤマですが、急いで被疑者の身柄をおさえる必要がでてきました。ついては建築基準法における確認申請書の未提出の違反で逮捕状を請求してもら——』

最後まで聞くことなく「いい加減にしてください！」と電話を切ってしまった。

そもそも生活安全部の一部署である以上、本来は生活安全部の上役の警部が令状請求をするはずなのだ。それが秘匿性が高いだの独自の動きが必要だのと、わかったようなわからないような理由で、自分が令状請求をさせられている。

さらに納得がいかないのは、呪詛対策班の二人から滅茶苦茶な令状の申請要求を受けて、たまには思い知らせてやろうと投げやりに裁判所に請求してみれば、それが容易《たやす》く通ってしまうのだ。呪詛対策班の令状請求は特定の裁判官に申請するよう指示を受けて

いたが、その言いつけを守っている限り却下された例《ため》しがない。

それがどんな絡繰りなのかは知らないし、知りたいとも思わない。

だがこんなのは司法を馬鹿にした茶番だ。これでは自分は検事ではなく、令状主義を体面上守るためだけに存在する、ただの令状発行機だ。

呪詛対策班の担当を命じられてから、そろそろ半年。ずっと不満に感じていた楠木は、今日の電話でとうとう我慢の限界を迎え、いよいよ警視庁に直接乗り込み大庭と芦屋に文句を言ってやることにした。互いに忙しいこともあり、これまで呪詛対策班の二人と会うときは、たいがい取調室かあるいは警視庁の外だった。

だが今回ばかりは堪忍袋の緒が、大爆発を起こした。

ゆえに呪詛対策班の本拠地にまで乗り込み、二人の顔を見ながら「それでも司法警察官ですか！」と説教をくれてやるつもりだった。

霞《かすみ》が関《せき》の合同庁舎6号館にある東京区検察庁を飛び出した楠木は、日比谷《ひびや》公園を横目に皇居方面に向かって早足で歩く。そして僅《わず》か三〇秒、祝田《いわいだ》橋の交叉《こうさ》点を左に曲がれば一〇〇メートルちょっと先にはもう桜田門の交叉点と、そこに面する警視庁本部庁舎が見えていた。

本部庁舎に辿《たど》り着いた楠木は自動ドアを通り抜けるなり、パンプスのヒールを石床にガツガツ叩《たた》きつけながらまっすぐ受付へと向かう。

ダブルのスーツの襟元に、検事の証《あかし》たる旭日《きょくじつ》と菊をあしらった秋霜烈日のバッジをつけた女性が肩を怒らせ歩く姿に、通りすがりの制服警察官が何人も足を止める。

ちなみに楠木の身長は世の二〇代女性の平均よりも一〇センチは低い。端的に言って小柄なのだが、それでも誰もがさっと横に飛び退くようにして道を開けていく。

そうして最短距離でロビーの受付前に立った楠木が、おそらく同じ二〇代であろう女性警察職員に向かって言い放った。

「呪詛対策班に用があってきました。担当の楠木検事が来たと、大庭警部補か芦屋警部補にまで繋《つな》いでください」

緊張した面持ちでうなずいた職員が受付台の内側に置いたノートPCと格闘を始めるも、すぐに困った表情を浮かべて楠木へと頭を下げた。

「申し訳ありません。『ジュソタイサクハン』なる部署は、どこにもございません」

言われた楠木が眉《まゆ》を八の字にする。普通に考えれば、組織図に記載されていない部署に正面から訪問してアクセスできるはずがないのだ。かといってここで素直に引き下がるほど、今日の楠木の怒りのボルテージは低くない。

「だったら生活安全部です。私が担当している部署は生活安全部に属していますので、生活安全部に通してください」

これみよがしに襟のバッジを見せつけながらそう告げると、しぶしぶといった感じで入館証が出された。入館証を首から下げ、楠木は再び激しい足音を響かせロビーを移動しエレベーターに乗って、案内表示を見てからボタンを押す。

そうして目的階に到着し、『生活安全部』と標示がされたドアの内側に入ると、

「呪詛《じゅそ》対策班の大庭警部補と芦屋警部補に話があってやってきました！　あの二人をすぐさま呼んでください！」

執務机が並んだ室内に向けて、そう鋭い声で言い放ったのだ。

途端にドアの近くに座っていた一人の男性がゆらりとした動作で立ち上がり、ドアを入ってすぐの場所に設置されたカウンターにまでやってくる。

「……あんたは？」

肩幅のがっしりした眼光鋭い中年男性が、楠木を睨《にら》みつける。普段であればここでいくらか怯《ひる》むのだろうが、しかし頭に血が上ったままの楠木は逆に胸を張る。

「私は検事の楠木です。呪詛対策班の担当ですよ。いいから呪詛対策班に在籍している、二人の警部補を呼んできてください」

瞬間、それまで鋭かった男の目に戸惑いの色が浮かんだ。

「……わかったよ。あんたの主張はわかった。だからそれ以上は、その名前をここで口にしないでくれ」

「自分の担当の部署の名を口にして何がいけないというんですか」

「いけないんだよ！　……その名前は、生安部の中でも基本的に警部以上の人間しか知らない部署名なんだ」

楠木の言い草に男があからさまに舌打ちをする。それからカウンターの上にあったメ

モ帳に何かを書き殴ると、一枚破って楠木に差し出した。

「とにかくな、検事さんがお探しの二人はここにはいない。悪いが、そのメモを持って
とっとと出ていってくれ」

楠木がメモを受け取ると、まるで犬猫でも追い払うような手の動きを見せてから、男が自分の席へと戻る。

その態度にムッとする楠木だが、メモを見る限りどうやら書かれているのは大庭と芦屋の居所らしい。

「……っていうか、あの二人は生活安全部じゃないわけ？」

楠木はそう口にしながらも、男の態度から呪詛対策班の二人が同じ部内からも腫《は》れ物扱いをされている気配を察する。

まあいい、とにかく二人の居所はわかった――と、楠木はメモを手にしたまま踵《きびす》を返し、再びエレベーターへと乗り込んだ。

2

警視庁の地下一階には総務部文書課がある。そこは所轄の警察署間などで行き交う文書管理を、一手に担っている部署だ。

明治七年に創設された警視庁の歴史は長い。当然ながら過去のものを含めた文書量は

膨大なものとなる。昨今の流れに乗じてもちろん文書の電子化は進んでいるが、それでも大昔の書類の整理にまでは手が回りきらない。よって未《いま》だ手つかずの過去の文書を保管しておくため、地下の一室内に大量の書架が並んでいるのだが――それはそれとして、地下の書庫というのはどうしてこうも薄気味悪いのか。

――生活安全部の男性から渡されたメモに従って地下の文書課に赴いた楠木は、そこで呪詛対策班の名を告げた。すると初老の警察事務職員から、隣の保管倉庫の突き当たりにまで行けと言われたのだ。

保管庫であるからには重要書類もあるわけで、本来なら外部の人間が一人で入れる場所ではないと思うのだが、呪詛対策班の担当検事なら構わないと言われた。というかここでも、呪詛対策班なんぞに関わりたくないという気配をプンプンと感じた。

結果、楠木はスチール製の書棚が並ぶ主に書類を置いた保管倉庫に立ち入り――そして、年代を感じる倉庫の薄暗さと薄気味悪さに、一人で来たことを少し後悔していた。

もはや前時代の遺物であるパチリパチリと瞬く蛍光灯を目の端にしつつ、光量が足らず薄い闇の膜が張ったように滲《にじ》む視界の中で書庫めいた倉庫を奥に向かって歩く。

楠木の脳裏に浮かぶのは、小さい頃に兄に無理やり見させられたホラー映画にあった、本と本の隙間からこちら側を覗《のぞ》く血走った目のイメージだった。書架の反対側に居もしない存在を想像して、一人で勝手に背筋を震わせてしまう。

正直なところ、楠木は幽霊の類《たぐ》いを信じていない。その証拠に、幽霊などという文言が出てくる法律なんて、この日本には一つもないからだ。長い司法の歴史の中、もしも本当に幽霊がいれば、絶対に幽霊の権利に言及する法が生まれているはずだ——と、東大法科の修士課程を卒業している楠木は本気で思っている。

ゆえに幽霊などいないのだが、それと怖い怖くないはまた別の問題だった。法の範疇《はんちゅう》内だろうが外だろうが、とにかく生理的にダメなものはダメなのだ。むしろお化けや妖《よう》怪《かい》の類いへの恐怖の耐性が、自分は人一倍弱いという自覚が楠木にはあった。

端的に言って楠木は極度の怖がり、ありていに言ってビビりなのだ。

暗いとはいえただの地下倉庫を、今にも泣きべそをかきそうになりつつ、楠木はおっかなびっくり進んでいく。それでもどうにかこうにか入口とは反対側の壁にまで到着すると、そこにあったのはパーテーションで区切られた部屋だった。

部屋——と称してみたが、しかしこれが本当に部屋かと問われたらいささか疑問が残る。というのも倉庫の片隅に立てられたベージュのスチールパーテーションは二枚だけ。つまり残りの二方は、部屋の角を利用したコンクリートの壁なのだ。しかもパーテーションと天井の間にはかなり大きな隙間が開いており、接地面には転倒防止の脚があるだけで固定されてはいない。外に会話もだだ漏れなら、撤去しようと思えばいつでも撤去できる状態なのだ。

そんな部屋と呼ぶにはいささか抵抗がある空間なのに、でも一応はパーテーションには簡易のドアがついていて、しかもそこには『生活安全部　呪詛対策班』というプレートが貼られていた。

……もはや離れ小島や飛び地と呼ぶのですら生ぬるい、誰の目にもつかぬよう島流しにあった上に掘っ立て小屋に隔離されているような、そんな有り様に感じられた。

『呪詛対策班とは、呪術や呪法の類いを悪用して他者の権利や利益を著しく損なう行為をする者を、きちんと法に則《のっと》り犯罪者として検挙していくための部署です』

――これは、最初に呪詛対策班と顔合わせをした際に大庭から聞かされた説明だ。

この説明を聞くなり、楠木はその場で卒倒しかけたのを覚えている。

さっきも思っていたように、日本の法律に幽霊なんて単語は出てこない。呪詛や呪法なんて言葉も出てきやしない。

だが大庭と芦屋の二人は、それらは本当に存在している、と言う。何かの間違いか、あるいは酔狂としか思えない目的で設立された班の仕事を、真面目にやっているのだ。

そりゃあ腫れ物扱いもされるだろうし、こんな場所に押しやられもするだろう。

自分の担当部署の扱いのひどさに、楠木は眉間《みけん》を指で揉《も》みつつため息を吐く。でもそれはそれであり、今日はあの二人に司法のなんたるかをわからせに来たのだと思い直し、パーテーションのドアをノックした。

しばしの間を経てから、「はい」という返事とともにガチャリとドアが開く。

瞬間、楠木は自分の目を疑った。

開いたドアの向こう側は、なんとまっ黒だったのだ。ただ黒いだけの壁、どうしてそんなものが……と思ったところで、楠木は気がついた。

目の前に聳《そび》えるのは壁ではなく、呪詛対策班の班長である大庭警部補だった。

「おや、これは楠木検事ではないですか。こんな日の当たらない黴臭《かびくさ》い地下室にまでお越しになるとは、今日は何か特別なご用でもおありで？」

背も肩幅もドアより大きいのではないかと思える大男が身体を横にずらし、楠木に向かって中にどうぞと仕草で示した。

楠木は「用があるから来たんです！」と言い放つと、招かれるままに呪詛対策班の室内へと足を踏み入れる。

パーテーションで区切られた空間の中にあるのは執務机が二つきりで、あとは折りたたまれたままのパイプ椅子が壁に立てかけられているだけだった。他には本当に何もない。追加の照明すらなく、天井の薄暗い蛍光灯だけがこの部屋の光源だった。

執務室というよりも、まるで取調室――そんな感想を楠木が抱いていると、大庭ではないもう一人の呪詛対策班の構成員である芦屋が、自分の席らしき場所に座って机の上で頬杖《ほおづえ》をつきながら口を開いた。

「花ちゃんがここに来る用件なんて決まっているだろ。大庭が電話した、あの雑な逮捕状の要請への文句だってば」

「その通りです！」

芦屋の言葉に深くうなずく楠木だが、しかしその直後にキッと芦屋を睨みつけた。

「ですがそれはそれとして、私を〝花ちゃん〟って呼ぶなっ‼」

今にも噛《か》みつかんばかりの表情をして、ガルルッと楠木が唸《うな》る。

「どうしてさ？　花ちゃんなんてあだ名、小学生みたいで可愛いじゃない」

「ちっとも可愛くなんてないっ！」

しれっとのたまう芦屋に対し、楠木が子どもめいた仕草で地団駄を踏む。

――新人検事、楠木花子。

そもそも彼女は〝春菜子《はなこ》〟という名になるはずだった。しかし役所に出生届を提出しに行った際に祖父が漢字を忘れてしまい、そのまま〝花子《はなこ》〟と書いて提出されてしまったことで、こんな昭和初期の風味の名になってしまったのだ。

友だちはこの名前をこぞって可愛いと言ってくれるし、名前にコンプレックスを感じるなんて愚かなことだと、楠木は自分でも思う。

だが楠木は下の名やあだ名で呼ばれると、小学生のころに学校のトイレで個室に入る度に「……私は学校の怪談かい」と、自分で自分に突っ込んでいたときのことを鮮明に思い出してしまうのだ。

幽霊然《しか》り、嫌いなものはどうしたって嫌いだ。

まあ――閑話休題。

「とにかくです、大庭警部補っ！」

「はい、なんでしょう？　楠木検事」

「どういう了簡《りょうけん》ですかっ!」

「今朝のあの電話はいったいどういう了簡ですかっ!」

「どういう了簡とおっしゃられても……申したように、確認申請書の未提出による建築基準法違反で施主の逮捕状の申請をお願いしたいのですが」

「だからそれに関してどういう了簡なのかと、私はそう訊《き》いているんですよっ!」

勢い余った楠木が、執務机の天板に自分の掌《てのひら》をバシンと叩《たた》きつけた。

まさにその机に肘《ひじ》をついていた芦屋が「おー、こわっ」と、棒読みでつぶやいた。

今にもつかみかかって来そうな勢いの楠木だが、しかし大庭は何が何やらといった雰囲気で首を傾げながら「はぁ」と返す。

「あなたの連絡で、確認申請書が未提出であるという内部告発があったことはわかりました。確かに行政に申請もないまま改装して、入居しているビル内を勝手に壁で仕切りあらたな部屋を作る行為は、法律違反となります。そのときの責任も工事を依頼した施主である、会社の社長にあることもまたその通りです」

「はい、自分もまったくもって同じ見解です」

神妙にうなずく大庭に、しかし楠木は目を吊《つ》り上げた。

「ですがっ!! それだけの罪状で逮捕状を要請するとは、なにごとですか!

確かに建築基準法違反で逮捕状が出されることはあります。でも今回の件は、ただの確認申請書の未提出に過ぎません。罰則としては一年以下の懲役又は百万円以下の罰金となりますが、それは悪質な違反であればこそ適用されるものです。実際に内部告発の内容を確認してみたら、テナントビル内に新しいサーバールームを作っただけのことじゃないですか。確かに確認申請がされていないことは褒められたものではありませんが、でもまずとるべき対応は施行依頼者の逮捕ではなく、すみやかな書類提出を求める行政指導です！」

口から唾《つば》を飛ばし、楠木が言い放つ。ここまで言えば大庭も反論できまいと、得意げに楠木がふんと鼻を強く鳴らした。

だが大庭は楠木の正論にいっさい怯《ひる》むことなく、逆に楠木を睨《にら》み返す。

「しかし楠木検事がどうおっしゃられようが、今回は即時の逮捕が必要な事案です」

雰囲気が変わった大庭の強面《こわもて》に尻込《しりご》みしそうになる楠木だが、一歩も譲ろうとしない大庭の主張を耳にして再び怒りに火が付いた。

「私の話をちゃんと聞いていましたかっ⁉　いいですか、逮捕とは個人の権利を著しく侵害する行為です。そのため慎重な判断が必要となり、証拠の隠滅や逃亡、あるいはさらなる被害を未然に防ぐといった、必要性があるときだけ行われるものでなければなりません。つまり大庭警部補はオフィス内にあらたな部屋を作るだけの行為が、誰かの安全や権利を著しく侵害する行為だと主張するわけですね？」

それは肯定などできやしない、意地の悪い問いかけのはず――だったのだが。

「はい、その通りです。告発にあったその壁をなんとかしなければ、著しい金銭的不利益を負う被害者が発生してしまうのです」

瞬間、楠木の頭にカッと血が上った。

もともと上りやすい性質ではあるが、でもこのときばかりは心臓の辺りから顔を通り抜けた血が逆立った髪の根元にまで上るのを、皮膚の下で感じていた。

「どうしてオフィスにあらたな部屋を作るだけで、金銭的被害が生まれるというのですかっ!!」

まったく理屈が通らない話に「バカも休み休み言いなさいっ！」とさらに怒声を放った直後、何か大きなものが楠木の鼻先をかすめて横切った。

それは、猫だった。

おそらくパーテーションと天井の隙間にいたのを、楠木の顔付近めがけて飛び降りてきたのだろう。染み一つないような真っ白い毛並みをした大きな猫が、芦屋の机の上にいた。しかも艶《つや》やかな毛を逆立て、フシャーと楠木に対し威嚇までしている。

いきなりのことに虚を衝《つ》かれ、楠木の動きが止まって鼻だけがひくつく。

「だいじょうぶだよ、小春。花ちゃんはもとからこんなんだからさ、喧嘩《けんか》じゃなくて単に大庭とじゃれあってるようなもんだって」

と、芦屋が白猫の頭を撫《な》でると、ぶわりと膨らんでいた全身の毛が鎮まった。さらには自分の頭を撫でる芦屋の手を舌で舐《な》め出して、さっきまでの凶悪な目つきと鳴き声はどこへやら、芦屋に甘えるようにしてすぐにゴロゴロと喉《のど》を鳴らし始める。

「……なんで、こんなところに猫が」

ようやく我に返った楠木が、無意識にぼそりとつぶやいた。

「あぁ、小春《こはる》はね、特別なのさ」

小春というのは、どうやらこの猫の名なのだろう。芦屋に名前を呼ばれた猫が、返事でもするかのようにニャァと鳴いた。

「特別もなにも……庁舎にペットを連れ込むとか非常識でしょうが」

楠木がそう口にすると、再びシャーと小春が楠木を威嚇し始める。

猫を相手にビクリと肩を跳ねさせた楠木を見て、芦屋がくすくすと笑った。

「いやいや、刑事部には警察犬がいるよね。だったらうちに警察猫がいても非常識じゃないでしょ。それに小春はペットじゃなく、僕の相棒だしね」

その滅茶苦茶な芦屋の言い分に楠木は今にも頭痛がしそうになり、自分のこめかみを手でおさえて天を仰いだ。

「まあとにかく少し落ち着きましょう、楠木検事」

背後からかけられた大庭のその声に「そもそも誰のせいですかっ！」と叫びそうになるも、落ち着けという大庭の言い分も確かに一理ある。

とっちらかったこの状況を整理すべく、楠木は大きく深呼吸をした。

「……話を戻しましょう。とにかく先ほどの言い分からすると、今回の確認申請書未提出の事案に逮捕状が必要だと、大庭警部補はそう主張するわけですね」

「はい。残念ながら時間がありません。すぐにでも申請をしてください」

真面目な顔でそう答えた大庭に楠木は再び苛々《いらいら》しかけるが、そこはぐっと堪《こら》えた。

そして瞑目《めいもく》し、静かに逡巡《しゅんじゅん》してから、楠木は一つの答えを自分の中で導き出した。

「いいでしょう、わかりました」

「わかってくださいましたか。それではさっそく裁判所に――」

相好を崩す大庭だが、しかし楠木は掌を大庭の顔の前に突きだして、それ以上の言葉が紡がれるのを制した。

「勘違いはやめてください。私が『わかりました』と言ったのは、大庭警部補が考えをあらためる気がないことに対してだけです。私は大庭警部補の主張にはいっさい納得がいっていませんし、考えだって微塵《みじん》も理解できません。ですから本当に大庭警部補の言うことが正しいのかどうか、私自身が調べて決めます」

「……調べる？」

「そうです。司法警察官のあなた方に捜査権があるように、検事の私にも捜査権があります。ですので本当に逮捕状が必要かどうか、私自身が捜査して見定めます」

大庭の鼻先に指を突き立てながら、楠木がびしりと言い放つ。

これにはさすがに大庭も目を見開いて、驚きを露《あら》わにした。

そんな楠木の背後、何が面白いのか芦屋が一人声を殺してクスクスと笑っていた。

売り言葉に買い言葉――というか、むしろ一方的に喧嘩を売っただけの気がしなくもないが、とにかく楠木は呪詛《じゅそ》対策班の部屋を後にすると歩いて東京区検察庁へと戻り、自席にて問題の内部告発の件を調べてみることにした。

3

資料によると、どうやらその告発は警視庁にかかってきた匿名電話が元らしい。

「だからさ！　週明けに出社したら、いきなりオフィスの中に新しい部屋ができてたんだって。パーテーションとかじゃなく、オフィスのど真ん中に突然に白い壁が四枚も聳《そび》えてたんだよ。しかもその部屋には、どうやっても入れねぇんだっ！」

録音されていた通報時の証言を確認するも、正直よくわからない。

確かに休み明けに会社に行き、いきなり知らない部屋ができていれば驚きもするだろう。だからといって、それでどうして警察に通報なんかしてくるのか。

「とにかく、あんな気持ち悪くておぞましい……あんな不気味な壁は、絶対に申請とかしていない違法建築に決まってんだから、すぐに壊しにきてくれよ！」

最後にそう言って、告発者は一方的に電話を切っていた。

この捨て台詞《ぜりふ》があったので、改築後の確認申請書未提出の内部告発通報、ということに収まったのだろう。しかし、そもそもからしてこの告発は適正なものなのだろうか。

警察という存在は、ある意味で動かしたもの勝ちなところがある。例えば会社側の強引な運営に反発した社員が、社長の評判を貶《おとし》めるべく些細《ささい》な問題を過剰な表現で通報して、警察沙汰《ざた》に仕立てようと企てる――残念ながらこういった事例はままあるのが実情だ。こういう場合、過剰な対応にならぬよう公正に判断することが求められる。その辺を確認するためにも、大庭と芦屋にメールで送らせた告発を受けた会社の捜査資料に、楠木はしっかり目を通す。

問題の会社は、どうやらPCをプラットフォームとしたゲーム制作を行う会社のようだった。試しに自分のノートPCでその会社のHPにアクセスし――、

――それは、虐待をしている女の姿を映した動画だった。

マンションなのかアパートなのか、やたらゴミが散らかった生活臭のある六畳ほどの部屋に、三〇歳ぐらいのキャミソール姿の女がいる。

女の顔は疲れていた――あるいは憑かれていた。そんな表現をしたくなるほどに女の顔つきは虚《うつ》ろで、目の下には深いクマが浮かんでいた。

女が、床に倒れたそれを踏みにじってから蹴《け》り跳ばす。さらにはのし掛かって手にしていた太い針を相手の指に突き刺すと、針をライターで熱して炙《あぶ》り始めた。

最初、その虐待の相手は人かと思った。

女の年齢からして小学生ぐらいの娘を虐待しているのだと、そう見えた。

でも——相手は人ではなかった。

女が馬乗りになり虐待しているのは決して痛みを感じるはずがない、女児の姿を模した大きな日本人形だったのだ。

女がヒステリックな喚《わめ》き声を上げて、自分の頭を掻《か》き毟《むし》る。女の手の爪には髪と血がついた皮膚が入りこむが、それでも「なんなのよ！」と叫びつつ、自らの頭を掻き毟ることをやめようとしない。

女は、どれだけ痛めつけてもいっさい表情を変えず、苦悶《くもん》の声すら上げない人形の様子に、あからさまに苛立《いらだ》っていた。相手は人形なのだからそれは当たり前のはずなのに、しかし作られたままの微笑みを人形が浮かべ続けていることに「あんた、バカにしてんのっ！」と女は怒鳴りつける。

その動画の画像は粗くノイズもひどかった。特に音声は途切れ途切れな上に、隣の部屋からのものなのか、ときおり楽しげな子どもの笑い声が微《かす》かに入っていた。

そのうちに——妙なことに気がついた。

動画の画面がときおりブレるのだ。この動画は固定したカメラの映像ではなく誰かが手で撮影したもの。つまり人形を虐待するという女の奇行を止めることなく、その近くで見守って記録している誰かがいるということになる。

やがて女は大きな裁ち鋏《ばさみ》を手にすると、抵抗などできるはずがない人形の首に開いて添えた。いつしか微かだった子どもの笑い声はとどまることなく聞こえ続けるようになり、何者かが手にしたカメラは憎悪と怨嗟《えんさ》で滾《たぎ》る女の顔をアップで写す。

女が手に力を込め、バチンと鋏を閉じ――た、ところで映像がぶつりと途切れた。

すぐさま画面が一転し、モノローグが流れ出す。

それは今の動画に映っていた女の両親が書いたものらしい。

どうやらこの動画が撮影されたと思われるこの夜を最後に、娘は虐待をしていた人形とともに行方をくらましたらしい。この先を知っている可能性がある、この動画を撮影していた人物も、どこの誰かはまるで不明。そもそもこの動画は、行方不明となった娘の部屋に残っていたスマホの中から両親が見つけたものなのだそうだ。

手がかりのない中、両親は娘の恥を承知の上で、消える直前に撮影がされていたこの動画を公開した。

ゆえにもしも娘の居所を知る人がいたら、あるいはいっしょに消えた人形や、もしくはこの動画に関して、なんでもいいから娘の行方の手がかりを知っている人がいたら、どうか教えて欲しい――両親からのそんな切実な願いで、動画が終わった。

――そして。

動画を見ていたモニターの前から立ち上がり――主人公らしき、若い女性が振り向く。

部屋のテーブルの上には、人形が置かれていた。

リサイクルショップで買ってきたばかりの、眉《まゆ》の辺りでまっすぐ前髪を切り揃えられた、和服姿の女の子の日本人形だ。購入したときには、自分にこんな趣味があったのかと我ながら驚いた。でもどうしても欲しくなったのだ。

この子が欲しくて欲しくて、たまらなくなってしまったのだ。

——だけれども。

「ねぇ、ひょっとして……あなたなの？」

その人形は、今見ていた動画の中で虐待をされていた人形と瓜二《うりふた》つだったのだ。

首に大きな傷がある、微笑んだままの人形の口角が——微かに上がった気がした。


瞬間「ギャー」と悲鳴を上げてしまい、楠木は慌てて自分の口を手で塞《ふさ》いだ。

だが、もう遅い。同じ島の席に座った先輩検察官たちが、騒がしいぺーぺー検察官をいっせいにギロリと睨《にら》む。

よもや捜査中の会社のHPにあった、ホラーゲームのティザー動画を見て悲鳴を上げたとは言えようはずもなく、楠木は真っ赤にした顔に愛想笑いを浮かべると、たたんだノートPCを小脇に抱えて急いで執務室を後にした。

というか、ホラーゲームを扱っているなら扱っているで、会社名だけでなくその旨を太字でしっかりと捜査資料でうたっておくべきだと思う。怖がりの人間だって捜査資料を読む可能性があるのに、まったくもってあの二人は配慮が足りな過ぎる。

そんな見当違いなことでプリプリと怒りつつ、休憩室へと場所を変えた楠木は隅の窓際のカウンターを陣取って、再びノートPCを開いた。

今度はトップページの動画にはいっさい触れず、会社概要へと移動する。ティザー動画はあれほど力が入っていたのに、会社に関する記載は極めて簡素なものだった。

でもまあ、そんなものか——とも、楠木は思った。

この会社の設立は三ヵ月ほど前。厚生年金などの被保険者登録もされていないところからして、おそらく従業員五人以下の小企業だ。さっきのティザー動画は夜中にトイレに行けなくなるほどできが良かったものの、でもまだゲームの販売はされていないようで、つまり会社としてまだ何の実績も利益も上げていないはずだ。会社概要を整えているような余裕など、まだないのだと思う。

そんな会社に、内装工事を取り仕切る総務係の社員がいるとは思えない。さらには安さを追求して質の悪い工務店に当たり、おそらく欠陥工事な上に何の法的申請も代行してもらっておらず、そこを不満を抱えた社員に内部告発されてしまった——たぶんそんなところが、この事案の真相ではなかろうかと楠木は当たりをつける。

それでも施主責任である確認申請を怠っていい理由にはならないのだが、でも大庭たちが言うように刑事事件扱いにして逮捕状請求などは愚の骨頂だ。事件性が低いであろうこの事案において最初にすべきは捜査ではなく、まずは当事者への事実確認だ。仮に故意や悪意があったにしても、行政からの指導をまず優先すべきだろう。

だというのに——大庭と芦屋の捜査資料では、工事をした工務店を探すために聞き込み捜査をしていた。根幹が確認申請書の未提出でしかないというのに、これでは被疑者に気取られぬよう証拠を集める、刑事事件の捜査そのものだった。

楠木が額に手を添え、頭痛を堪えるように大きなため息を吐いた。

再び会社概要のページに飛んだ楠木は、そこに書かれた岩國忠広《いわくにただひろ》という代表取締役の名前を確認してから、代表番号へと手持ちのスマホで電話をかける。

すると出たのは、まさに社長である岩國自身だった。

最初は「誰だ、こいつ」とでも言いたげな不審そうな口調だったが、しかし検事だと楠木が名乗ると途端に岩國の声音が変わった。あからさまに狼狽《ろうばい》したのだ。

とはいえ短絡的にそれで怪しいとは思わない。むしろお気の毒に、とさえ感じたほどだ。当たり前だ。役所であればまだしも、どうして確認申請書の不備なんぞで検察官が電話をかけてくるというのか。普通だったらまずありえない。

恨むのなら自分ではなく、わけのわからない捜査をしていた大庭たちを恨んで欲しい――そんなことを思いつつ、とにかく御社の施した工事で確認申請書が出ていない可能性があり確認していると、内部告発のことは口にせず楠木は丁寧に説明をした。

「……竣工《しゅんこう》時だけでなく、改築時にも届け出が必要なんですか？」

話を聞き終えたところで岩國がそう驚きの声を上げると、楠木も内心で「やっぱり」とつぶやいた。思った通り単なる申請ミスで、これは刑事事件扱いにするような事案ではないのだ。

「なるほど……今回のことはただの不手際と理解をしました。ですが念のため、御社にうかがいますので未申請になっている部屋を見せてください」

大庭たちにしっかり説明して納得させるための、それは念のための確認だった。

だからこそ楠木も軽い気持ちで口にしたのだが――。

「お断りします。それは任意ですよね？」

即時の返答だった。あまりに迷いがなさ過ぎて、楠木は何を言われたのか理解するまで少し時間がかかってしまったほどだった。

おまけに――任意なんて単語まで出てきた。

検事である楠木にとって任意という語は日常で口にするものだが、でも検察官でも警察官でもない相手と話をしていて普通に出てくる語ではない。

検察や警察への協力を拒否するための紋切り型とも言える、任意というその単語を口にした瞬間、楠木には岩國の態度がガラッと変わった気がしたのだ。

呆気《あっけ》にとられた楠木の雰囲気を察したのだろう、岩國が慌てて取り繕う。

「あ、いや……その部屋というのがですね、サーバールームなんですよ。中に入られてデータに何かあれば、それこそ会社をたたまなければならなくなるわけでして」

「……あぁ、なるほど」

「それにサーバールームに行くまでにはオフィスの中を通らなくてはいけなくて、でも机の上に開発中のゲームの設定とか社外秘の資料がいろいろと出しっぱなしなんです。ほんと社員の片付けがなっていなくて、困っていましてね――」

一応、筋は通っている。確かに楠木のお願いは任意であり、任意である以上は拒否することは可能だし、その理由もそれなりに正当だ。

でも楠木の頭には、やたらと妙な違和感が残ってしまった。

「では、無理にお部屋を見せてくださらなくてもいいですから、御社におうかがいしてお話だけでも聞かせていただけませんか？」

本当だったら電話だけでいいかもしれない話だと、楠木はそう思っていた。でもこの瞬間、相手の会社に出向いてみるべきだと、理屈ではなくそう直感していたのだ。

電話の向こうで僅《わず》かに逡巡《しゅんじゅん》する気配がするも、

「……わかりました。明日《あした》は商談があって忙しいのですが、知らなかったとはいえこちらも申請を怠ってしまった負い目があります。商談の前の三〇分程度であれば、お時間をお作りいたします」

そのまま訪問する約束の時間を岩國ととり決めてから、楠木は電話を切る。

そして、消灯して画面が黒くなったスマホをしばし見つめた。

――なんだろう。別段におかしいところはなく、特に変だということもない。

これはただの確認申請書の未提出の事案に過ぎないはずだ。

けれども楠木は、理屈では判断できない不穏な何かを感じてしまっていた。

4

岩國のゲーム会社は、新宿《しんじゅく》三丁目にあった。

地域一帯で似た形の建物が並ぶ雑居ビル街のど真ん中にて、道端にハザードランプを焚《た》いて停まった車の後部シートより楠木が降りた。

車道の反対側にあるのは、一〇階建てながらも一フロアの面積が一〇〇㎡以下と思われる、俗に言うところのペンシルビルだった。

楠木が見上げるこのビルの八階に、岩國の会社があるらしい。

「それじゃ、今から岩國さんの任意聴取をしてきますから、しばらくこの辺りの邪魔にならない場所で待っていてください」

楠木がそう言うと、窓を開けたまま運転席に座っていた芦屋が肩を竦《すく》めた。やれやれとでも言いたげな表情にムッとする楠木だが、助手席に座った大庭の顔つきはもっと悪い。口をへの字に結んでむっつりとし、運転席の外に立つ楠木を助手席からギロリと睨んできたので、楠木もまたキッと睨み返した。

「……楠木検事が自分らの捜査に疑問を持ち、自身でも捜査をすることは確かに自由です。とはいえ被疑者と直接に接触し、警戒心をもたせることはご勘弁いただきたい」

「だまらっしゃい。元はといえばあなた方の無茶苦茶な逮捕状要請が発端なんです。捜査をかき乱されたくないと言うのなら、少しは段取りぐらい考えなさい」

「ですから岩國の逮捕状要請は必要な措置です。今回、楠木検事が岩國と接触をすることでさらに時間はなくなるでしょう。できるものなら楠木検事には今すぐ思い直していただき、このまま車で東京地裁にまでお送りしたいところです」

まるで考えをあらためる気がない大庭の態度に、楠木の顔がみるみると紅潮した。

「あぁ、いいからいいから。ほら約束の時間に遅れるよ。早く行きな、花ちゃん」

「だから、花ちゃんって呼ぶなっ!!」

運転席と助手席の両方に向かって、楠木が犬歯を剝《む》き出しにしてガルルと唸《うな》る。でもすぐにフンと鼻息を吹くと踵《きびす》を返し、ビルの方に向かって歩き始めた。

――令状は安易に請求するものじゃないって、絶対に思い知らせてやる！

心の中で気炎を吐きつつ、肩を怒らせた楠木がビルの自動ドアを潜《くぐ》った。

一階はロビーとなっていた。ザラついた石の床と、暖色ながらもやや薄暗い照明。入って左手には管理室と書かれた窓口があるがそちらに用はなく、楠木はロビーをまっすぐ抜けてエレベーターをボタンで呼ぶ。

クラシカルなチンという音がして扉が開き、三人も乗れば満員となる小さなエレベーターに乗り込むと、楠木はそのまま八階を選択した。

左手に巻いた時計を見れば、約束した時間のちょうど五分前だ。頃合いとしてはまさにぴったりだろう。

狭くて古いエレベーター内でもって一人、どことなく不安を感じる低い機械音を耳にしながら、楠木は籠《かご》の上部に表示された現状階を示すランプを眺める。

八階に到着すると再びチンという音がして、ガコガコとやや軋《きし》みながら戸が開いた。

そしてエレベーターの外へと一歩出た瞬間、前髪がぶわりと靡《なび》くほどに風が吹いた。

――えっ？　なに？

反射的に閉じてしまった目を開けて確認するが、しかしここはビルの中の八階だ。エレベーターを出た先は共用廊下となっていて、辺りを見回してもどこにも窓などない。だから風なんて吹くはずがないのだ。

加えて、なんだかやたらに寒かった。一〇月である今は暑さを感じるような時期ではないものの、それでも密閉されたビルの中というのは暖かく、ロビーに入ったときにはジャケットを脱ぐかどうか少しだけ思案したほどだ。でもここは違う。ジャケットの襟を手で合わせてもなお身震いしてしまいそうな冷気を、楠木は感じていた。

臆病《おくびょう》の虫が急にむくむくと頭をもたげ、楠木はつい後退《あとじさ》りをしてしまう。

でも同時に、背中側にあったエレベーターのドアがガーッと音をたてて閉まった。そのまま楠木を置き去りに、無人のエレベーターは一階へと戻っていく。

「はは……あはは……」

不穏な何かから自分の意識を誤魔化すように、楠木が独り乾いた笑いを上げた。

再びエレベーターを呼んで一階に降りることはできるが、でもそうじゃない。

自分はここに、任意聴取をしに来たのだ。建築申請がなされていないという内部告発があった会社の責任者へと、事実と事情を確認するために来たのだ。

楠木は自らの頬を両手でペチリと叩《たた》く。ここで退《ひ》いたら大庭たちのいい笑い者だ。楠木としては、それだけはなんとしても避けたかった。

気合いを入れ直した楠木が、エレベーターからほど近い場所にある白く曇ったガラスドアの前に立つ。インターホンなどはない。そのため楠木は「失礼します」と声をかけながら、ドアを押し開けた。

すると五歩先の目の前にまたドアがあった。木製であるそのドアには『OFFICE』という文字が白いカッティングシートで書かれている。

――週明けに出社したら、いきなりオフィスの中に新しい部屋ができてたんだって。

録音データで聞いた、告発内容の一部をふと思い出す。それが事実であれば、つまりこのドアの向こう側に申請がされていない問題の部屋があるわけだ。

なんだろう……確信はないし、確証もない。でも楠木は直感的に、このドアの向こう側にこのフロア全体を寒くさせている冷気のもとがあるような気がした。

楠木は心霊やオカルトの類《たぐ》いを信じない。第六感なんて言葉も、疑ってかかっている。

――でも。

楠木の喉《のど》がごくりと鳴った。

どうしてこんな気持ちになるのか自分でもわからないのだが……このドアの向こう側

に行かなければならないと、楠木はなぜかそう感じてしまったのだ。

まるで誘われるように、楠木がレバー式のドアノブを握る。でも動かない。ノブの上にはテンキー式の入力盤があり電子錠がかかっているのだ。

それはわかっているのに——それでも諦《あきら》めきれずドアノブを握っていたら、

「楠木さん……でいらっしゃいますよね？」

突然に真横から掛けられた声にびくりとして、慌ててノブから手を離した。

声のした方へと首を向けると、そこにいたのは五〇手前ぐらいの中年の男性だった。中肉中背で濃紺のスーツ姿、僅かに白いものが交じり始めた髪はオールバックに固めていて、まさにビジネスマン然とした雰囲気が漂っていた。

「弊社の代表取締役を務めております、岩國忠広と申します」

先に頭を下げられて、慌てて楠木も頭を下げ返した。

「今日はお時間をいただきありがとうございます、東京区検察庁の楠木です」

互いに名刺を差し出して交換し、決まり切った挨拶《あいさつ》を交わす。

——そして。

「さあ、楠木さん。こちらにどうぞ」

と岩國が促したのはオフィスの中ではなく、廊下から社内に入ってすぐのところに作られた来客用の会議室だった。

今日の任意聴取は、あくまでも参考までに話を聞かせてもらうだけのこと。最初から

そういう約束であり、問題の部屋の確認は企業秘密ということで拒否されている。だから会議室に案内されることは当然なのだが、

「……やはり、オフィス内を見せていただくわけにはいきませんか？」

笑みを浮かべたまま、岩國の眉《まゆ》がピクリと跳ねた。

「どこの業界も大なり小なりそうなのでしょうが、でもゲーム業界は特に生き馬の目を抜く情報合戦の社会でしてね。他社の新作の情報など、まさに喉から手が出るほどに欲しい情報なんです。検事さんでいらっしゃる楠木さんを信頼しないわけではありませんが、どこの誰であろうとも新作情報を社外の人間に知られれば、夜もおちおち寝ていられなくなってしまいます。どうかご理解してください」

そんなものだろうかと、ゲーム業界に明るくない楠木は口をつぐむ。

「もしどうしてもとおっしゃるなら、本日の任意聴取はお断りをさせて――」

「わかりました。ご事情は察しましたので、ご無理を申してすみません。本日はお話をうかがわせていただくだけで十分です」

苦い笑いを浮かべた楠木に対し、岩國も安堵《あんど》した笑みを浮かべて頭を下げる。

「なかなかご協力できずに、本当にすみません」

「こちらこそ、お約束していたのに無理なお願いをしてしまい、失礼をしました」

――確かに腑《ふ》に落ちない点はある。実際に昨日の電話のとき、岩國の言動から微妙に不審な雰囲気を感じたのは確かだ。

だがそれでも、これは確認申請書の未提出事案に過ぎない。公共の場と隣接した場所に倒壊の危険がある建造物を建てたのであればまだしも、自社で借りたビルの占有部内に単に部屋を追加で作っただけの話だ。火急の危険性が感じられないのであれば、まず話し合うところから始めるべき事案だ。

「それにしても……少し、寒くありませんか？」

会議室に通された楠木が、ダブルのジャケットを着たまま手で腕を擦った。天井を見上げれば会議室には個別の空調があるのに、それでも楠木の感覚としては寒い。体感的に言えば、エレベーターを降りたときの廊下より、さらにここは寒い気がした。

「……すみません。オフィスの中の、例のサーバールームの影響だと思います。サーバーはなにしろ熱を出しますから、常に強力な冷房をかけ続けなければならないんです」

気まずそうに答えた岩國に、楠木が「はぁ」と曖昧《あいまい》な返答をした。

サーバールームを冷やさなければならないのはわかるが、でもその冷気が外に漏れていては部屋の意味がないのではなかろうか。専門外のことなので楠木としてもよくわからないが、あるいは欠陥工事で壁に隙間があり、そこから室外に冷気が流出しているのかもしれない。

だとしたらなおのことしっかり申請をさせるべきだと感じた楠木は、会議室の椅子に座るなり、テーブルを挟んで対面の岩國に建築基準法の重要性を説き始めた。

改築における確認申請は法定なのだと、そう簡潔に言うのは極めて易しい。でもその説明だけでは横暴だと楠木は思ってもいた。しっかり必要性を説き、理解をしてもらった上で申請してもらうことこそ、再発を防ぐ最良の手段なのだ。

実際に楠木の話が進むに連れて、岩國がうなずく回数は多くなった。その仕草は演技とは思いがたく、本当に改築時の確認申請の必要性を知らなかったのだろうと、楠木には思えた。

「――なるほど。おっしゃるとおりであれば、本当に申し訳ないことをいたしました。工事の全てを適当な工務店任せにしてしまっていたせいで、私は知らないうちに法令違反を犯していたというわけですね」

「そういうことになってしまうのですが、でも本当ならば工事を担当した工務店側にも責任はあります。なにしろ確認申請書が未提出なことを理解した上で工事をしたのでしょうから。とはいえ最終的には工事の施主、つまり岩國さんが全ての工事責任を負うと定められているからには、すみやかに申請をしていただきたいのです」

楠木の説明に、岩國が顎《あご》に手を添えて「ふむ」と深くうなずいた。

「承知いたしました。では工事をしてもらった工務店に連絡し、すぐにでも代理で申請をするように交渉します。仮にその工務店が拒否したとしても、建築士がいる別の会社を見つけて近日中には確認申請書を提出するよう努力いたしますよ」

「そうですか。ご理解くださりありがとうございます」

神妙な面持ちを浮かべた岩國に向けて、楠木が微笑みながら頭を下げた。

とはいえ頭を下げつつも——ほれ見なさい、逮捕状なんて不要でしょうが——なんて思い、楠木はテーブルの下の手でもって、ガッツポーズをとっていた。

「でも検事さんというのも大変ですね。正直に申して最初は何事かと思いましたよ」

「えっ？」

「いや、警察でもなくいきなり検事さんからのお電話だったじゃないですか。ニュースで見ると、検事さんが捜査に出てくるときは政治家相手だったりすることが多い気がするので、てっきり自分でも知らぬ間にとんでもない重大犯罪をしでかしていたのではないかと心配していたのです」

「……まあ、そこはいろいろとありまして」

内心で冷や汗をかきながら、口元を手で隠してオホホホと楠木が笑った。

というか岩國の心配はごもっともで、確認申請書の未提出で検事が捜査するなど普通はありえない。おそらく上役が知れば、楠木に雷が落ちることだろう。

とはいえ——これで一件落着だ。

結論としてやはり岩國には建築基準法違反を犯した認識はなく、ゆえに悪質性はないと判断し、すみやかに行政に申請する約束をもって落としどころとした。申請漏れは決して褒められたものではないが、これのどこが刑事事件となるのか。むしろ内輪の事情で警察沙汰どころか、いきなり検察沙汰という大事にさせられてしまった岩國に、楠木としては同情すらしたいほどだった。

「あぁ、すみません。もうこんな時間ですか。今日はこれから大事な商談がありまして、そろそろ社を出なければならないのです」

岩國が壁にかけられた時計を見上げながら、慌てた様子で口にした。

任意聴取である上に、確認申請の不備を是正すると約束した岩國を、楠木としてもいつまでも縛りつけてはおけない。

「それは長々とすみませんでした。本日はご協力ありがとうございました」

「いえいえ、存じなかったとはいえ、いつのまにか法令違反をしていたようでこちらこそ大変申し訳ありませんでした。この件は責任を持ってすぐに対応しますし、また何かあればご連絡をください。できる限りのご協力はさせていただきますので」

そう言って互いに頭を下げつつ、楠木は席を立ってそのまま岩國の会社を後にした。

来るときはどことなく不気味に感じたエレベーターも、今度は何も感じない。何事も気の持ちようということなのだろう。

古いエレベーターから降りてロビーにまで戻ってきた楠木は、そのまま待たせている大庭たちのもとに戻ろうとするが、でも急にぶるりと全身が震えた。何か得体の知れない気配を感じた――とかいうわけでは別にない。単にもよおしただけのことだった。

おそらく岩國と会っている間は、知らぬうちに緊張もしていたのだろう。その緊張が解け、いっきに生理的欲求が押し寄せてきたというわけだ。

ロビーを見回して片隅に化粧室の標示を見つけると、楠木は小走りで駆け込んだ。

一仕事を終えた安堵もあってゆっくりと用を足し、それからハンカチで手を拭《ふ》きながら化粧室を出てくると、ちょうどビルの外へと出ていく岩國の背中を目撃した。ブリーフケースを片手に早足で歩く姿からして、言っていたように商談に赴くのだろう。

本当に忙しそうなタイミングで時間をとらせてしまったことに、楠木が少し申し訳なかったかなと思っていたところ、

「なあ、ちょっと」

いきなり背後から声をかけられた。

慌てて振り向けば、そこにいたのはひょろりとした青年だった。ジーンズにパーカー姿で、足元はスニーカーといったラフな姿だ。髪は強めに脱色した金髪なのだが、しかしだいぶボサボサで根元だけ黒く、目の下にはクマも浮いていてなんだかやたら疲れた雰囲気だった。歳はたぶん楠木と同じぐらいだろうか。

そんな青年が背後に立って、楠木の全身を睨《ね》めつけていた。

「あんたさ、さっき岩國と一緒に会議室にいた人だよな？　ひょっとして警察の人だったりすんの？」

瞬間、楠木の目つきが鋭くなった。

「私は警察の人ではありません。検察の人です」

楠木の返答に、男が口を半開きにして困惑した表情を浮かべた。

まあ一般的に、その違いはよくわからないだろうと楠木も思ってはいる。この失礼な

言い回しの男にその点を語って聞かせてもいいのだが、今はそうではなく、どうして楠木が岩國から任意聴取していたのを知っていたのか、それを確認するのが先だった。

「私のことより、あなたは誰なんですか？」

訊《き》き返された男が、気まずそうに後頭部をぼりぼりと掻《か》く。

「……まあ警察とか検察とか、なんとかしてくれるんならどっちでもいいや。とにかくここで俺と会ったことを、岩國には秘密にするって約束してくんねぇかな」

「なんですか、いきなりに」

「あんた察しが悪いな。閉じたあの部屋を告発したのは、俺だって言ってんだよ」

ニヤリと笑った男を前に、楠木が両目を大きく見開いた。

5

ロビーで立ち尽くす楠木に対し、男は尾上《おのうえ》彰《あきら》と名乗った。

岩國の会社の社員にして、そしてあの部屋の被害者なのだと言う。

「警察はいつ来んのかいつ来んのかって、ずっと待ってたんだよ。岩國が素直にあの部屋があるオフィスを見せることはないだろうからさ、だから自分の席のPCから会議室のカメラにアクセスしてずっと映像を表示させてたんだ。そしたらスーツ姿のお姉さんが映ってさ、ピンときたね」

任意聴取の場を覗《のぞ》いていたと口にした尾上に、楠木が不快そうに眉根《まゆね》を寄せた。

そんな楠木の表情にも気がついているだろうに、でも尾上は悪びれるどころか、どことなく楠木の顔を見てほっと胸を撫《な》で下ろしているような顔をしていたのだ。

――よくわからない。

岩國に秘密にしてくれと言ったり、警察と検察との違いはあるが楠木が司法機関の人間であると言い当てたり、確かに尾上が告発者の正体である可能性は高い。だが本当に匿名の内部告発者なら、もっと不安そうな顔をするものだ。自分が通報したことがバレたりしないか、心配そうな雰囲気を醸したりするのではなかろうか。

それなのに尾上の表情は、真っ暗闇の夜道を一人で歩いていたらばったり知り合いと出会ってほっと安心したような、そんな風に楠木には思えたのだ。

まったくもって不可解だが――でもまあ、このますますげなくするのもあまりな気もしたので、楠木は特別に教えることにした。

「あなたが告発者であるという言葉を信じてお話ししますが――安心してください。岩國さんはちゃんと非を認め、行政に確認申請をすると約束してくれましたよ」

「……はぁ？」

「ですから、あなたが匿名で警察に告発をした確認申請の件です。オフィス内に新しく作ったサーバールームが未申請であることを岩國さんは認めてくれて、自費ででもちゃんと図面を用意して行政に申請をすると――」

「あれがサーバールームのわけがねぇだろっ!!」

　楠木の説明を遮って、尾上の怒声がロビーに反響した。

「あんた、どこ見てんだよ！　というか、見てねぇのかよっ！　あんな部屋がサーバールームのわけねぇだろ。警察だか検察だか知らねぇけどよ、ちゃんと部屋に押し入って確認ぐらいしてからもの言えよ！」

　尾上が一歩前に詰め寄り、身振り手振りを交えて威圧的に楠木へと訴える。

　だがその態度と言動が、逆に楠木を冷静にさせた。

「落ち着きなさい、尾上さん。たとえ検察官であろうとも、会社が所有する施設の室内へと強制的に立ち入るには捜索差押許可状が必要です。あなたが言っていることは、警察とか検察どうこう以前の問題です。確かに私は指摘のあった部屋を見ていません。でも施主である岩國さんに、定められた届け出を提出するという意思があるのなら遅延は褒められたことではないものの悪質さはないので問題性は低いです」

　スラスラと機械的に反論を述べた楠木に、しかし尾上はギリリと奥歯を鳴らした。

「だから、そうじゃねぇって！　あんなのは絶対におかしいんだよ。役所とか書類とか、そんなのはとにかく関係ねぇんだよっ！」

「関係ないことなんてありません。あなたが本当に告発者なら、そもそもの指摘は改築時の確認申請の不備です。私たちはその告発内容に従い、施主である岩國さんに正しく是正勧告をしたまでのことです」

「わかんねぇ人だなっ！　理由なんてなんでもいいんだよ、本当のことを言っても絶対に信じてくれないだろうから適当にでっちあげただけなんだよ。いいからあの会社に押し入って、あの部屋を見てくれよ。見さえすれば、俺の言っていることはそれだけで全部わかってさ、あんただって絶対にあんな部屋は壊さなくちゃいけないって、そう思うに決まってんだよっ‼」

楠木が目を細めた。

――話にならない。というか、言っていることが完全に支離滅裂だ。

楠木は岩國に対する嫌がらせの告発の可能性を最初から考えてはいたが、ひょっとしたらそれ以上で、尾上は妄想にでも取り憑《つ》かれているのかもしれないとさえ感じた。

薬物使用の可能性も疑い、外に待機させている大庭たちに応援を要請すべきか――そんなことも考えつつ、楠木がスマホに手を伸ばそうとしたところ、

「だってよ、出口のない部屋の中から『たすけて』って、子どもの声がすんだぞっ‼」

「…………はい？」

「部屋の壁に耳を当ててると、聞こえてくんだよ。だから絶対に誰か中にいるんだって。でもあの部屋にはドアがないから確認のしようがなくてよ、気のせいだと無理やり思いながらオフィスにいると、突然にボソッと囁《ささや》くような声が、壁の向こうから響いてくんだよ――『ここから、出して』って」

瞬間、楠木のうなじの毛が全て逆立った。

でもそれ以上に、楠木の検察官としての血が一瞬で滾《たぎ》った。

「なんで、それを早く言わないんですかっ!!」

閉ざされた部屋の中から「たすけて」という声がする——それが本当なら改築時の確認申請書未提出どころの話ではなく、拉致《らち》監禁という重大な刑事事件の可能性がある。

思わず素の口調でもって怒鳴り返した楠木だが、

「誰かが助けを呼ぶとかさ、そんなのありえねぇからだよっ!!」

同じだけの声量で返って来た尾上の言葉に、楠木の目元がひくついた。

——結局のところ、どっちなのか。

まったくもって意味のわからない尾上の主張に、楠木は首を左右に振って頭を冷やしながらため息を吐くが、尾上は唾《つば》を飛ばして話を続ける。

「俺だってさ、最初は気のせいだと思ったんだよ。何しろあの部屋には出入り口どころか、窓の一つもねぇんだからよ」

「……部屋なのに、出入り口がない？」

「そうだよ。あの部屋は密閉されてんだよ。四方の壁のどこにも入るためのドアはおろか、隙間すらないんだ。その段階でもうおかしいだろ？　なんで誰も入れないような部屋を作る必要があんだよ。それなのに——中から聞こえてくんだって。人間ってのはさ、食べるものがなくても三週間ぐらいは生きるんだろ？　でも水がなかったら三日で死ぬんだよな？　それなのにあの部屋ができてからもう一ヵ月も経つのに、それでもまだ聞こえてくんのさ。人の出入りどころか食べ物も飲み物も中に入れることができない部屋の中から、一人でオフィスにいると聞こえてくんだって」

「……何が聞こえてくる、と」

「だから『たすけて』っていう子どもの声だよ！」

怖い物が苦手な楠木は、今の尾上の話だけで再び背筋がゾクゾクしてしまう。

でも同時に、やはり尾上の話が信じられなくもあった。

毎月の賃料を払ってまで借りたテナント内に、どうして誰も入ることのできない部屋なんて作る必要があるのか。仮に本当に誰かを閉じ込めていたとしても、なんで尾上だっているオフィスの中にそんな部屋を作るのか、さっぱり理解できない。

岩國が言っていたサーバールームを新設したという話のほうが、よっぽど腑《ふ》に落ちた。

尾上と岩國と、どちらの話を信じるかと問われたら、楠木は岩國の話を選ぶ。

しかし楠木の頭の中では「任意ですよね？」なんて聞いてきた岩國の言葉が、いまさらになって妙にひっかかってもいた。

やはりオフィスの中を見せられない、何か後ろ暗い理由があるのか？

加えて楠木には、肩で息をして必死で自分に訴えてくる尾上の様子が、言っている話の内容はともかくとし、嘘を吐いているようにはとうてい見えなかったのだ。

「――尾上さんは、岩國さんの会社の社員なんですよね？」

「そうだよ、最初にそう言っただろ」

「令状がなければ、検察といえども強制的に施設内に立ち入ることはできません。ですが任意の捜査で、室内に招いていただければ話は別です。——そんなにその部屋を見て欲しいのなら、社員であるあなたが私をオフィスに案内なさい」

6

再びエレベーターに乗った楠木が、八階に到着するなり尾上より先に廊下に出る。

途端に——ぶるりと全身で身震いをした。

やはり寒い。一階のロビーはそうでもなかったのに、でもこの階に到着するなり奥歯がガタガタ鳴り出しそうなほどに寒気を感じた。

「どうして、ここだけこんなに寒いのよ……」

思わず自分の肩を両手で抱いて擦り出す楠木に、

「それもあの部屋のせいだって」

あとからエレベーターを降りてきた尾上が、しれっと答えた。

「あの部屋ができる前まではさ、こんなんじゃなかったんだって。暑くも寒くもなく、他の階と変わらなかったんだよ。でもあの部屋ができた日から全てがおかしくなった」

苦々しく語る尾上に楠木が胡乱《うろん》げに目を細める。

「……サーバーが熱を発する都合上、サーバールームは二四時間で冷却を行う空調システムを導入しているのが普通です。単にどこからか室内の冷気が漏れ出していると、そういう可能性は考えられないのですか？」

「だからさ！　あんなのはサーバールームじゃねぇって言ってんだろっ！」

一瞬で激昂《げきこう》する尾上だが、すぐに落ち着きを取り戻して肩で息を吐いた。

「……まあ、いいや。とにかく見てもらったら、それですぐにわかるからさ」

楠木が「ふむ」と唸《うな》った。

尾上はそればかりだ。さっきからとにかく見てくれという一点張り。しかも尾上の言っていることが本当ならば、その部屋には入るドアがないらしい。中を見ることができないのに、どうして外から一目見ただけで異常とわかるのだろうか。

そんなことを考えて廊下に立ち尽くしていた楠木を追い抜き、尾上が会社の入口となるガラス戸のドアを開けて中へと入る。楠木もその後に付き従い、例のオフィス内に入るためのテンキー付きの扉の前に立った。

「そういえば尾上さん以外の社員は、他に何人ぐらいオフィスにいるのですか？」

社外の人間である楠木がいきなりオフィスに入ってくれば、当然ながら社員の人たちは驚くだろう。岩國の言葉によれば、重要情報が散乱している部屋だ。楠木には漏洩《ろうえい》させる気などないが、それでも誤解から揉《も》めるようなことは避けたい。

そんな思いから出た尾上への質問だったのだが、

「そんなの、いねぇよ」

「……いない？　尾上さんの他には、今日は誰も出勤されていないとでも？」

今日は平日で、しかもまだ昼下がりとでも呼ぶべき時間帯だ。確かにゲーム会社といったクリエイター業界の勤務形態はだいぶフリーだと聞いたことはある。

「そうじゃねぇよ。岩國以外に、この会社の社員は俺しかいねぇんだよ」

これには楠木も目を見開いた。

「でも、私はこの会社で作っているゲームのティザー映像を見ましたよ。あれはこの会社で販売予定のゲームのものですよね。私はPCゲームなどには疎いですが、でもCGで作られたかなりしっかりしたゲームだと映像からは受け取れました。今はあんなすごそうなゲームを独りで作ることもできたりするのですか？」

しっかり怖かったホラーゲームの宣伝映像を思い出し、楠木は自然と身震いしそうになるものの、そこはどうにかこらえた。

「……だからさ。作ってねぇんだって、ゲームなんか」

「えっ？　でもここはゲーム会社ですよね？」

「俺だってそう思ってたよ。だからCGクリエイターとして求人募集に応募したんだしな。でも採用されて働いてみれば、いるのは俺一人なんだよ。あのティザーはゲームの一部を動画にしたものじゃなく、岩國がなんでもいいからそれっぽい動画を作れって言うからよ、俺の頭に勝手に浮かんできた映像をそのままCGにしただけのもんなんだ。だからゲームなんて、ここでは作ってねぇんだって」

……また意味のわからないことが増えた。会社を作ってオフィスを用意し、でも社員は一人だけ？　しかもコア業務であろうゲームは作っておらず、でも宣伝動画だけはネットに上げてある。

「その行為に、いったい何の意味があるんですか？」

「俺が知るかよ、それこそ岩國に直接訊《き》いてくれ」

ただの社員ならそれもごもっともか、と楠木が思案する横で、尾上がオフィスのドアのテンキーに数字を打ち始める。一応のマナーとして尾上の手元から楠木が目を逸《そ》らすと、すぐにガチャリという電子錠の外れる音がした。

「開いたぜ」

そう言うなり、尾上がオフィスに入るドアをゆっくりと押し開けた。

瞬間、くるぶしの辺りを冷たい空気が流れていき、楠木は「ひぃ」と呻《うめ》いた。

ドアの向こう側は、真っ暗だった。ドアの周囲にはまだこちら側の明かりが届いているが、その先は闇の濃淡しかわからないほどに暗い。

思わず目を凝らして楠木が室内を見ると、尾上が壁に手を伸ばして照明のスイッチを押した。途端に天井のＬＥＤが灯《とも》り、室内が反転するように明るくなる。

そして、楠木は声を失った。

——なるほど。見ればわかると尾上は何度も繰り返していたが、納得だった。

確かにこれは異常としか、楠木にも表現のしようがない。

オフィスの部屋全体としては特に妙なところはない。白く塗装されたコンクリートの外壁に、白い石膏《せっこう》ボードの天井とスモークが貼られた嵌《は》め殺しの小さな窓。オフィスとして強いて奇妙と表現できるのは、部屋全体の広さに対しモニターとPCが置かれた机が一つしかないことだ。だがそれだって部屋の中央にでんと存在する、その異物と比べればただの風景の一部に過ぎない。

楠木がオフィスにあることが異常と感じたもの——それは、蔵だった。

まるで昔話のアニメに出てくる庄屋《しょうや》の家にあるような、もしくは地方の旧家に立ち寄ったときに庭の片隅で見かけるような、真っ白な漆喰《しっくい》をたっぷりと塗った土壁の蔵が、このオフィスの中には建っていたのだ。

「なあ……あんたはさ、本当にあれがサーバールームだなんて思うか？」

ゴクリと喉《のど》を鳴らした楠木に向かって、尾上が苦々しい表情で問いかけた。

何も答えぬまま、楠木がオフィスの中へと一歩を踏み出す。

室内はまるで氷室のようだった。楠木は天井に吊《つ》り下がった空調機に目を向けるも動いている気配はない。それなのに、どうしてこれほどまでにこの部屋は寒いのか。

半ば呆然《ぼうぜん》としながら楠木がオフィスの中ほどまで進み、蔵を近くから見上げた。

一見すると蔵としか思えない印象を与えられる漆喰壁だが、しかしよくよく観察をしてみれば蔵と呼ぶことはできない構造をしていた。

蔵とは一つの建物の呼称だ。でもこの漆喰壁は、上端を天井ボードと接着させてある。

つまり屋根がないのだ。見た目はまるっきり蔵なのだが、でも独立した建物でない以上、尾上の表現が正しい。

蔵を彷彿《ほうふつ》とはさせるが、確かにこれはオフィス内に作られた部屋だった。

楠木が、オフィスの中央に聳《そび》えた土壁の周りをぐるりと歩いて確認する。これまた尾上の言った通りだ。この部屋にはドアが存在していなかった。それどころか通気口も、点検口もない。部屋の土壁は四面とも全て、のっぺりとした漆喰が塗りたくられ、ただただ一面真っ白なだけだった。おまけに接地面は、配線を床下に通すための上げ底床を外し、わざわざコンクリートの下地の上に直接建てられていた。

つまりこの部屋は、鼠一匹通ることができない完全に閉ざされた部屋なのだ。

それに気がついたとき、楠木はうなじがゾワゾワと粟立《あわだ》つのを感じた。

──確かにこれは、まともじゃない。

テナントビルのオフィス内にあってはいけない、異質で異様で異常な部屋だ。

さらには冷気が外に漏れる穴さえないのに、この部屋に近づけば近づくだけ寒さが増していく。

あまりに不可解な部屋を前に、楠木の呼吸は自然と荒くなっていた。

「これでわかったろ？　俺が週明けに出勤したら、こんな不気味な部屋が自分の職場にできあがってたんだよ。こんなの絶対にまともじゃないし、申請だって通るわけがねぇんだよ。だから頼むからさ、どうにかこの部屋を壊してくれよ」

楠木の隣に立って情けない声を出す尾上に、しかし楠木は力なく首を横に振った。

「……でもあの部屋は、サーバールームのはずなんです」

そのひと言は、楠木なりの矜持《きょうじ》だった。別に尾上の訴えを否定したいとか、岩國を支持するとか、そういう意図はまるでない。楠木は単純に、理に縋《すが》ったのだ。

まるで理解ができず理屈にもそぐわない冷気を放つ部屋の存在を認めるより、不可解だろうとも理解が及ぶ範囲に、この部屋を貶《おとし》めようとしただけのことだった。

だがそんな楠木の真意など伝わるわけもなく、尾上が不快そうに舌を打った。

「だったらよ、その壁に耳を当ててみろよ」

「……えっ？」

「あんたが言うようにさ、本当にその部屋がサーバールームなら、中から空調の音やサーバーの駆動音が聞こえるはずだろ。自分で言ったことなんだから、自分で本当にそんな音がしているかどうか確かめてみろってんだよ」

尾上の主張はもっともだった。確かにサーバールームなら中で機械音がするはずだ。

だが……楠木の喉が、勝手にごくりと鳴った。

この忌まわしげな壁に耳をつけ、この不気味過ぎる部屋の中の音を聞けというのか。

怖がりな楠木としては、考えただけで全身の血の気が引きそうだった。

でも尾上の手前、それから大庭たちに大口を叩《たた》いてきた以上は、楠木はここで退《ひ》くわけにはいかなかった。

「……わかりました」

楠木ができる限り平静を装いながら、尾上が見ている前で土壁の前に立った。指先でもってつるりとした壁の表面に触れてみれば、やはり異常なまでに冷たい。

楠木がぶんぶんと首を左右に振った。六法が魑魅魍魎《ちみもうりょう》を考慮せず、呪詛《じゅそ》呪法の類《たぐ》いを認めていない以上は、奇怪で怪異なことなどこの社会にありはしないのだ。

ゆえに覚悟を決め、楠木は顔を横向きにして壁に耳を張りつけた。

ほら――何も聞こえない。

荒い息を止めてじっと耳をそばだてるも、壁の向こうからは鼓膜が痛くなりそうなほどの静けさしか感じられない。

そう考えると、確かにこれはサーバールームではないのだろう。無音であるからには、岩國に虚偽の証言をされた可能性が高いと思わざるを得ない。

とりあえずは振り出しだ。再び岩國と接触をして、この結果と異常な作りを踏まえて任意で問いただしてみよう。

そう考えながら、楠木が壁から耳を離そうとしたとき、

――……………たす、けて……。

それは、はっとするほどに悲しい声だった。

切なくて辛《つら》くて、ただただ救いを求めている声だと楠木には感じられた。

その声のあまりの儚《はかな》さに思考が停止してしまった楠木だが、すぐに気がついた。

この中は――閉ざされた部屋なのだ。

誰もが出入りできぬ、空気すらも入れ替わらない完全に密閉された空間だ。

それに気がついたとき、楠木の身体の細胞が一つ残らず凍りついた。

――そもそもだ。この部屋を実際に確認しようと思ったのは、壁の向こうから子どもの声が聞こえる、という尾上の話がきっかけだった。もし言葉通りなら、拉致《らち》監禁という重大事件の可能性だってありえるとそう思ったからだ。

だが、そうではなかった。

なぜならば、その声は楠木の鼓膜を震わせていなかったからだ。

壁を透過し、耳を通過して、直接に楠木の頭の中に響いた声だったからだ。


――……ここから……出し、て……。


おそらく幼女のものであろう声が、空気を伝播《でんぱ》せず再び楠木の脳を震わせる。

何者も出入りなどできないこの部屋の中から聞こえてくる、楠木の頭の中に直接侵入してくる子どもの声。

――そこが、楠木の限界だった。

幽霊は法が認めていないから存在しない、なんて理屈をどれだけ捏《こ》ねようとも、やはり怖いものはどうしたって怖いのだ。

「いやあぁぁぁぁぁぁっっ‼」

楠木の喉から、なりふり構わない絶叫が上がった。

驚いた尾上が「おい、だいじょうぶか？」と声をかけるも、錯乱した楠木は近づいてきた尾上を両手で突き飛ばす。

その勢いのまま涙を辺りに振りまきつつ、オフィスの外に向かって駆け出していく。

廊下に飛び出すなりエレベーターの呼び出しボタンを連打する。しかし扉は開かず、頭上の表示灯はようやく一階から二階に変わったところだった。

吹いてきた冷たい風に背中を撫《な》でられた感じがして、楠木が閉じたままのエレベーターのドアに身体を張りつかせながら振り向いた。

楠木の視界に入ってきたのは、開け放ったままのドアの向こうで尻餅《しりもち》をつき啞然《あぜん》としている尾上と――それと、部屋の真ん中に聳えるあの土壁だった。

途端に、脳にべたりと張りついたあの声が頭の中で蘇《よみがえ》った。

――……………たす、けて……。

再び「いやぁっ！」と泣き叫び、楠木はエレベーターを諦《あきら》めて階段に繫《つな》がる鉄のドアを押し開けた。

「なんなの！　なんなの！　あれは、いったいなんなのよっ⁉」

楠木が全力で階段を駆け下りつつ、勝手に湧き出る声を喉《のど》から噴き出させる。

——まるで理解ができない。

確か自分は、確認申請書未提出という法令違反の任意聴取に来ただけのはずだ。

それがどうして、なりふり構わず逃げ出しているのか。

なぜにこの世のものとは思えぬ声を聞き、なんで恐怖に全身を震わせているのか。

自分は、間違っていたのだろうか？

あるいは……あの部屋の存在を理解していたからこそ、大庭たちは令状の要請をしてきた、とでもいうのか。

「だからなんなのよ！　——あいつらもいったい、なんなのォッ!!」

そう吠《ほ》えた瞬間、涙で滲《にじ》んでいた楠木の視界いっぱいに階段の床が広がった。

ずるりと足が滑り、階段を駆け下りている最中に前へとつんのめったのだ。

楠木の口から「えっ？」という間抜けな声が漏れ出るも、それだけだ。

完全にバランスを崩した楠木は全力で走った勢いのままで転び、そのまま踊り場まで階段を転がり落ちていった。

7

道端に停めた車の助手席に座り、ただ腕を組んでじっと瞑目《めいもく》していた大庭の耳に、運転席の方からコツコツと窓を叩く音がした。

芦屋が戻ってきたのかと大庭が目を開けて窓の外を見れば、そこに立っていたのは虚《うつ》ろな目をした血塗《まみ》れの女性だった。

何かの事件かと、半眼だった大庭がカッと目を見開くも、しかしすぐに気がついた。

鼻から下を真っ赤に染めたまま力のない半笑いを浮かべたその女性は誰あろう——楠木花子だったのだ。

「その顔はどうしたんですかっ！　楠木検事」

助手席から伸ばした手で、大庭が運転席の窓を開けて楠木に訊《たず》ねる。

「……ちょっと階段から転がり落ちて鼻血を出しただけです。もう乾いていますから、気にしないでください」

階段を転がり落ちるのがちょっとなのかどうか、大庭としては大いに疑問があるものの、しかし血は本当に止まっているらしく大きな怪我はなさそうだった。

「それより早く車の鍵《かぎ》を開けてください。このままじゃ通行人に通報されかねません」

警察官を前にした検察官が通報されるとか、確かに洒落《しゃれ》にもならない。

大庭が慌ててドアロックを解除するなり、楠木は車の後部のドアを開けて中に入り、そのまま倒れるようにしてシートに座り込んだ。

大庭がペットボトルの水でハンカチを濡《ぬ》らして差し出す。楠木が礼を言って受け取り、それで顔の下半分に乾いて張りついていた血を拭《ふ》き取ると、ようやく人心地ついたのかまるで試合に負けたボクサーのように肩を落としてうな垂れた。

その仕草をバックミラー越しに見て、大庭が目を細めた。

「ひょっとして……何か恐ろしい体験でもされたのですか？」

うつむいたまま、楠木の肩がびくりと反応した。

「……どうして、そんなことを聞くのですか？」

「さきほど楠木検事は『階段から転がり落ちて』と言いました。エレベーターがあるビルの、そこそこの高層となる八階を行き来するのに、どうして階段を使うのか。しかも顔側から転がり落ちたのであれば上っているときでなく、勢いよく階段を降りているときでしょう。真面目で慎重な性格の楠木検事が、意味もなく階段を走るとは思えません。だとすれば——」

「なりふり構わず逃げているとき、ってわけですか——安直ですね」

前を向いたまま静かにうなずく大庭の頭の動きを見て、楠木が失笑した。

しかし口では強がったものの、それは正解だった。楠木は恐ろしい何かから逃げてきて、大庭が言ったように足を滑らせたのだ。

ならば——もう少し、大庭の意見を聞いてみよう。

「実は——岩國さんと会った後に密《ひそ》かに声をかけられて、匿名の内部告発をしたのは自分だと主張する尾上という人物と会ってきました」

語り出した楠木に、大庭が「ほぉ、それで」と相づちを打った。

「はっきり言って、尾上さんの主張はまるっきり筋が通っていませんでした。おまけに説明が下手で要領を得ない。でも一つだけ、気になることを口にしたんです。──常に閉ざされた部屋の中から子どもの声が聞こえる、と。もしもそれが本当だとしたら、拉致監禁の大事件です。ですから私は尾上さんに手引きしてもらってオフィスの中に入り、岩國さんがサーバールームだと主張しているその部屋を見てきたんです」

瞬間、ルームミラーに映った大庭の眼光が鋭さを増した。

「なるほど。それで──その子どもの声とやらは本当に聞こえたのですか？」

「……えぇ、聞こえましたとも。壁の向こう側から助けを呼ぶ声が、確かに私にも聞こえたんですよ」

「そうですか。だったらその部屋の中を確認するため、急いで捜索差押許可状を申請しなければなりませんね。あるいは岩國の逮捕状でもかまいませんよ」

冷ややかな大庭の声に、冷静に語ろうとしていた楠木の奥歯がギリリと鳴った。

「捜索差押許可状？　逮捕状？　そんなものが申請できるわけがないでしょ！」

後部シートに座ったまま急に怒鳴った楠木に、しかし大庭は怯《ひる》むことなく「なぜですか？」と静かに問い返した。

「あの部屋には、ドアどころか窓や換気口すらなかったんですよ。天井から床材まで、隙間なく土壁が建てられていたんです！　壁には穴を開けた形跡もなければ、補修した跡もない。そんな閉じられた部屋が作られてから、もう一ヵ月だそうです。仮に中に人が閉じ込められていたとしても、どうやって今日まで生きてきたというのですか。

——誰もいやしないんですよ。いるわけがないんです。もし仮にあの部屋に閉じ込められた人がいても、それは死んでいるはずなんです。だから声なんて聞こえるわけがない。聞こえたとしても、それは私の思い違い、拉致《らち》監禁のわけがありません！」

思いのままに捲《まく》し立てて肩で息をする楠木に、大庭が冷静で真剣な目を向ける。

「いいえ。おそらく岩國は本当に拉致監禁を行っています。ただしそれは人ではない。かといって死体や死者というわけでもない。というよりも、最初から生きていたことさえもない。そういう特殊な存在の声なんですよ」

「なっ……なにをバカなっ！　だったら岩國さんは何をあの部屋に閉じ込めているというのですかっ!?」

人でなければ生きてさえもいない存在なんて、動くわけがないのだから閉じ込める必要がない。ゆえにそれは答えが返ってくるわけがない問いのはずなのだが、しかし大庭はここぞとばかりに振り向いてはっきりと口にした。

「富貴ですよ。呪法を用いて建てた部屋の中に、岩國は〝富〟という概念を閉じ込めているのです」

斜め上にもほどがある回答に、楠木が口を半開きにしたまま眦《まなじり》をヒクつかせた。

——大庭警部補、気は確かですか？

そう口にするより先に、大庭が掌《てのひら》を突き出して楠木の言葉を制した。

「失礼、芦屋が戻ってきました。お話はいったんここまでで」

　大庭の視線を追ってサイドミラーを見れば、確かに芦屋らしき姿が映っていた。

　車の後方から足早に近づいてきた芦屋は運転席の横に立つと、ほんの少しだけ周囲を確認してからドアを開け、するりと運転席に座った。

　そのままふぅと長めの息を吐き、ルームミラー越しに楠木の存在に気がついた芦屋が
「あれ？　いつ戻ってきたの、花ちゃん」と軽口を言うので、楠木もいつものように
「花ちゃんって呼ぶな」と返しておいた。

　そんなやりとりを無視し、大庭が「それでどうだった？」と芦屋に訊ねた。

「あぁ、当たりだよ。後を尾《つ》けた岩國の行き先は、目星をつけていた靖国《やすくに》通り沿いにある例のゲーム会社の自社ビルだったさ」

　後を尾けたという言葉で、どうやら自分が任意聴取を終えた後に外出した岩國を、芦屋が尾行したのだと楠木は悟る。

「おまけに岩國の奴がやたら早足でね、走らず追うのは骨が折れたよ。あの様子だと、内心ではかなり焦っていたんじゃないかな」

「そうか……だとしたら、これはいよいよ時間がなさそうだな」

「――ちょっと！　二人だけでわかっていないで、私にもわかるように説明しなさい」

　普段から厳《いか》めしい顔をいっそう厳しくした大庭が振り向き、楠木をギロリと睨《にら》む。思わず怯《ひる》みそうになる楠木だがそこはぐっと堪《こら》え、後部シートから腰を浮かせて運転席と

助手席の背に手をつくと、顔を突き出して二人の間に無理やり割り込んだ。

「では、わかるようにというご要望に応《こた》えるため先に確認しますが、楠木検事は岩國が制作中と銘を打って自社のホームページに上げている動画を見ましたか？」

虐待されていた人形が、新しい主人に向かって最後にほくそ笑む——尾上が作ったらしいおっかない動画を思い出し、楠木は顔を少しだけ青くさせながらうなずいた。

「実はあの動画が、ホラーゲームの界隈《かいわい》で今ちょっとした話題を呼んでいるらしいのですよ。動画サイトでの再生数は一ヵ月ほどで三〇万回以上。まだ一本も作品を出したことのない、創設から三ヵ月ばかりの会社の宣伝動画としては異例の再生回数です。その再生回数を見て、何人かのゲームプロデューサーが代表取締役の岩國にコンタクトを取りました。その目的は話題となってヒットの匂いがする制作中のゲームごと、岩國の会社を買い取るためです」

「会社を買い取りって……まさか岩國さんが言っていた、商談というのは」

「楠木検事がどのような聴取を岩國からしたのかは存じませんが、まだあの会社には売れるようなものなんてありませんよ。ですからまず間違いなく、自社そのものを売り飛ばす商談でしょうね。できるだけ高値で買ってくれるメーカーを見定めるため、岩國はこれまで数社と並行し交渉をしていました。

その中でも、先ほど岩國が入るところを芦屋が見たというビルは、最初期から会社の売買の交渉をしていたゲームメーカーの自社ビルです。おそらく岩國は、多少は値を落としてでも既に交渉が進んでいる相手に売り捌《さば》く方針に変えたのでしょう」

それは、なんのために？――とは訊《き》くまい。

もしも大庭が今言ったことが全て事実なら、それはきっと楠木が動いたからだ。検察を名乗る人物が任意聴取にやってきたから、動きを早めたのだろう。つまり岩國には、警察や検察に探られたくない何か後ろ暗いところがあるということだった。

「――なるほど、大筋は理解をしました。ですがその話題の動画を作ったらしい、例の告発者である尾上さんが言っていました。あの会社では実際にはゲームなんか作っていない、と。会社の社員は自分だけで、あるのは宣伝用の動画だけなんだ、と。ゲーム業界のことを私は詳しく知りませんが、でも岩國さんの交渉相手は大手の会社のプロデューサーですよね。交渉の過程で成果物の確認ぐらい当然するでしょうし、その結果として宣伝動画しかないとわかれば、とても会社を買うとは思えないのですが」

「花ちゃんはさ、座敷ワラシって知ってる？」

楠木が呈した疑問に対して問いを返してきたのは、運転席に座って頭の後ろで手を組んだ芦屋だった。

「芦屋警部補は私が六法しか読まない、とでも思っているのですか。確か『遠野物語』に出てくる家を栄えさせる妖怪《ようかい》でしたよね？――あと、花ちゃんって呼ぶな」

まあ『遠野物語』とやらは平地人《へいちじん》が戦慄《せんりつ》させられる内容らしいので、実際には読んでませんけどね――と、楠木はこっそり心の中でつけ加える。

「へぇ、よく知ってたね。そう、その座敷ワラシ。座敷ワラシはさ、いるだけでその家に幸運を呼び込むんだよ。でも座敷ワラシの民話につきものなのは〝座敷ワラシに去られたことで不幸になった〟という話なんだ。不思議だよね、人を幸運にする存在の話の対となるのが、人が不幸になったという話なのはさ。つまりは栄枯盛衰——座敷ワラシというのは、そのままにしておけばいつかは去る存在なんだよ。むしろ座敷ワラシは去るモノだからこそ、富貴のバランスが保たれる。

でもね、岩國はそれを閉じ込めたのさ。呪法を悪用したドアも窓もない土壁の部屋を作って、その中に蔵ぼっこ、とも別名される座敷ワラシに類するモノを勧請《かんじょう》し、外へと出られないようにしたんだ。座敷ワラシを閉じ込めたことによってね、今の岩國の会社は何をしても、あるいは何もしなくても栄え続ける状態なのさ」

楠木の眉間《みけん》に深い皺《しわ》が寄った。

なにをバカなことを——と、そう口にするのは簡単だ。

だが実際に岩國は、何者も出入りできない閉じた部屋を作っている。人は利にならないことは基本的にしない。まして賃料を払ってまで借りているテナント内に、ただのデッドスペースでしかない、誰も中に入れぬ部屋など作るはずがない。あれがサーバールームでないのはもはや明確で、でも何かしら岩國と会社の益になる部屋なのだ。

「富というものは、人の目には見えぬものです。それはある意味で物の怪《け》や霊の類《たぐ》いに等しく、ゆえに人は呪術で富を招く行為を施したがるのです。ですが富とは有限です。

富が形を成した銭は人の手から人の手に渡り、そして再び自らの手に戻ってくるというものなのです。富は流転するからこそ、座敷ワラシもまた一所に留《とど》まれない。しかし岩國は次の人の元へと渡っていくべき〝富貴〟を、拉致監禁しました。それによってただ動画が再生されただけで岩國の会社の価値は高まり、もっと疑ってしかるべきはずの人たちも、まるで熱に浮かされたように岩國の会社に高値をつけています。

初犯ではありません。調べたところ、岩國は同じ手口でもって既に何度か別の会社を売り飛ばしている。呪術を利用して富を閉じ込めた会社を売って大金を手にし、会社の持ち主の登記を替えたところで壁を壊して失踪《しっそう》する。被害を受けた側は、後で夢から覚めたように岩國の会社には何の価値もなかったと気がつくも、でも取引は正当な契約が結ばれていて岩國を罪には問えない。さらには閉じ込めていた富が逃げても不幸になるのは新しい会社の持ち主であり、一社は岩國の会社を買った後で倒産までしています。つまりその不幸の分だけ、岩國は他人の富をかすめとっているのです。だからこそ、売買契約を成立させる前に岩國の身柄をおさえる必要があるのですよ」

ゆえに逮捕状の要請です——と、最後に大庭がそうつけ加えた。

ようやく振り出しへと話が戻ってきたわけだが、しかし楠木の表情は渋かった。

渋い顔のまま瞑目《めいもく》し、そして逡巡《しゅんじゅん》した。

閉ざされたあの部屋の中にいる何かを、大庭は拉致監禁された〝富貴〟だと呼称した。

芦屋は芦屋で、その存在を〝座敷ワラシ〟だと表現した。

なんというか一蹴《いっしゅう》にしてやりたい話だ。むしろ一笑に付してやりたい話だ。

——でも。

閉ざされたあの部屋から、鼓膜を通さず響いてくる声を楠木は聞いてしまったのだ。か細く悲しく助けを求めてくる声が、楠木の脳裏には残ってしまった。

「……確かに建築基準法第九九条によれば、確認申請を怠ったものは一年以下の懲役、あるいは一〇〇万円以下の罰金とあります。しかしそれは悪質極まりない違反に対し適用される罰則であり、今回は即座に刑事事件として処罰すべき事案ではありません。岩國さんは検察官である私に、確認申請書未提出の是正を約束されました。遵法の意思を見せた人間を問答無用で逮捕すること——それが、あなたがたの正義ですか？」

目を閉じたままで、楠木が静かに鼻で笑った。

その楠木の態度と表情にカチンときて、大庭が微《かす》かに眉《まゆ》を吊《つ》り上げる。

「……では楠木検事は、このまま被害者が出てしまうことを見逃せと？　他人から富だけ奪って不幸をなすりつける、許しがたい呪法を施す岩國を野放しにしておけと、そうおっしゃるわけですね？」

「後者はともかく、前者をよしとなんてするわけないでしょうが。私だって身を破滅させるほど高値な贋作《がんさく》の壺《つぼ》を血迷って買う人が目の前にいたら、全力で止めますとも。

ですからね、少しだけ私に時間をください」

瞑目したままだった楠木が、両目をすーっと開く。

大庭には楠木の意図はわからないし、考えもまるで読めない。

だが再び開いた楠木の目に宿る光は、これまでとはまるっきり違うものだった。

8

楠木から連絡があったのは、それから二日後のことだった。

『あれから何度も考えましたが、やはり建築基準法の確認申請不備で逮捕状の請求をするなどあまりに不当です。どうしたって認められません』

午前九時きっかりに楠木がかけてきた電話に出るなり、大庭はそう告げられた。

困ったもんだと、大庭が受話口に向けてため息を吐きかけたところで、

『ですから、私なりの違う方法を用意しました』

「……違う方法？」

『えぇ。これから芦屋警部補と二人で、急いで岩國さんの会社の前まで来てください。

——あなたがたにも、立ち会っていただきます』

そう言うなり、楠木が一方的に電話を切る。

漏れ出ていた楠木の声が聞こえていたらしく、芦屋がやれやれと肩を竦《すく》めていた。

「で、どうするわけ？」

「……行くしかなかろう。なにしろ担当検事様からのお下知だ」

顔を顰《しか》める大庭に、芦屋が「だね」と諦《あきら》めた声を出した。

大庭たちだって暇なわけではない。むしろ楠木が強引に岩國を任意聴取したせいで前より忙しくなっているぐらいで、現に今日は他の建築的不備を探るために、施行した工務店を割り出すべく近隣の聞き込み調査をするつもりだったのだ。

そんな二人の事情を聞きもしないまま、楠木からの突然の召集だ。二人してため息の二つや三つぐらいはつきたくなるというものだろう。

かくして二人は午前の予定を全てキャンセルし、芦屋の運転する車で桜田門から皇居の周りを四分の一ほど回って新宿通りに出ると、そのまま新宿三丁目へ向かった。

ものの三〇分とかからず岩國の会社の前に到着し車を降りると、先に到着していた楠木が「遅いです！」と二人を一喝した。

途端に、大庭と芦屋の二人が目を瞠《みは》った。

別に楠木に驚いたわけではない。鼻息荒く腕を組む楠木など、少しも珍しくない。

だからそうではなく、大庭と芦屋が見開いた目を向けたのは楠木が今しがた降りてきた車両——大きく真っ赤な車体の腹に『東京消防庁』と白字で書かれた、救助工作車と呼ばれる消防車両にだった。

運転席に座った消防署員らしき人物が、楠木と向き合う大庭と芦屋を見下ろしながらペコリと会釈をする。

「……楠木検事、なんで消防庁の車両が？」

さっぱり状況を理解できていない大庭の口から、ぽろりと驚きの声が漏れた。

瞬間、楠木の表情がここぞとばかりのドヤ顔に変わった。

「一昨日《おととい》にあなた方と別れた後、私はこちらのビルの管理会社に頼んで消防設備の図面を見せていただいたんです。その結果、例の閉ざされた部屋の範囲と思われる区画内には煙感知器の類いが設置されていないとわかりました。こちらのビルの防災システム上、感知器を新設するにはビルの受信盤と繋《つな》がなければなりません。ですが管理会社には感知器の新設の話は入っていませんから、あの閉ざされた部屋は消防設備の未警戒区域となり、これは消防法違反に該当します」

大庭がなんとも言えない表情で、片眉を下げた。

「……つまり建築基準法ではなく、楠木検事は消防法違反の方から岩國の逮捕に繋げていくということですか？　それが先ほどおっしゃっていた〝私なりの方法〟だと」

「バカを言わないでください！　いくら消防法違反だって、煙感知器の未設置ぐらいで逮捕状の取得なんてできるわけがないでしょうが！」

「……だったら、何が言いたいのさ」

大庭の隣に立つ芦屋が、もどかしそうに頭を掻《か》く。

そんな苛立《いらだ》った二人の表情になど目もくれず、楠木が話の先を続ける。

「問題はですね、感知器の未警戒区域となる閉ざされた部屋の中から私が聞いた、例の異音なんですよ」

「異音？　それは異音ではなく、あの部屋に閉じ込められた〝富貴〟の声で――」

「いいえっ！　あんなのはただの異音ですっ!!」

大庭の言葉を遮って、楠木が強く強く断言した。

「いいですか、よく考えてください！　あの空間にドアなどなく、天井と床を含めた六面全てに隙間はないんです。おまけに証言によれば設置されてから既に一ヵ月。前にも言ったように、人が閉じ込められていたって生きていられるはずがありません。よって仮に『たすけて』というような声が聞こえたとしても、それが人の声のはずがなく、そう聞こえるだけで別の原因による異音なんです。

ではその異音の出所はどこか？　それを探ってもう一度図面を見直したらわかったんですよ。あの異音のもとはですね――送油管です」

自分自身でも気づかぬうちに、大庭の口から「はぁ？」という声が漏れ出た。

――この担当検事は、いったい何を言いたいのか？

「土壁で閉ざされたあの区画の天井裏には、屋上の非常用発電機にまで油を送る送油管が通っているんです。逆に言えばそれ以外には何もなく、音がするとしたら送油管以外は考えられません。であれば私が聞いた異音とは、ビルの管理会社とも連携していない未申請工事で天井裏の送油管が傷つけられたことにより、入ることができない部屋の中へと油が漏れ出している音かもしれないのです」

大庭が口を半分ほど開けたまま――あるかそんなこと、と心中でつぶやいた。

一方で芦屋は何かに気がついたらしく「そういうことか！」と、腹を抱えてケラケラと笑い出した。

「これは由々しい事態ですよ。扉も窓もなく確認のしようがない部屋に、油が気化した可燃ガスが詰まっているかもしれないのですから。今にでも人命が損なわれかねない、極めて危険な状態となっている可能性があります。もし室内の可燃ガスに引火し火災となった場合、感知器の設置義務を遵守していないこともあって発見が遅れ、ペンシルビルと呼ばれるあのビルの構造的にも大勢の犠牲者が出ることが考えられます。

よってこの問題の火急性の高さから文書による戒告手順などを省略し——これよりあの漆喰《しっくい》壁を破壊して中を確認する、行政代執行を執り行います」

最後まで話を聞き終えたところで、ようやく大庭が楠木の意図を理解した。

さんざっぱら逮捕状の要請を却下してきた結果がこれか——と、そう思う。

でも同時に、大庭は自分が楠木を見くびっていたことも認識した。どうやら思っていたよりずっと、『呪詛《じゅそ》対策班』の新米担当検事様は気骨に満ちた女性らしい。

「わかりました——では楠木検事のお手並み、拝見させていただきましょう」

大庭の口角が不敵にぐっと吊り上がり、楠木もまた不敵に笑い返した。

9

「……これは、いったい何ごとですか？」

自社のオフィスの入口前に立った岩國が、真っ青にした顔で困惑の声を上げる。

それも当然だろう。平日の午前中、いきなり複数人で訪ねてきた消防署員に代執行令書を提示されたら、誰だって血の気ぐらいは失《う》せるものだ。

さらにはその消防署員を引き連れたのが、先日の任意聴取では円満にお帰りいただいたはずの女性検事なのだから、混乱もひとしおのことだろう。

「岩國忠広さん。あなたが代表取締役を務める会社のテナント内の、消防未警戒区域にて著しく火災発生の可能性が高い危険が認められたため、所轄消防署長の許可のもとでこれより行政代執行を行わせていただきます」

「行政代執行って……じ、事前通告もなくとか、いくらなんでも横暴が過ぎる！　これは不当だっ！」

消防署員たちの先頭に立った楠木に向けて、岩國が上擦った声で抗議した。

だが楠木は微塵《みじん》も表情を変えることなく、冷静に口を開く。

「なるほど。確かに行政代執行には文書による戒告が必要であり、その上で義務者による是正がされない場合に限って執り行われることが原則となります」

「だ、だろ？　だとしたら、私は文書での戒告なんてもらっていないぞ！」

「しかし！　行政代執行法第三条第三項には、危険切迫によって緊急での実施の必要がある場合は所定の手続きを経ずに代執行が可能である、とも記されています。今回の事案を所轄消防署長と協議した結果、火災によって即時での人命損失も考えられうる火急的事案と判断しました。よって文書による戒告手続きを省略した上で、これより該当危険区画の障害となる土壁の撤去作業にとりかからせていただきます」

冷徹な表情の楠木に詰め寄られ、岩國が一歩下がってオフィスのドアにべたりと背中を張りつける。後ろ手でドアノブを押さえ、ここは通さないとばかりに楠木を睨《にら》みつけた。

「な……なんと言われても、納得なんていくか！　ここは私が金を払って借りているテナントの中だ。どうしても立ち入るのなら、不法侵入で警察を呼ぶぞっ！」

「ほぉ、岩國さんは警察を呼びたいのですか？」

「そ、そうだっ！　おまえらの横暴なやり口を、警察に訴えてやる！」

「わかりました。それでは——大庭警部補、こちらにどうぞ。岩國さんは、どうやら警察に用があるみたいです」

涼しい顔のままの楠木が、消防署員の集団のさらにその後ろに向かって声をかけた。

すると廊下に控えていたらしい二人の男性が、消防署員たちの間を割って歩いてきて、岩國の目の前に立った。

一人は優しげな面持ちながらも鋭い眼光で岩國を睨みつける芦屋で、それからもう一人は背後の消防署員の誰よりも頭一つ分は背が高い大庭だった。

二人はどちらからともなく警察手帳を取り出し、岩國の鼻先へと突きつける。

「警察にご用がおありとは、ちょうど良かった。——岩國忠広さん、実は以前にあなたが短期間だけ代表をしていた電子出版会社と音楽制作会社の件で、自分たちもあなたからお話をうかがいたいと思っていたのですよ。

今回、楠木検事が任意聴取をした確認申請書未提出の件ですが、あなたは以前の会社でもオフィスの中に土壁の部屋を建てる工事を発注してますね。いずれも工事の申請などはされていなかったようで、調べるのには骨が折れました。さすがに三回連続ともなれば、確認申請の存在を知らなかったなんて言い分は通りませんよ。おまけにそんな違法の部屋を、自分が会社の代表を退くなり即座に撤去させている。どうしてそんなことをするのか、その辺の理由を詳しくお聞かせいただけますかね」

口調は穏やかだが、でも大庭の目は微塵も笑っていない。

あまりの大庭の迫力に、岩國の目元と頬が自然と引き攣《つ》った。

「それからさ、わざわざ書いてもらった結界用の符を焼いて灰にし、それを漆喰に混ぜて練ってから土壁の表面に満遍なく塗らせる——なんて、かつての工匠たちが用いた古い呪術の方法をどこの誰から聞いて、なんで実践しようと思ったのか。その点に関してもいろいろと話してもらおうかな」

その芦屋の追撃でもって、岩國の膝《ひざ》ががくりと崩れた。ドアに背を預けたままずりずりと身体が落ちて、そのまま床にへたり込んでしまう。

「さあ、そのオフィスのドアを開けなさい。もしも開けないのであれば、強引な手段で開けさせてもらうだけのことです」

うな垂れた岩國に、楠木が容赦なく言い放った。

楠木の背後にいる消防署員たちは、様々な工作道具を持ってきている。電子錠など開かなくたって、ドア一枚ぐらい破ることなど造作もない。

もはや抵抗する気も失せた岩國が、ドアの横のテンキーへと手を伸ばした。微《かす》かな電子音が何度かした直後、ガチャリと電子錠の外れる音がした。

そのままドアの前に座り込んだ状態となっていた岩國を、大庭が腕をつかんで無理やり立たせ、オフィスの外にまで連れ出す。

それを横目にしてから、楠木がオフィスのドアノブへと手をかけた。軽くドアを引くと、それだけで開いた隙間から冷気が漏れ出してくる。相変わらずの異常な冷気に物理的な寒さとは別にゾクゾクくるも、でもここで退《ひ》くわけにはいかない。

意を決して楠木がドアを全開にすると、中には先日に見たときと同じ、ドア付近以外はまっ暗な部屋が広がっていた。

「そ、それじゃ……お願いしますっ！」

異様な冷気に怯えつつもどうにか声を張り上げると、消防署員たちが楠木の横を通り抜けて、照明を消したままの暗いオフィスの中へとぞろぞろ入っていく。

開け放ったドア越しに入ってくる廊下からの照明で、オフィス内にある蔵を彷彿《ほうふつ》とさせる土壁の部屋がうっすらと浮かび上がった。

ビルの中にあるにはあまりに異質な土壁の部屋と、空調が稼働していないのに異常な寒さになっている室内に、消防署員たちもいっとき足を止めてザワザワする。でもそこはどうにか気持ちを切り替えて、すぐに作業に取りかかり始めた。

彼らが人の背丈ほどもある工具バッグから取りだしたのは、大型ハンマーだった。

土壁の中には油が気化した可燃ガスが詰まっている可能性が高い——とまあ、建前ではあってもそういうことになっているので、土壁を破壊するのに火花が出やすい電動器具の類《たぐ》いなどは使用ができないわけだ。

消防署員の一人が大型ハンマーの頭を高く掲げてから、「せえの！」という声で土壁に向かって振り抜いた。たった一発で土の壁が大きくへこみ、染み一つなかった真っ白い漆喰の表面に蜘蛛《くも》の巣状のヒビが走る。

続いて二発、三発と立て続けにハンマーが振り下ろされると、割れた漆喰がボロボロと落ちだして、黄土色をした土壁の地肌がのぞき始めた。

さらに何度か振り下ろしたところで、ドンという小気味のいい音と同時にハンマーの頭が壁を貫通した。そのまま大型のバールで周囲をこじると、頭を下げれば人が通れるだけの大きな穴が瞬く間に開いた。

作業する消防署員たちの後ろで見ていた楠木の前髪が、突如として穴から吹いてきた一際冷たい風によって激しく靡《なび》いた。

同時に楠木の爪先《つまさき》から旋毛《つむじ》まで、ぶるりと怖気《おぞけ》が一気に駆け抜けていった。

壁に開いた穴より覗《のぞ》ける土壁の部屋の中は、完全なる暗闇だった。

かろうじて外の光が届いているオフィス内よりもさらにずっとずっと深い闇が、閉ざされた部屋の中にはみっしりと詰まっていた。おまけに開いたばかりの穴より漂ってくる臭いは、気化した油のものではなく、得体の知れない生臭さと黴《かび》のものだった。

作業を終えた消防署員たちが、いっせいに楠木の方へと顔を向ける。

彼らは目でもって「ここから、どうします？」と楠木に問いかけていた。

明らかにおかしな冷気──むしろ、霊気が漂ってくる壁の穴を前にして楠木が尻込《しりご》みそうになるのを必死で堪《こら》えていると、背後から肩をポンと叩《たた》かれた。

「怖ければ、僕が先に確認してこようか？」

ビクリと肩を跳ねさせてから振り向けば、そこにいたのは苦笑した芦屋だった。

芦屋としては助け舟を出したつもりなのだろう。正直に言うと、芦屋が用意してくれたその舟に飛び乗りたいぐらいの気持ちだ。しかし楠木にだって矜持《きょうじ》がある。なにしろ所轄消防署長に行政代執行の必要性を強く強く訴えたのは楠木なのだ。

ここで率先して前に出なければ、面目も申し訳も立ちはしない。

「け、けっこうですっ」

裏返りかけた声でそう強がると、懸命に前へと一歩を踏み出した。

背後から「頑張れ、花ちゃん」という声がかけられるが、いつものように「花ちゃんって呼ぶな」と返す余裕もない。

まるでモーゼを前にした大海のごとく左右に分かれた消防署員たちの間を抜けて、楠木が土壁の穴の前に立つ。

――ここは異常な冷気を発し、耳を当てれば声らしきものが頭の中に直接響いた部屋。これまでは閉ざされていて中を見ることができなかったが、しかし今はもうその中にまで踏み入ることができてしまうのだ。

何をどう言い繕《つくろ》おうと、楠木は闇に覆われたこの部屋が恐ろしくてたまらなかった。

おまけに照明は点けることができない。実際はどうあれ、天井裏を走る送油管が油漏れしている可能性を主張し行政代執行を要請したからには、天井の照明もさることながら懐中電灯もスマホのライトも使うことは許されない。

――怖い。怖くて、おっかなくて、足が震えて竦《すく》む。

いつぞやのように、このまま悲鳴を上げて全力で走って逃げ出したくなる。

でも――楠木は、『たすけて』と言われたのだ。

あの声は『ここから出して』と訴えていたのだ。

仮にこれが本当に人であれば監禁罪が成立する。

楠木は大手を振って声の主を助けに行くことができる。

だが――人間ではない人なら、いくら閉じ込めても六法は役に立たない。

しかしそれでも、この行為は罪なのだろう。

自分の利のため人ならざるモノを迫害し、第三者が得るはずだった富をかすめ取る。

罪状はつかずとも、きっとこれはそういう罪業なのだ。

牽強付会《けんきょうふかい》で逮捕状の要請をしてくる呪詛《じゅそ》対策班——やはりその考えに楠木は納得できないが、でもようやく大庭と芦屋の気持ちが少しわかった気がした。

楠木が勇気を振り絞り、穴の開いた土壁の部屋の中へと一歩立ち入る。

わかってはいたが部屋の中は闇が凝《こご》っていた。異様なまでに冷たい空気によって、さらりとした質感すら感じそうなほどの、重く黴臭い空気が充満していた。

楠木が必死に目を細めていると、やがて瞳孔《どうこう》が開いて少し目が慣れてきた。視界は変わらず真っ暗なままだが、それでも闇に濃淡がついて、周りよりもいっそう濃い闇がじんわりと何かの姿を形作っていく。

そして闇が生み出したその形に気がついた瞬間、楠木の心臓は破裂しそうなほどに激しく鼓動を打った。

闇が生んだ形は、女児のものだった。

おそらく顎《あご》の辺りで切り揃えられた髪、細い首と緩やかな肩のライン。袖《そで》が太いのはたぶん身に纏《まと》っているのが着物だからだろう。細い足を前に伸ばして座っている女児のシルエットが、深い闇の中に浮かびあがったのだ。

——いるわけがない。

こんな閉ざされていた部屋の中に、人などいるはずがない。

だとしたら——目の前の、この女児の形をした闇はなんなのか。

途端に脳裏に浮かんだのは、尾上がここで作っていたらしいティザー動画だった。

名も知れぬ相手から理由もわからず無惨な虐待をされていた、女の子の姿をした大きな日本人形。あの映像の最後は人形であるにもかかわらず口角をにぃと上げた顔で終わっていて――まっ暗な視界の中、楠木の瞳に浮かんだのは、あの動画とそっくりな笑いを浮かべた女児の顔だったのだ。

実際には、見えない。何も見えてやしない。

――でも、楠木にはわかってしまった。

闇のシルエットでしかない部屋の中で、女児が自分に向けて笑いかけているのが。

体内を流れる血が一瞬で凝固し、あり得ない怪事に「ひっひっ」と喉《のど》が鳴る。

部屋の外に大勢の人がいることも忘れて絶叫を上げ――かけたところで、

――……………ありが、とう。


楠木の脳裏に直接聞こえたその声は、恨み辛《つら》みではなく感謝の念が宿っていた。

肺から飛び出しかけていた楠木の悲鳴が、途中で止まる。

代わりに目の前の闇を、楠木はまじまじと見つめた。

闇の中にあるのはやはり女児のシルエットだけだ。影でしかないのに、しかし不思議と自分の目には口角を上げて笑う口元が浮かぶ。でも笑った口元に対する楠木の印象は、動画の陰湿で冥《くら》い感情を孕《はら》んだものから、純粋な喜びの笑みに変わっていた。

——恐怖半分、驚愕《きょうがく》半分。

わけがわからぬままフリーズしていた楠木の視界が、いきなり真っ白に染まった。

——瞬間。

パンッ！　と何かが激しく弾《はじ》けたような、そんな気配がした。

「楠木検事！」

巨体をくの字に屈《かが》めた大庭が「だいじょうぶですか？」と口にしつつ、土壁の中に入ってきた。その手には火花を出すことなく化学反応で発光するケミカルライトが握られていて、楠木の視界を白く染めたのはその光だった。

土壁の中の闇が晴れた途端に——正確には、大庭が土壁の中に入ってくると同時に、この部屋の闇に潜んでいた得体の知れない何かが弾けて霧散し、そのまま風に煽《あお》られた霞《かすみ》のごとく消えていったような気がした。

肌に纏わり付くように重く冷たかった空気も気がつけば失《う》せ、楠木の鼻腔《びこう》には微《かす》かな黴臭さが残っているだけだった。

楠木の真後ろに立った大庭が、白いケミカルライトを高く掲げる。闇が全て押し出され、淡いながらも室内全てが照らし出された。

そして、暗闇の中でシルエットだけ見えていた女児は——やはり女児ではなかった。

それは赤い着物を着せられて、眉《まゆ》の辺りでまっすぐ前髪を揃えられた、子どもの等身大ほどもある大きな日本人形だったのだ。

人形の前には黒い漆塗りの和膳《ぜん》が置かれており、その上にはいくつもの椀や皿が置かれ、中身も入っていた。もっともごはんだったらしきものは白く小さな塊となり、香の物なども真っ黒く干からびている。最初に感じた生臭さや、今も感じる黴の臭いはこれが原因だろう。

見開いたままの人形の目には力などなく、ただただじっと床を見つめていた。

「やはり中に納めていたのは依代《よりしろ》か……しかも饗応《きょうおう》の体までとってあるとは、どこでこんな作法を知ったのやら」

楠木の背後で、大庭が感嘆の交じった独り言を漏らした。

――なんだろう。さっきまで人がいると勘違いしていたほどに濃密に感じられていた気配が、全て消えていた。

単純に考えるなら、それは明かりが灯《とも》ったことによって部屋の全貌《ぜんぼう》が見えるようになったからだろう。

でもなんとなくだが、楠木には大庭がここに来たからのような気がしたのだ。

とはいえ――気がしただけのこと。

そう、六法の中に幽霊や妖怪《ようかい》という単語が出てこない以上は、どれほどおっかなかろうが、そんなのは元からまやかしの類《たぐ》いに過ぎないのだ。

「や……やっぱり、怪異なんてこの世に存在しているわけがないんです」

楠木が腕を組み、大庭にも言い聞かせるようにあえて口にする。

それは今もまだ微かに震えている膝《ひざ》を隠すための強がりでもあったのだが、しかし大庭は真剣に、クソ真面目な声でもって返してきた。

「そうですか——気が合いますね、楠木検事。実は自分も、怪異なんて理不尽なものはこの世に存在しないほうがいいと、常々そう思っているのです」

予想外の反応に、楠木が思わずギョッとなって大庭の顔を見上げた。

その表情に変化はない。ただただ淡々と、大庭は自分で〝依代〟だと口にしていた人形を見据えている。

これまで真下にうな垂れていた人形の首が、突然にカクリと横へと傾いた。

だがそれは人形が動いたわけではない。壁に穴が開いて風が入ってきたことで起きた、ただの物理現象に過ぎなかった。

10

その後、岩國の会社は驚くほどの勢いで傾いた。

まずティザー動画のできの良さと再生数から岩國にアプローチしていたゲームプロデューサーたちが、行政代執行がされた翌日には全員とも手を引いた。岩國の会社を買うために熱に浮かされたように金を積んでいた彼らは、全員が全員とも憑《つ》きものでも落ちてしまったかのように手の平を返したらしい。

——憑きものが落ちたというか、むしろ依代に憑いていたモノが逃げたからというか。

加えて行政代執行の場合、所有者不明のため行政が費用負担をする略式代執行と違い、不動産所持者へと費用請求がいく。つまり岩國からは土壁の解体費用が強制徴収されるのだ。強制徴収は破産でも逃れることができず、避けられない債務となる。

さらにはビル管理会社から違約金の要求もされたそうだ。あの土壁の部屋はビル側に工事の通達をしていない上、確認申請もしていない違法工事だ。おまけに消防法にも違反していたことで行政代執行にまで発展した。これは重大な規約違反であり、即刻の退去と、さらにはビル自体が社会的な信用を損なったとして、弁護士を通じての慰謝料の請求までされたらしい。

そんな不幸の連鎖——というよりも自業自得の嵐で、行政代執行から数日と経たずに岩國の会社は倒産となったのだ。

結果、これまで会社を売って得た額を上回る借金だけが岩國には残ったらしい。

この顚末《てんまつ》が、大庭たちが言う〝富貴〟だか〝座敷ワラシ〟だかを閉じ込めた部屋に穴を開けたことの影響によるものかどうかは、楠木にはわからない。

理由を推測すれば、交渉していた各ゲーム会社の元に同じタイミングで岩國の会社の調査結果が出て、こぞって手を引いたとか——いくらでも思いつくものはある。

だがそれでも解せないのは、なぜ最初からその調査結果を待って交渉しなかったのか、不確かな情報が多過ぎるのにどうして先を争うように岩國に金を渡そうとしていたのか、ということだ。業績を尊ぶ企業人としては、それはあまりにも不自然過ぎる。

そう思うとやはり不思議はあるのだが――でも、その結論を出すのを楠木はやめた。

自分は検事だ。

警察官と二人三脚で犯罪を検挙していく立場ではあるが、それでも起訴権限が検事にしかない理由は、ときに司法警察の暴走を止めるのも検事の役割だからだ。

ならば大庭と芦屋と同じ思想に自分が染まる必要はない。自分は二人のブレーキともなるべき存在なのだから。

……まあ本当のところ、あまり深く考えると怖くてたまらなくなりそうなので考えるのをやめた、というのはあえて誰かに言う必要のないことだろう。

そんな楠木が心配するのは、今回の件を内部告発した尾上のことだった。

岩國の会社が倒産したということは、つまり尾上は職を失ったということになる。

手段はどうあれ中身のない会社を売って利益をくすねようとした岩國と違い、確認申請書未提出の内部告発をしただけである尾上まで社会的不利益を被ってしまったのはいささか心が苦しい。

楠木としてはそんな風に思っていたのだが、でもそんな心配など無用とばかりに、尾上はすぐさま別の会社に再就職をしていた。

なんでも楠木も通されたあの会議室で、Ｗｅｂニュースで顔写真が掲載されたこともあるプロデューサーが岩國と話をしていたのを、尾上は見かけたことがあったらしい。ゆえに岩國の会社が倒産するなり、尾上はすぐさまその会社に連絡をした。そして例のティザー動画を作ったのは自分だと主張すると、そのままCGクリエイターとして即採用となったのだそうだ。しかもその会社は岩國が入っていくのを芦屋が見た、同じ新宿三丁目にある大手のゲーム会社だった。

安心すると同時に、なんというか気を揉《も》んだだけ損したような結末だった。

とはいえ内部告発者が不幸にはならなかったという事情を知った楠木は、そのことを念のために大庭と芦屋にも伝えておこうと思った。

正直なところ、こんな話は電話やメールでもすぐに伝えられる。でもスマホを手にしながら楠木は「……行くか」と、東京区検察庁の自席で独りでつぶやいていた。

理由に納得ができない逮捕状要請を元指導官の指示に逆らってはね除け、さらには独断で任意聴取したことで岩國を警戒させて捜査を掻《か》き乱し、最後は責任をとるようにして力業の行政代執行で収束をさせた事件。

自分が間違ったことをしたとは、楠木は今でも微塵《みじん》も思ってはいない。

でもあの二人の立場からすれば、きっとペースを乱されて迷惑だったことだろう。

どうせ歩いても五分あれば着く、隣のブロックの建物にいるのだ。

だから楠木は、再び呪詛《じゅそ》対策班の部屋を訪れることにした。

例によって警視庁の本部庁舎の受付で入館証を受け取ると、エレベーターで降りて地下へと進む。総務部文書課に挨拶《あいさつ》してから薄暗くて静かな地下倉庫に立ち入り、青白い顔が書架の上からこちらを覗《のぞ》く想像を振り払って、どん詰まりにある二枚のパーテーションで仕切られた部屋にどうにかこうにかたどり着く。

そうして二度目の今日は、最初に訪れたときより少しだけ控えめにドアをノックした。

小さな音だったのに、それでもすぐに「はい」と返事があって内側からドアが開く。

ドアの隙間から顔を出したのは、芦屋だった。

「おや、花ちゃん。今日はこれまたどうしたの？」

瞬間——どうしてか、ムッときた。

確かに今の今まで楠木は殊勝な心持ちでいたはずなのに、でも呪詛対策班の片割れである芦屋の飄々《ひょうひょう》とした顔を目にすると同時に、楠木はふんと強く鼻息を吹いていた。

「用がないとここに来ちゃいけないんですか？　——あと、花ちゃんって呼ぶな」

わざと腕を大きく振り、芦屋が開けたドアの隙間から楠木はズカズカと中に入る。

芦屋が「用がなければ普通は来ないでしょ」と苦笑するも、楠木はそれを無視して部屋の隅に立てかけられたパイプ椅子を広げると、その上にドスンと腰を落とした。

「これはこれは、楠木検事じゃないですか」

自分の席で、大きな肩を竦《すく》めて小さなノートPCと向き合っていた大庭が、楠木の顔を見るなり満面の笑みを浮かべた。

これまで見たことなどない大庭の笑顔に、楠木は嫌な予感がしてとっさにパイプ椅子から腰を浮かせようとするも、それより先に立ち上がっていた大庭が壁のように目の前に立ち塞《ふさ》がり、楠木のことを見下ろしてきた。

「実は今抱えている事案の今後の方針で、是非とも楠木検事の参考意見をうかがいたいと、まさに今そう思っていたところなのですよ」

「……参考意見？」

「そうです。岩國の事案を行政代執行にまで持ち込んで解決した、楠木検事の手腕は本当に見事なものでした。それで一つ、お知恵を拝借したいのです。

実はですね、今抱えている事案で急ぎ家宅捜索令状が必要でして、自分は法的に穴があるのは電気設備の不備ぐらいかと思っているのですが——どのような証拠を用意すれば、電気事業法違反で家宅捜索令状を申請していただけますか？」

大庭が、真剣な顔でもってそう楠木に訊《たず》ねる。

でも楠木はその言葉を聞いた瞬間に、カッと自分の頭に血が上るのを感じていた。

「いい加減にしてください！　警告も経ずに電気事業法違反でガサ入れとか、あなた方は司法をなんだと考えているんですかっ!!」

やっぱり呪詛対策班にはわからせてやらねばなるまいと、楠木花子はそう思った。

第三章　犬神の呪いを、現行法で罰することはできるのか？

1

月代瞭子《つきしろりょうこ》は、自分の家に帰るのが憂鬱《ゆううつ》だった。

以前なら高校前のバス停から乗って帰るバスはあれほど心が浮ついたのに、今はもうバスに乗っていても「……遅れてくれないかな」とさえ願う自分がいた。

それというのもここ最近、瞭子の家の中は明らかにおかしかったからだ。

最初に異変を感じた兆候は、金魚の死だった。

一週間前の朝に瞭子が学校に行こうとしたところ、玄関に置いた水槽の中で昨日までは元気に泳いでいたはずの金魚が一匹、腹を上にして水面に浮き死んでいたのだ。

その金魚は小学生の頃に、瞭子の伯父《おじ》さんが近所のペットショップで買ってくれたものだった。しかも一匹や二匹と数が少ないんじゃ可哀想だと、当時の瞭子の年齢と同じ数だけ、一一匹もいっぺんに買ってくれたのだ。

たくさんの金魚が泳いでいるだけで、水槽を置いた玄関がなんだか急に賑《にぎ》やかになったような気がして、瞭子はすごく嬉《うれ》しかったのを覚えている。それから高校一年生である現在まで変わらずに世話をし続けてきた、そんな金魚だった。

瞭子の母親より一〇も歳上の伯父さんは、生まれたときから父方にも母方にも祖父がいない瞭子にとって、祖父代わりのようなものだった。そして単身赴任でほとんど自宅にいることがない父に代わり、なんなら第二の父親と呼んだって差し支えがない存在でもあった。

そんな伯父さんからの大事な贈り物の金魚が、一匹とはいえ何の予兆もなく突然に死んでしまったのだ。

瞭子としてはすこぶる悲しいが、それでも金魚だ。

瞭子の母親は「生き物だもの、仕方がないわよ」と言い、瞭子もまた「むしろ一匹も死なずに今日まで長生きしてきたことのほうが、幸運なんだよね」と理解はしていた。

けれども――翌日もまた、一匹死んでいたのだ。

翌日だけじゃない。そのまた翌日も、そのまたまた翌日も、どうしてか朝になって瞭子が目を覚ます度に、新たに金魚が一匹だけ死んでいるという日が続いた。

最初は病気を疑った。同じ水槽なのだから何か魚のウィルスのようなものが蔓延《まんえん》しているのかと、新しく買ってきた水槽に金魚たちを分《わ》けてもみた。

でも、何かがおかしいのだ。

もしも病気ならいっせいに死んだり、数日の間を置いたりしたっておかしくないと思うのに、でも一夜明けるごとに必ず一匹ずつ死んでいく。生き残った全ての金魚は昨夜まで間違いなく元気だったのに、けれども朝になるといきなり一匹だけ死んでいるのだ。一夜を越すたびに必ず一つ命が失われていき、今やもう伯父さんからもらった大切な金魚は半分も生き残っていなかった。

——そして。

金魚が死に始めたのと時を同じくし、瞭子は家の中に何か嫌な気配を感じてもいた。

これまでもまれに、瞭子は家の中で妙な声を聞いたり、不思議な存在を目にしたりしたことがある。けれどもそれらはみんな一過性のモノであり、嫌な気配を感じると思ったところで、翌日には元通りになっていたのだ。

けれども今度のは違った。いつまでもいつまでも家の中にいて、そして何かを探すように家の中を徘徊《はいかい》しているような、そんな気配があるのだ。

それの姿は視えないし、声だってしやしない。

だが瞭子は、頻繁にそれの息遣いを感じるのだ。

何気なく階段を降りているときに、はたと気がつけばハァハァという荒く短い呼吸を繰り返す何かとすれ違っている。

トイレに入っていると、ドアの外側からハァハァという呼吸を繰り返す何かがじっとこちらを窺《うかが》う気配だけがある。

そうした息遣いを感じたとき、瞭子は決まって鼻腔《びこう》に異臭を感じるのだ。

生ゴミとは違う、呼気に混じる生臭さ。さらにはそれだけではなく、洗っていない身体と汚物の臭いが入り混じっていて、それはある動物の臭いを瞭子に想起させるのだ。

――犬。

瞭子は自分の家の中で、視えることのない犬の気配を感じていた。

無論、瞭子の家は犬など飼っていない。ゆえに居るはずがないし、この時世に野良犬が紛れ込んでくるとも考えられない。しかしそれでも瞭子は家の中で、犬特有の息遣いと臭いをことあるごとに感じてしまうのだ。

それ以来、どことなく家中の照明が暗くなった気がした。キッチンの冷蔵庫の裏や、居間のソファーと壁の間など、家の中の闇という闇が一段濃さを増した気がするのだ。

普通に考えれば、そんな視えない犬の気配など気のせいで、気の迷いだ。

でも――瞭子は笑えなかった。笑い飛ばせない理由があった。

「あんな事件があったから、過度に犬を意識してしまっているのよ」

これは勇気を出して母親に相談したところ返ってきた、常識的な答えだった。

――あんな事件。

それは今より一ヵ月前、瞭子のクラスメイトである遠藤瑞葉《えんどうみずは》が、学校帰りに野犬に襲われ、近くの河原でもって死体で発見されたという事件だった。

『女子高生野犬襲撃事件』――そう名付けられたこの事件は、連日テレビでも大きなニュースとなって扱われた。何しろ令和のこの時代に、都内の住宅地で犬に喉《のど》を食いちぎられたと思《おぼ》しき女子高生の死体が見つかったのだ。それはセンセーショナルに報道された。

　瞭子の自宅があるのは、東京都練馬《ねりま》区だ。遠藤瑞葉の自宅も練馬区なら、学校も同じ練馬区内にある。文京《ぶんきょう》区や中央《ちゅうおう》区といった都心と比べれば、練馬区は確かにまだ緑が多いほうだろう。だがそれでも東京都内の、二十三区のうちの一つだ。奥多摩《おくたま》地方などと違って山があるわけではなく、森や林だってほぼ全て公園の中のものだ。

　実際に遠藤瑞葉が死んでいた河原沿いには、どちらの岸にもマンションが建ち並んでいた。発見されたのも人の足が草むらよりはみ出ているのを、自宅マンションのベランダから住人が見つけて通報したからだった。つまりそれぐらい人目《ひとけ》もある場所での事件なのだ。

　当然ながら、犯人である野犬を探して大規模な捜索が行われた。特に死体発見現場からほど近くて緑も豊かな石神井《しゃくじい》公園は、かなり念入りな捜索が行われたらしい。だが連日の捜索にもかかわらず、近隣からは問題の野犬どころか野良犬一匹すら見つからなかったのだ。

「瞭子はなんでもかんでも気にしすぎなのよ。クラスメイトが亡くなったのがショックなのはわかるけど、でも肩の力を抜いていろいろと忘れなさい。特に金魚なんて、何年も生き続けているほうが驚きなんだからきっと寿命よ」

　――母親からそう言われてしまえば、瞭子は何も答えることはできない。

　単身赴任中の父が家にいることは年の内に一〇日もなく、基本は母娘二人の暮らしだ。

自分が過剰に怖がり続ければ、きっと母まで不安にさせてしまうだろう。

それは十分にわかっているのだが――と、堂々巡りする思考を繰り返しているうちに、高校前から乗ったバスが家の最寄りのバス停にまで到着してしまった。

プシューという空気の抜けるような油圧の音とともにドアが開き、瞭子一人だけがバスを降りる。

一一月も半ばを過ぎた今時分はもう、日が落ちるのが早い。学校を出たときはまだ黄昏《たそがれ》どきだったのに、早くも宵の口にまでなっていた。

昼間から閑静である住宅街はいっそう静けさを増している。街路灯の光でやたら陰影が強くなった往来を進み、バスを降りてから僅《わず》か三分ほどで瞭子は自宅の前に立った。

狭いながらも庭のある、築二〇年の二階建て一軒家。

瞭子は生まれてから一六年ずっと住み続けている家の門の戸を開くと、中に入って後ろ手で閉めた。キィーと鉄の蝶番《ちょうつがい》が軋《きし》む嫌な音がした。

通学鞄《かばん》の中から家の鍵《かぎ》を取りだし、玄関の鍵穴へと差し込む。回せばガチャリという音がして鍵が外れ……それだけで、瞭子はその場で深呼吸をしてしまった。

でも意を決して「ただいま！」とあえて大声を上げながら、玄関を開ける。

すると――家の中が暗かった。

夜になれば点《つ》けたままにする玄関の照明も、奥のキッチンの電灯すら点いてはいない。

薄暗い三和土《たたき》に立った背後で自然と玄関のドアが閉まると同時に、瞭子は思い出した。

今日は、母親がパートで遅くなる日だった。

ならば今、この家にいるのは自分だけとなる。もっと遅く帰ってくればよかったと、瞭子は思った。というよりも今からだって遅くはない。今のこの家に一人でいるぐらいなら、駅前の喫茶店で時間を潰《つぶ》していたほうがずっといい。

そう思い付いた瞭子が再び外に出ようと踵《きびす》を返しかけた——その瞬間、

——ハァッ、ハァッ

振り向きかけた自分の首筋に、生温かく湿った吐息がかかった。

思わず「ひぃ」という短い悲鳴を上げ、咄嗟《とっさ》に靴を脱ぎ捨てて玄関から離れるように廊下に上がる。その勢いのまま壁にあるスイッチを叩《たた》いた。

途端に天井の照明が灯《とも》り、薄暗さが払拭《ふっしょく》されて玄関周りの様子が露《あら》わになる。

でも——さっきまで自分が立っていた場所には、何もなかった。

瞭子の手が自分の首筋へと伸びる。うなじから肩にかけ、激しく鳥肌が立っていた。

確かにたった今、この肌に生の息遣いを感じたのだ。

母親は、こんなものを気にするなという。

「……そんなの、無理だよ」

下足箱の上に置いてある水槽から、ゴポゴポというエアーポンプの音がした。

つい一週間前までは、水槽内でひしめき合って泳いでいた一一匹の赤い金魚たち。けれども今はもう、たった三匹しか残っていない。

瞭子は直感していた。きっと明日《あした》の朝もまた、一匹死んでいるのだろう。目を覚ますたびに一つずつ、この水槽の中の命は消えていくのだ。

そして残った三匹全てが死んでしまったとき、その次の朝にはいったいこの家の中から何の命が奪われているのか。

瞭子が思わず身震いをすると、なんだか急に家の照度が落ちた気がした。

そんなことあるはずがないのに、どうしてか廊下の隅が暗い気がする。灯した照明の明かりが壁に吸い込まれて消え、闇が床の辺りに沈殿していくように思えた。

家の中の全体が薄くて黒い膜に包まれているような気がした直後、瞭子はまるで逃げるように玄関の左手にある階段を駆け上がっていた。自分の部屋のドアを開けて中に飛び込み、すぐさま照明を点けてバタンとドアを閉める。

そのままドアに背を預けて通学鞄を投げ捨てると、あとはもう重力に身を任せてずりずりと腰を落として、その場で膝《ひざ》を抱えて座った。

――やっぱり、今のこの家はおかしいよ。

そう思いながら膝と膝の間に顔を埋《うず》めようとしたとき、携帯がピロンと鳴った。

母親からかも知れない――そう思って瞭子は床に転がった鞄から携帯を取り出す。

しかし確認してみれば、それは母からの連絡ではなく、学校のクラス内で作られたグループラインの通知だった。

今から帰る、という母からのメッセージを期待していた暸子は少しだけ気落ちするも、でも慣れ親しんだクラスメイトたちからの連絡には少しだけホッとした。

どんな下らない話でもいい、今は少しでも気が紛れればとメッセージを開けば、

『みんな、石和《いさわ》の死んだ理由がわかったぜっ！』

暸子の目が、自然と大きく見開いた。

――石和とは、先週に亡くなった暸子のクラスメイトである石和悠馬《ゆうま》のことだ。

朝のHRで担任から彼の訃報《ふほう》を聞かされ、暸子としてもとても驚いた。

何しろ同じくクラスメイトである遠藤瑞葉が嚙み殺されてから、まだ日が浅い。一月《ひとつき》と経たないうちでの、二人目のクラスメイトの死亡だったからだ。

しかも、どうにも不穏だったのだ。

石和悠馬には持病はなかった。別段変わった様子もなく普通通りに学校に来ていて、でもある日にいきなり一日だけ休むと、翌朝にはもう亡くなったと告げられたのだ。

『えっ？　石和が死んだ理由って、そんなの自殺だろ』

『なんで？　あいつ、絶対に自殺とかしなそうじゃん』

『だよね。むしろ中学のときとか、苛《いじ》めた子を何人か自殺させてそう』

『そんなの、遠藤さんが死んだからの後追い自殺に決まってんじゃん』

『それこそないわ。彼女の一人ぐらい死んだからって、あいつが死ぬわけないから』

――死人に口なし。

正直なところ、石和の素行はあまり良いほうではなかった。

そしてそれは、先に亡くなっていた遠藤も同じだった。

そんな両者は付き合っているという噂が前からあり、病死でも事故死でもなさそうな石和の死に際して、憶測とともにいろいろな良くない噂も飛び交っていたのだ。

『実は石和の弟と俺の弟が、同中の先輩後輩でさ。無理やり聞き出させたんだけど、マジヤバすぎて驚くぜ』

『だから、死んだ理由ってなんなんだよ？』

『前振りうざっ！　いいから早く教えろって』

絶え間なくヒュポヒュポという音が鳴り続け、クラスメイトたちが次々にメッセージを重ねていく。

人の死を扱った話題だというのに、あまりに下世話で下賤《げせん》で下卑たやりとりに暸子の気分が悪くなる。もうこのまま通知を切ろうかと思ったとき、

『石和が死んだのはさ、どうやら野犬に襲われたからみたいだぜ』

一瞬、グループラインに流れるメッセージがぴたりと止まった。

けれどもすぐさま堰《せき》の切れた濁流のように、怒濤《どとう》のごとくメッセージが流れ出す。

――はぁ、嘘でしょっ！

――なにそれ、あり得ない！

――笑える！　本当なのっ⁉

そんな言葉や絵文字、スタンプなどがひたすら続いていく。

その中でもどうにか鍵となる情報を集めていくと――どうも、こういうことらしい。

なんでも石和の死体が発見されたのは、自分の部屋だったらしい。朝になっても起きてこず、それで弟が部屋に呼びに行ったところ、血の海となったベッドで兄が死んでいたのを見つけたのだそうだ。

そしてその死体は何かの獣――おそらくは野犬の類《たぐ》いに、喉を食い破られていた。

でも……そんなことがあるわけがない。

確かについ最近、同じ練馬区に住み、たまたま同じクラスの交際相手である遠藤が野犬に襲われて殺された。

でもそれは住宅街の中とはいえ草の茂った河原でのことであり、石和が喉《のど》を食い破られたのは自宅の中――しかもその部屋はマンションの五階にあるらしいのだ。

確かに自室の窓の鍵は開いていたそうだ。でもどこの世界に、マンションの五階にある窓から家の中に忍び込める野犬がいるのか。

そんなものは野犬じゃない。

少なくとも生きている犬にできる芸当じゃない。

――瞭子は切に、そう思った。

実際にクラスメイトたちも似たり寄ったりの感想であり、メッセージは変わらず滝のごとく上から下へと流れ続けている。

そんな中で、瞭子は誰か一人がボソリと書き込んだメッセージに目を奪われた。

『それってさ、やっぱ犬神君の呪いじゃない？』

——犬神君《いぬがみ》とは、瞭子のクラスメイトのとある男子を揶揄《やゆ》するあだ名だった。

彼の正式な名は、三塚慎滋《みつかしんじ》という。

今年の九月より休んでいて、もう二ヵ月も学校に来ていない。そして三塚慎滋が不登校となるきっかけを煽《あお》ったのが、亡くなった遠藤と石和だったのだ。

それは夏休みが明けてからの、文化祭の内容を決めるクラス会議でのことだった。クラスの演目自体はお化け屋敷と決定していたものの、コンセプトや仕掛けをどうするかと相談している際に、彼が言ったのだ。

『なら〝犬神〟がモチーフのお化け屋敷にして、いろんな犬の生首を飾るってのは？』

今にして思えば、きっと本人はすこぶる本気だったのだろう。

でも彼の発言の直後に、クラス中が笑った。ほとんどが声を上げて笑い、文化祭実行委員で司会をしていた瞭子もまた雰囲気に釣られて少し吹いてしまった。

——さらに。

『なに、それ。キモ過ぎでしょ』

『犬の生首とかさ、マジでおまえ頭おかしいんじゃね？』

と、率先して囃《はや》し立てたのが遠藤と石和だったのだ。

どちらかというと、三塚はクラスでも少し浮いた存在だった。人付き合いが苦手で引っ込み思案。でもふとしたことで自分が好きなオカルト絡みの話になると、途端に空気を読まず発言し始める。実のところ瞭子は三塚と中学から同じ学校であり、その当時から陰で彼が笑われていたことは知っていた。

その気質は高校になってからも変わらずで、今も上から下に流れ続けるクラスメイトの九割が参加したライングループにも、三塚の名前はない。要はハブられているのだ。

そんな三塚だからこそ、ここぞとばかりにクラスの誰もが笑い、そして翌日から彼は学校に来なくなってしまった。

文化祭実行委員だった瞭子としては少しだけ責任を感じるところなのだが、それから一ヵ月ちょっとして遠藤が死んだとき、クラスにはある噂が出回った。

犬神君が犬神の呪いで殺したんじゃない？——と。

とうてい現代の出来事とは思えない、住宅街での野犬による襲撃事件。

死亡した遠藤は、三塚の犬神という発言を真っ先に笑い飛ばした人物だ。

犬という単語で繫《つな》がるがゆえに、そう噂されるのはある意味で必然だろう。

でも——そこにもう一つ、繫がってしまった。

遠藤の次に三塚を笑った石和もまた、犬に襲われて死んだという。それは不確定であやふやな、どう考えてもあり得ない街談巷説《こうせつ》だ。

しかし瞭子はなんとなくだが、事実なのだろうとも感じていた。

「……もう、いやよ」

グループラインは変わらず石和の死因と、三塚の呪いの話題で盛り上がっている。

不謹慎なやりとりを分別のない言葉で囃し立て、誰かの誰かに対する自分に無関係な悪意を楽しむ醜いやりとりが、延々とスマホの画面に流れ続ける。

瞭子が自分のスマホを床の上に投げ捨てた。

率先して三塚を馬鹿にしたのは遠藤と石和だが、それでもあのクラスにいた全員が三塚を笑い者にしたのは間違いないのだ。

それなのに誰も彼もが他人事《ひとごと》で楽しんでいる様子に、心底から吐き気がした。

「……本当に、なんなのよ」

ドアに背を預けたままで、瞭子がいっそう強く自分の膝《ひざ》を抱える。

そんな瞭子の耳に、再び犬の荒い呼吸音が聞こえてきた。

――ハァッ、ハァッ

背後のドア越しに確かに息遣いを感じるのだが、もう悲鳴を上げる気力すらない。

瞭子の鼻腔《びこう》は、いつのまにか獣特有の生臭さと血の臭いで満ちていた。

瞭子の眦《まなじり》に、自然と涙の玉が浮かび上がってくる。

視えない犬が――怖い。嫌になるほど怖い。

だが僅《わず》かな矜持《きょうじ》でもって、瞭子は涙がこぼれ出そうになるのを必死で堪《こら》え続けた。

2

薄暗くて黴臭《かびくさ》い、地下倉庫の片隅にある呪詛《じゅそ》対策班の部屋の中。自席に座り肩を窄《つぼ》めながら、身体のサイズとまるで合っていない一一インチのノートPCのキーボードを叩《たた》く大庭の背筋が、突然にぶるりと震えた。

震えた——とはいうものの、別に恐怖したわけではない。正確には戦《おのの》いたとでも表現すべきだろうか。

とにかくあまりに似つかわしくない声を耳にして、大庭の脳が理解不能となって戦慄《せんりつ》してしまったのだ。

「は〜い、小春ちゃん。こっちこっち、こっちですよ。楽しいから、こっち見てぇ」

右手には釣り竿《ざお》状の紐《ひも》の先端に鳥の羽を模した飾りがついた猫じゃらし、左手にはチューブに入ったペースト状の猫用おやつ。そんな締まらない姿を仮にも職場で晒《さら》し、知性をまるで感じない猫撫《ねこな》で声を上げているのは誰あろう——呪詛対策班の担当検事たる楠木花子だった。

というか、あの四六時中怒っているとしか思えない担当検事のどこから、こんな耳を疑いそうな甘ったるい声が出てくるのか。脳天だろうか。あるいは夜中になると勝手にメシを食い続ける別の口が楠木の後頭部にはあって、そこから発された声なのではなかろうか――額に汗を浮かべながら、大庭はそんなことすら思ってしまった。

そんな醜態とも痴態とも、どちらとも言える姿を晒す楠木だが、しかし意中の相手たる白猫の小春はまったく意に介していない。今もまた、背が低めの楠木では絶対に手の届かないパーテーションと天井の隙間である欄間の部分に避難して、尻《しり》を楠木の方へと向けて無視したまま、丸くなった姿勢で気持ち良さそうに寝ていた。

「何度も言っているけど、もうやめなって。何を持ってこようが、小春は絶対に花ちゃんには靡《なび》かないからさ」

上下左右に猫じゃらしをフリフリしながら小春の気を引こうとしている楠木に、芦屋が自席に座って頬杖《ほおづえ》をついたままため息を吐いた。

「はぁ？　そんなのわからないじゃないですか！」

ついでに「花ちゃんって呼ぶな」という決め台詞《ぜりふ》も加えつつ、楠木は芦屋の方を見ながら目尻《めじり》をぐいと吊《つ》り上げた。

猫にはあんなに眦を下げていたのに、それがどうして人と向き合うなり一気に角度を上げるのか――大庭は、なんとなく頭痛がしてきそうだった。

正直、大庭も芦屋も楠木が重度の猫好きだなどとは知りもしなかったし、知りたくもない話だった。

どうも最初の小春との邂逅《かいこう》の際には驚きが勝ち、手を出す余裕もなかったようなのだが、しかし例の行政代執行で処理をした座敷ワラシの事件以降、楠木は頻繁に呪詛対策班の部屋を訪れるようになったのだ。

しかも毎回、別の手土産を持参してくる。手土産といえど、それは人に対するものではない。猫用のおやつやオモチャの類《たぐ》いを持ってやってくるのだ。もうあからさまに小春目当てで訪ねてきているわけなのだが、しかし肝心の小春は楠木に懐くどころか、一度として尻尾《しっぽ》の先さえも触らせたことがなかった。

普通ならそこでめげておしまいだろう。だがそこは、楠木花子。不屈の精神でもって、今日もまた小春目当てに呪詛対策班の部屋を訪ねていたのだ。

はっきり言って、大庭と芦屋にとってはただの迷惑でしかなかった。

「というか、楠木検事。我々はここで仕事をしているのです。たいした用もないのに、無闇矢鱈《むやみやたら》といらっしゃるのはやめていただきたいのですが」

「はぁ？　なんですか。つまり用がなければ私は小春ちゃんに会いに来てはいけないと、大庭警部補はそう言うのですか？」

「……普通にダメでしょ。失礼ですが、自分が何を言っているのか理解していますか？　そもそもここは検察庁ではなく、警視庁です。検事のあなたが用もなく来る場所ではないはずです」

まったくの大庭の正論に、少しだけ頭を冷やした楠木がわざとらしくゴホンと咳払《せきばら》いをした。

「……よ、用ぐらいあります。私は呪詛対策班の担当検事として、地下のこんな環境の悪い場所で猫を飼うようなあなたたちを監視に来ているのです」

捜査内容や被疑者の取調べに問題があって監視に来るならまだしも、なんで環境の悪い場所で猫を飼うと検事が監視にやってくるのか。もはやこじつけにすらなっていない楠木の訪問理由に、大庭は大きく左右に頭を振ってこれ以上の会話を諦《あきら》めた。

代わりに芦屋がもう一つため息を吐き、面倒くさそうに口を開く。

「だからさ、何度も説明したでしょ。小春は、飼っているわけじゃないの。ここで僕たちといっしょに仕事してるの。小春はね、特別なの」

そして芦屋が「小春！」と呼びかけると、これまで楠木がどれほど呼びかけてもピクリとも反応しなかった小春が、すくっとパーテーションの上で立ち上がった。

そのまま待ってましたとばかりに、小春は楠木の頭上を飛び越えて芦屋の机の上に一跳びで降りてくる。自分の机の上に降り立った小春に芦屋が右手の人差し指を突き出すと、小春は途端に喉《のど》をゴロゴロと鳴らし、主である芦屋の指の腹に愛《いと》おしそうに自分の鼻をこすりつけ始めた。

途端に楠木の目が血走り、目の前に降りてきた真っ白いふわふわの毛玉に触ろうと後ろからこっそりと手を伸ばしていく――が、まだまだ一〇センチは離れているだろうという距離から、小春は「フギャー!!」という声を上げるとパーテーションの上へと跳んで楠木の魔の手から逃げていった。

楠木が「ぐぬぬぬっ」と悔しそうに唸《うな》る姿を前に、芦屋が「だから諦めなって」と心底から呆れた声でつぶやいたところで、

——コン、コン

と、ふいにスチールパーテーションのドアがノックされた。

部屋にいた三人の目が、いっせいにドアの方へと向く。すると返事も待たずにガチャリとドアが開き、誰かが室内へと入ってきた。

「おぅ、悪いな。ちょっと邪魔するよ」

そう口にし後ろ手でもってドアを閉めたのは、三対七の割合で頭に白いものが交じった初老の男性だった。着古したというより、くたびれたと称したほうが正解な感じがする年代物のグレイのスーツを着込み、特徴的な糸目が柔和に微笑んでいた。

顔は笑っている。穏やかに優しそうに微笑んでいる。でも、なんだろう。身のこなしとでもいうのか、漂う柔らかい雰囲気の一枚下側にピリリとした緊張感や迫力を秘めているような——そんな印象を、楠木は受けた。

男性の佇《たたず》まいにわけもわからず気圧《けお》された楠木が緊張する一方、

「大釜《おおがま》さんじゃないですかっ！」

と、嬉《うれ》しそうな声を出して立ち上がったのは大庭だった。

「こんな薄暗い地下まで、よくお越しくださいました！」

今の今まで自分が座っていた椅子を大庭が差し出し、大釜に座るよう促す。

大釜は「いいよ、要らん気を使うな」と苦笑するも、「なら僕の椅子ではどうですか？」と、芦屋までもが心なし普段よりも楽しそうに笑みで追随する。

今の今まで「用がなければ来るな」と暗に二人から言われていた楠木としては、さっきまでとあまりに違うその態度に、自然と頰が膨らんでしまう。

すると大釜が「見かけないこちらのお嬢さんは誰だい？」と大庭に尋ねた。

瞬間、楠木は一歩前に出て腕を組みながら大きく胸を張った。

「申し遅れました。私はこちらの『呪詛対策班』の担当検事である楠木と申します。どうぞよろしく！」

ふふんという鼻息まで聞こえてきそうな場違いな楠木の態度に、大庭と芦屋がなんとも複雑な表情を浮かべる。

だが大釜は、楠木の横柄な態度など気にもせず、細い目を驚いたように見開いた。

「おや、検事さんだったとは……お若いのに、こいつは立派だ。──どうも大変に失礼をいたしました、自分は大釜虎次郎《こじろう》と申します。一応は、警視庁刑事部捜査一課の末席にいる警部になりますので、どうぞよろしくお願いします」

大釜が深々と楠木に向かって頭を下げる。

丁重な大釜からの礼を受けた楠木の頰が、僅《わず》かに引き攣《つ》った。

──警視庁刑事部捜査一課。

つまり大釜は、ドラマなどにも頻繁に出てくる殺人や強盗などの事件に対応する刑事であり、大庭や芦屋と違って警視庁の中でも花形のエース刑事ということになる。

いつかは自分も刑事部捜査一課の事件を担当してみたい——検事としてそんな思いを抱いてもいる楠木としては、僅かに尻込んでしまった。

だがそんな楠木の思いなどさて置いて、頭を上げた大釜に大庭が尋ねる。

「それにしても、今日は本当にどうされたんですか？　呼んでいただければ我々のほうが刑事部におうかがいしたのに、わざわざ大釜さんの方からお越しになるなんて」

「そんなの決まってんだろ。上だったらおおっぴらに話せないことだから、わざわざここにまで来たんだよ」

大釜が言うなり、大庭と芦屋の表情がぐっと引き締まった。

一瞬で変化した空気に戸惑う楠木をよそに、大釜がその先を続ける。

「実は、どうにもまともじゃない、どこまでが本当かもわかんねぇヤマにあたってよ。すまねぇが、専門家二人——おまえら『呪詛《じゅそ》対策班』の見解を聞かせてくんねぇか」

3

大釜が持ってきた相談に出てくる少年の名は、三塚慎滋といった。

一六歳の現在高校生であるらしいのだが、しかしどうやらここ二ヵ月以上も学校に行っていないらしい。その三塚少年が窃盗容疑で刑事部の三課に補導され、今まさにこの本庁舎の取調室にいるのだそうだ。

　万引きなどの容疑でしょっ引いた少年を、取調室でこってりと絞り上げる――窃盗犯の捜査を専門とする刑事部三課では、そんなことは日常茶飯事だろう。だが今回の件は、典型的な不良少年対応の窃盗事件とはいささか毛色が異なるらしい。

　そもそもからして三塚が盗もうとしたものから妙で、それは散歩中の犬だった。

　しかも別に高価な品種といったわけでもなく、何の変哲もないただの雑種の小型犬だ。なんでも公園を散歩していた老人から無理やり飼い犬を奪おうとしていたところを、通行人に見つかって通報されたとか。それをたまたま近くで警邏《けいら》していた本庁の三課の刑事が無線で聞きつけて、そのまま三塚を確保したらしい。

　普通の流れならそのまま所轄の警察官に身柄を引き渡し、本庁の刑事としての仕事はおしまいとなる。だが現場にいた大釜と旧知なその刑事には、どうにもひっかかるものがあったのだそうだ。

　というのも三塚が犬を盗もうとした公園というのが、練馬区にある石神井公園。

　そこはつい先日、石神井川の河原で女子高生が野犬に襲われ死亡した事件現場の最寄りの公園であり、捜査本部によって最も念入りに野犬捜索が行われた場所でもあった。

　確か例の事件は野犬が見つからぬまま、捜査本部が解散となったはずだ。しかも捜査本部の立ち上げから一ヵ月も経っておらず、事件が解決していないうちに解散するには異例の早さだった。

だからだろう、微妙な引っかかりが胸の内から拭《ぬぐ》えなかったその三課の刑事は、所轄に三塚の身柄を渡すことなく本庁に連れてきたのだという。

「それでな、気になったそいつは直接に取調べまでして『どうして犬なんか盗もうとしたんだ？』って動機を訊《き》いてみたんだとよ。そしたらその三塚ってのはこう答えたらしいんだ。――『呪いに使うんだよ』ってな」

瞬間、大釜の話をじっと聞いていた大庭と芦屋の目つきが険《けわ》しく変化した。

大庭の後ろ、壁に立てかけられていたパイプ椅子に座っていた楠木だけが、今一つ状況を理解しえぬまま、真剣な面持ちの一同をキョロキョロと見回していた。

「呪いとかよ、まあ普段ならガキの戯言《ざれごと》だって一蹴《いっしゅう》しておしまいなんだが……なにしろ『女子高生野犬襲撃事件』の捜査本部が解散となった理由も理由だからな。俺もどうにも笑えねぇんだよ」

口を引き結ぶ大釜を前に、大庭がぐっと目を細めた。

「なるほど。捜査本部のメンバーに入っていた大釜さんがそうおっしゃるなら、野犬が原因じゃないと判明したから捜査本部を解散した、という噂は本当なんですね」

「……生安部であるおまえらの耳にまで入っているとはなぁ。まったく本庁内の情報管理ってのは、どうなってんだ」

と――元号が今より二つぐらい前ならここでタバコの一本も咥《くわ》えるのだろうが、令和の現代において大釜が取りだしたのは、清涼剤が入ったプラスチックケースだった。

芦屋が「まぁ、僕たちの情報ルートは特殊なんで」とドヤ顔をすると、口に放り込んだ清涼剤をバリバリ噛《か》み砕きながら大釜が苦笑する。

「まあ、俺だってただの警部だ。課長以上の連中が握っている話までは知らねぇよ。だがそれでも『女子高生野犬襲撃事件』の捜査本部が、未解決のまま解散させられた理由が、野犬の仕業じゃないと上が判断したから、ってことだけは間違いねぇ」

野犬襲撃事件の被害者である女子高生――遠藤瑞葉の死体が石神井川の河川敷で発見されたとき、世間は大きくザワついた。

保健所による涙ぐましい努力の結果、ゼロ年代頃から都内の都市部や住宅地における野良犬の類《たぐ》いはほぼ根絶されている。

にもかかわらず起きた、野犬の襲撃による死亡事件。

練馬区は四八㎢の面積の中に約七五万人もの人が住んでいる。その大勢の地域住人の安全と安心のため本庁は所轄と連携しすみやかに捜査本部を打ち立てると、事件現場を中心にして、特に最寄りでもっとも野犬が潜んでいる可能性が高いと睨《にら》んだ石神井公園内の大捜索を行ったのだ。

しかし延べ三〇〇〇人にも及ぶ捜索の結果、問題の野犬どころか野良犬一匹さえ見つからないうちに野犬捜索は打ち切りとなり、本部は捜査をやめたその日のうちに即時で解散となったのだ。

そのきっかけとなったのが、とある男子高校生の変死事件なのだという。

変死した男子高校生の名は、石和悠馬というらしい。

ある朝に家族からの通報を受けて駆けつけた数人の警察官は、マンション内の自宅の現場を見るなり戦々恐々としたという。というのも自室のベッドの上で横になったまま、石和悠馬は何かに喉《のど》を半分以上食い破られるという、なんとも凄惨《せいさん》な死に方をしていたからだ。

刃物などで切られたのとはまるで違う、獰猛《どうもう》な牙《きば》と強靭《きょうじん》な顎《あご》で引き千切られたとしか思えない傷。しかも石和の自宅は世間を賑《にぎ》わす野犬襲撃事件の起きた現場から、僅か一キロほどしか離れていなかった。

当然ながらその知らせはまだ解散前の捜査本部にも伝わった。すぐに捜査本部からも応援が向かったのだが——結果、現場はさらなる衝撃と混迷に包まれることになった。

確かに被害者の部屋の窓には鍵《かぎ》がかかっていなかった。でもそれもある意味当然だった。なぜならその部屋は、地上五階建ての場所にあったのだから。しかも窓自体は閉まっていた。つまりこの惨劇を本当に野犬が引き起こしたのなら、その野犬は五階の窓から侵入して石和の首を食いちぎり、その後にご丁寧に窓を閉めてから五階より出て行ったことになるのだ。

さらには現場には抵抗した様子もなければ、犬の体毛はおろか足跡すらなかった。一応は同居家族による野犬の仕業に似せた偽装殺人も疑われた。でも仮に猛犬は用意できても、人を食い殺す場に何も痕跡《こんせき》を残さないのは、どう考えても不可能だった。

そこに追い打ちをかけたのが、調べてからすぐに判明した石和の素性だった。石和は先の野犬襲撃事件の被害者である遠藤と同じ高校で同じクラスというだけでなく、男女の交際関係であったと発覚したのだ。

野犬などいようはずがない住宅街で犬に嚙み殺された女子高生と、野犬など侵入できようはずがない自室でやはり犬に嚙み殺された男子高生。その両者は個人的にとても深い関係だったということになる。

こんなものを誰が偶然と思うものか。きっと何かがある——この事件には根が深く常識では測れない何かが絡んでいると、大釜を含めた現場の誰もがそう思っていたとき、いきなり捜査本部の解散が通告されたのだ。

表向きの理由としては、近隣は捜索し尽くしたため野犬が周辺に潜伏している可能性は極めて低いと判断したから——ということになってはいるが、それが解散ありきのとってつけた理由でしかないのは、関係者の誰の目から見てもあきらかだった。

——と、そこまで語ったところで、大釜が急に身震いをした。

そのときのことを思い出して寒気でもしたのか、自分の肩を自分で抱いて誰もいやしない背後を急に気にしながら、スーツの内ポケットから小さな紙包みを取り出した。

その包みをピリリと手で破ると、中に入った粉を自分の身体に振りかける。

「……大釜さん、変わりませんね、その癖」

苦笑する大庭の後ろ、徐々に雲行きが怪しくなって怪異が増していく野犬事件の話に今にも悲鳴を上げそうだった楠木が、大釜の身体から落ちてきた白い粉の結晶を指で掬《すく》って観察してみる。

大釜が自分の身に振りかけたのは、塩だった。

お葬式の参列者によく配られる紙袋に入った清めの塩。大釜はそれを自分の身に振りかけたのだ。

「大釜さんの捜査一課での通り名は『粗塩の虎』。こうしていつも清めの粗塩を持ち歩いていてさ、不穏で不気味な気配を感じるとこうしてすぐ身に振りかけるのさ」

不思議な表情をしていた楠木に向けての芦屋の説明に、大釜が吠《ほ》えた。

「やかましい、そいつは通り名じゃなくて悪口だろうがよ。要らんことを検事さんに教えんな。俺はおまえら二人と違って臆病《おくびょう》なんだよ、笑うんじゃねぇ」

「別に笑ってなんかいません、僕のニヤけ顔は地顔ですよ。――それより、あいかわらず良い勘してますねぇ、大釜さんは。それぐらい勘がいいと、ちょっとコツさえつかめば、きっと簡単に視えるようになりますよ」

冗談とも本気ともつかない言葉を吐く芦屋に、大釜は苛立《いらだ》たしげに舌を打つと「何も視たくねぇから、塩なんぞかけてんだろうがよ」とぼやいた。

「それで――元の話である犬を盗んで『呪いに使うんだよ』と言った三塚と、今の野犬襲撃事件とは、現場が近かった以外にも何か繋《つな》がりがあるのですか？」

横から入って話を仕切り直した大庭に、大釜が静かにうなずいた。

「あぁ、三課の奴からその話を聞いて俺も気になってよ、それで照会してみたらドンピシャさ。最初の野犬の被害者である女子高生と、あまり公になっていないがもう一人の被害者である男子高生が同級生だった話は今したよな。

──実は三塚慎滋もよ、その二人と同じクラスの同級生なんだよ」

瞬間、楠木が目を見開きながら身を仰け反《の》らした。空気を読み、悲鳴だけは口を手でおさえて必死に堪《こら》える。

「どれだけ捜索をしても見つからない野犬に嚙み殺された女子高生。あり得ない場所、ありえない状況で野犬に喰《く》い殺された男子高生。そして『呪いに使うんだよ』と犬を盗もうとした不登校の少年。なんでそろいもそろって、そいつらが同じクラスなんだよ。

──なぁ、本当にこんなことが偶然で起こるのか？」

清めの塩の袋をもう一つ取り出し、大釜がさっと自分の身に振りかけた。

「あるいは──これは、俺みたいな普通の刑事は手を出さん方がいいヤマなのか？」

パイプ椅子に座った初老の刑事が、なんとも情けない笑みを浮かべながら、自分の半分のキャリアすらない後輩警察官二人の顔を見据えた。

どうにも口の挟めない雰囲気にたじろぎ、楠木はただ膝《ひざ》に手を乗せてじっとする。

大庭もまた、なんとも難しそうな表情でむっつりと押し黙る。

やや空気が重い中、口を開いたのは普段よりも目つきを険しくした芦屋だった。

「大釜さん。問題の三塚というその少年は、まだ取調室にいるんですよね？」

「あぁ。だが被害者である盗まれかけた犬の飼い主は、子どものしたことだと被害届は出さないらしい。三塚には過去の補導歴もないということもあって、三課としては親が迎えにきたら厳重注意でもってその場で釈放するつもりだそうだ」

「だったら、大釜さんの顔で今のうちに三課に話を通してもらえませんか？　犬を『呪いに使うんだよ』と言ったその少年を、僕に取調べさせてください」

4

大釜の口利きのかいあって、本庁内の取調室の一つに芦屋は案内されていた。

自分の前を歩く、おそらく芦屋よりも一〇歳は年上だろう刑事に「どうも」とお礼を言えば、不服さをまったく隠さない目でもってギロリと睨まれた。

「言っておくが、大釜さんの頼みだから無理を通して取調べさせてやるんだからな。そこを履き違えんなよ」

石蕗《つわぶき》と名乗った三課の刑事の面倒臭さに、芦屋は「はい、はい」と適当にいなしたくなるも、そこは大釜の顔を潰《つぶ》さないためにぐっと堪えた。

「わかってますって。石蕗さんが手際よく対応してくれたって、大釜さんにはよくよくお礼を言っておきますから」

こういう輩《やから》は本人におべっかを使うよりも、本人が慕う相手への評価を上げてやったと伝えたほうが扱いが楽でいい。そんな芦屋なりの処世術で応《こた》えると、五厘刈りの上に角張った顔をした石蕗はフンと強めに鼻息を吹き、まんざらでもない感じで黙った。

石蕗の気が変わる前にと、芦屋は案内された取調室の無骨なドアを引き開ける。

一歩中に入っても、ドアは閉めきらない。密室にならないように僅《わず》かに開けたままのところで止めてから、芦屋はゆったりした動作で取調室内を見回した。

取調室というのはどこも似たり寄ったりでいたって簡素だ。当然ここの取調室も同じであり、窓のない部屋のど真ん中に足が床に固定された机が二つほど対面で置かれただけの部屋だった。

その机の奥側の椅子に、確かに少年と呼べる外見の男子が一人で座っていた。

ダークブラウンのカーゴパンツを穿《は》いた足をぐでんと伸ばし、羽織った青のブルゾンのポケットに両手を突っ込み、屋内にもかかわらずキャップは被《かぶ》ったままだった。

そんな横柄な態度をとった少年は、取調室に芦屋が入ってくるなり顔を上げた。

そしてニヤニヤと笑いを浮かべる。まるでこれでようやく暇が潰せるとでも言わんばかりに、いやらしく口元を歪《ゆが》めていた。

芦屋は少年と、それから少年の背後の空間へとちろりと目を向けるなり――なるほどね、と口の中でつぶやいた。

ニヤけた笑みを浮かべ続ける少年の対面に芦屋が座り、それから形式的に問うた。

「君が、三塚慎滋君だね？」

少年——三塚が小さくうなずいた。

「そうだけどさ、あんたは？」

「僕？　僕は、芦屋と言います。……そうだなぁ、まあ君のような面白い供述をする子の専門の取調官、とでもいったところかな？」

「……面白い？」

「そうさ。君、散歩中の犬を盗もうとしたんだろ？　それでその盗もうとした動機というのが犬を『呪い』に使うため——実に、面白いよね」

瞬間、それまで深々とよりかかっていた背もたれから身体を起こし、三塚が机の上に身を乗り出した。

「なに？　あんた俺の『呪い』の話が聞きたいわけ？」

途端に三塚の笑みが変わった。キラキラと目の色が変化して、三塚の表情が急に年齢よりもずっと子どもっぽくなる。

「あぁ、聞かせてもらえると嬉《うれ》しいなぁ」

「いいぜ、俺は本当のことを言っているのに前の人はまったく信じようともしなかったからさ、拍子抜けだったんだよ」

「へぇ、何を信じなかったんだい？」

「そんなの——俺が、人を呪い殺せる、って事実をだよ」

そう言った途端に三塚の笑みが深まった。口元がニタリといった風に歪み、まるで三日月にでもなったかのように芦屋には見えた。

「ちょっと前にさ、テレビでも話題になった『女子高生野犬襲撃事件』ってのがあっただろ。あれさ、俺がかけた呪いなんだよ」

三塚が口にした言葉で、芦屋の右眉《まゆ》の角度がほんの少しだけ上がった。

しかし三塚は、芦屋の些細《ささい》な表情の変化になどまったく気づかず、ドヤ顔でもって興奮気味に語り続ける。

「俺のクラスに遠藤って、ひどく性格の悪い最低の女子がいてさ、みんな迷惑してたんだよ。何にも悪いことしていないクラスメイトをゲラゲラ笑ってバカにするような奴で、そんなの嫌われて当然だろ？　生きていても仕方がないようなクズだからさ、だから俺がクラスのみんなの気持ちを代表して、呪い殺してやったのさ」

悪びれもせずに『呪い殺してやったのさ』と口にした三塚に、芦屋がいっそう目尻《めじり》を下げて「へー、なるほど、なるほど」と、軽い口調でつぶやいた。

「まあでも、この一例だけじゃ、俺が呪い殺したって言っても信じがたいよな。だからもう一つ教えてやるよ。実はその女には同じクラスに彼氏がいたんだけど、すぐに調子に乗って大声を出してイキる奴だったから、やっぱりクラス中から嫌われててさ。みんなも煩わしがってたから、その男も俺が呪い殺してやったんだ」

興奮から目を血走らせて、三塚がぐいと芦屋に顔を近づける。

「だからさ、野犬に襲われて死んだ遠藤瑞葉のクラスメイトを調べてみろって。絶対にあいつ――石和も不穏な死に方をしてるからさ。テレビで報道こそしてないけど呪った俺にだけは、なんというか……こう呪いの手応えみたいな感覚でわかるんだよ」

そしてやや黄ばんだ歯を剝《む》き出しにし、面白くてたまらないとばかりに三塚がクスクス笑い始める。

その様を前に、芦屋が小さく首を傾げた。

「でも……それはおかしいね。僕が聞いている話と違うよ。嘘が混じっている」

芦屋のその言葉に、三塚がぴたりと笑うのをやめた。

これまで楽しげだった目の色が急速に褪せて、親の仇《あだ》でも見るかのように芦屋のことを睨《にら》みつけた。

「嘘って、なんだよ。俺は本当のことしか言ってねぇよ。……まさかあんたもさっきのつまらない刑事みたいに、『呪い』なんてあるわけない、とか言うつもりか？」

「いやいや、そんなつまんないこと言わないよ。だから嘘っていうのはそうじゃなくてね、呪い殺したっていうその二人が君の背後に立っていてさ、僕にも聞こえるようにこう言うんだよ――『クラスで嫌われてたのは、空気が読めねぇおまえだろ』ってさ」

瞬間、三塚は目を見開いた。背後をみる芦屋の視線を追い、つい自分の背後へと目を向けてしまうが、そこは何もないただの空間だった。

「――犬神、なんだろ？」

背後を向いていた三塚の後頭部に、芦屋が問いかけた。

虚をつかれた三塚が慌てて前に向き直ると、机の上で肘をついて組んだ両手に顎《あご》を乗せた芦屋が、鋭く冷え冷えとする上目でもって三塚のことを見据えていた。

柔らかな表情が一転し剣呑《けんのん》な気配を放つ芦屋に、三塚の喉《のど》がゴクリと鳴る。

「それにしてもまた随分と小汚くて、みすぼらしい犬神だ。用いたのは、自宅で飼っていたペットの犬だね。その犬も自分勝手な君のことは好きじゃなかったみたいだよ、だから吠《ほ》えて懐かなかったのさ。それに犬神を作るときというのは、長いことエサを与えず空腹にしてから腐った食物を目の前に置くのだけど、その辺は面倒で省いたわけか。でもまあ風呂場《ふろば》に長いこと閉じ込めて、恨みだけはしっかり醸成しているから、ギリギリ及第点かな。そこまで用意したら一刀で首を落とせば扱いの楽な犬神になったはずなのに、でもまあ用意した刃物がただの包丁じゃ一刀は無理だね。じっくりたっぷりと時間をかけて、骨の間に刃を通してゴリゴリと首を落とした――と。

なるほど、これぐらい恨みを募らせながら殺せば、確かに蠱物《まじもの》として呪詛《じゅそ》できるね。でも痛みが強すぎたから、勝手に相手の喉を狙っちゃうよね。それに何よりもさ――こんな中途半端な作り方の〝式〟が、いつまでも君の命令を聞くと思うかい？」

さっきとは正反対、まるで三塚と入れ替わるように今度は芦屋がニタニタとした気持ちの悪い笑みを浮かべる。

対して三塚は表情が凍っていた。凍ったまま無言で、口を半開きにしていた。

「今のは君への質問のつもりだったんだけど、今度は黙秘かい？　別にいいけど――でも、本当によかったのかな？」

　黙秘という言葉がなんだか癇《かん》に障って、三塚は芦屋を睨み返しながら「……なにがだよ」とぼそりとつぶやいた。

「そんなの決まってるだろ――君が二人も殺した事実を、自供したことさ」

　瞬間、芦屋の顔からすーっと凄みが引いた。まるでさっきまでの不気味な笑みは目の錯覚だったのではないかと思うほど、再び柔和な愛想の良い笑みを芦屋は浮かべていた。

　急速に三塚の心中に落ち着きが戻ってくる。嘘だなんだとはったりをかまされたり、いきなり犬神のことを話されたりしてつい怯《ひる》んでしまったが、でもこうして平時の顔つきに戻れば、こんな奴はどうということもない。むしろ脅かされた分だけ苛立《いらだ》ちが募り、三塚の心の内にムクムクと攻撃的な気持ちが湧いてくる。

「はぁ？　なに言ってんだよ、自供もなにも、そもそも俺は何一つ犯罪なんかしてねぇんだよ。今だってただの窃盗未遂なんだから、どうせ親がきたらこのまま釈放されるんだろ？　だから俺はさ、何も悪くなんかねぇんだ」

　芦屋は何も言わない、言い返さない。それを言い返せないのだと思った三塚の顔に、嗜虐《しぎゃく》的な笑みが浮かんだ。

「そもそもさ〝不能犯罪〟って言葉、あんた知ってる？　呪いってのは法律が認めてないのさ。認めてないから、呪いは犯罪にならない。だから俺が人を呪って殺したとしても、殺人犯にはならねぇんだよ。なぁ、あんた警察官なんだろ？　だったらその程度のことぐらい、勉強しておけよ」

「……そうだね、確かに〝呪い〟は犯罪にはならない。それは間違いないよ」

あっさりと認めた芦屋に三塚は調子づいて、上から人を見下したような目を向ける。

さらには「だったら訂正して謝れよ」と口にし、芦屋を追い詰めようとしたところ、

「けれどさ『何も悪いことなんかしてねぇんだ』ってのは、大間違いだ。僕たちはそんな風に呪詛や呪法を悪用し、法の目をかいくぐって悪事を働こうとする連中を、法の力で検挙するのが使命なんだよ。だからおまえも――首を洗って待ってろ」

再び上目で睨みつけてきた芦屋に、さっきまでの勢いが霧散した三塚が肩を縮こめる。

だが今度はそこで終わらない。芦屋は自分の机の上に手をつき、椅子から立ち上がってぐっと身を乗り出した。

手は伸ばせば互いの襟首に届く至近から威圧的な目で睨まれて、三塚が肺に息を溜《た》めたまま呼吸すら忘れる。

「……おまえ、返りの風って知ってるか？　そもそも刑法とか犯罪とかそんなのは関係ねぇんだよ。人を呪った報いってのは、必ず呪った奴の元に返るんだ。

――呪《しゅ》を弄《もてあそ》ぶなっ！　そんな初歩の道理も知らねぇクソガキが」

そう口にする芦屋から、鬼気とでも呼ぶのが相応《ふさわ》しそうな苛烈《かれつ》な気配が立ち上る。

三塚慎滋は今度こそ、本当に心から震え上がった。

「勘弁してください、大釜さん！　あいつは本当に警察官なんですかっ！」

三塚の取調室まで芦屋を案内した石蕗が、大釜に詰め寄る。

5

大釜と石蕗、それから大庭とついでに楠木までもが集まっているのは、芦屋が三塚を取り調べている部屋の、その隣の部屋だった。

令和元年六月一日の刑事訴訟法の改正で、警察組織には取調べにおける全過程の録画と録音が義務付けられている。当然、三塚と芦屋がいる取調室にもマイクとカメラが仕掛けられており、一同は石蕗のノートPCで隣室の取調べの様子を確認していたのだ。

「時代錯誤にもほどがあるでしょ。あんな意味不明なはったりや恫喝《どうかつ》紛いのやりとりの録音を、もし調べ官に聞かれたりしたら手引きした俺まで懲戒もんすよ！」

芦屋を案内していたときの厳《いか》めしい表情はどこへやら、旧知の間柄の先輩である大釜に石蕗が泣きつく。大釜も大釜で、自分が頼んだ手前もあり「おぅ……悪いな」と返しつつ、実に困った表情を浮かべていた。

そんな二人の様子を横目に、大庭が冷静に「ふむ」と唸《うな》った。

「その点ですが、直接に調べ官に聞かれたわけではありませんので問題ないと思いますよ。試しに芦屋が三塚に詰め寄った箇所の動画を再生してもらえませんか？」

石蕗が今日初めて会った大男を怪訝《けげん》な目で見上げる。だが「言われたようにやってみてくれ」と大釜に言われると、しぶしぶとサーバーにアクセスをした。

ライブの映像から画面が切り替わり、ほんの少し前に天井近くの高さのカメラから録画された芦屋と三塚のやりとりが、液晶画面上で再生され始める。

――すると。

『……お――、――――って知っ――か？　そもそも――――そんなのは関係――よ。人を――――いってのは、必ず――――の――――んだ。

――――もて――――そん――歩の――――らね――――』

芦屋の発した声が、途切れ途切れに録音されていた。それは今しがた実際のやりとりを聞いたばかりの人間なら、内容の想像がつくものだ。だが大庭が言ったように、何も知らない調べ官が聞いたとしても、さっぱり意味がわからないだろう。

さらには三塚を睨《にら》みながら芦屋がぐいと身を乗り出す寸前で映像も乱れ、ブロックノイズのようになってから数秒ほど止まる。再び映像が正常に戻ったときには、芦屋はもう柔和な笑顔でもって行儀良く自分の席に座っていた。

カメラとマイクは手の届かない天井付近に、隠した状態で設置されている。おまけに常時稼働していて、録画データは警視庁のサーバーに暗号化して保存されているため偽装は事実上不可能だ。

つまり調べ官があとからこの動画を確認しても、芦屋にとって都合の悪い部分だけが録音も録画もされていないとは考えず、単に一時的な機器トラブルで動画が乱れたとしか思わないだろう。

「どうですか？　これでも問題になりそうですか？」

さも当然とばかりの表情でもって、大庭がしれっと訊《たず》ねる。

だが訊ねられた側の三人――石蕗は自分の常識外の現象にあんぐりと口を開けたまま目元をひくつかせ、臆病《おくびょう》な楠木は部屋の隅で蹲《うずくま》って「何も見てないし、聞いていない」と自分に言い聞かせ、大釜は顔から血の気を引かせると懐より清めの塩を取りだした。

「……まったく、これだからおまえら二人とは関わりたくねぇんだよ！」

左右の肩に塩をふりかけながら、大釜が「くわばら、くわばら」と唱える。

そんな様子を前に大庭が苦笑をしていると、ガチャリと部屋のドアが開いた。そのまま中に入ってきたのは、さっきまで三塚を取り調べていたはずの芦屋だった。

「もういいのか？」

大庭がしれっとそう声をかけると、芦屋が少しだけ疲れた顔でうなずいた。

「あぁ、もう十分だよ。彼だけじゃなく、その背後にいた二人と一匹からも色々と情報を得ることができたからね」

そんな意味のわからぬことをつぶやいて手近な椅子に座るなり、芦屋が「大釜さん」と呼びかけた。大釜が「どうした」と応じれば、芦屋が膝《ひざ》の上に乗せた両手を組んでから、真剣な目を大釜へと向けた。

「例の二件の野犬襲撃事件は、どちらもあのクソガキが仕掛けた犬神の呪詛によるもので間違いはありません」

芦屋のその言葉に最初に反応したのは大庭だった。不快そうな表情を浮かべながら眉間《みけん》に皺《しわ》を寄せ、固く口を引き結ぶ。

一方で正面切って話を切り出された大釜は、なんとも怪訝そうに目を細めた。

「おいおい……その犬神ってのは、いったいなんだ？　そんなもんで本当に人が殺せるのか？　俺にもわかるよう説明してくれ」

そう訊ねられた芦屋の目元に、どことなく暗い光が宿った。

「犬神というのはですね、古くから伝わる蠱物《まじもの》の一種です。生きた犬を捕まえてきて首だけ出して埋め、そのまま餌を与えず飢えさせてから、最後に目の前に腐った食べ物をおいて食いつかんとしたところで首を切り落とす。そうやって作った〝式〟です。犬神を用いれば人なんて簡単に殺せます。むしろあの凶々《まがまが》しくておぞましい式は、人を害してあやめることにこそ本領を発揮する。犬神を用いて呪っていたのがあんな素人のクソガキで、まだ幸いだったと心から思いますよ。

——もしも僕が本気で犬神を使えば、一匹で一〇〇人ぐらいは殺してみせます」

怖がりの楠木だけでなく、大釜も石蕗もゾクリと寒気を感じるほどに酷薄な笑みを芦屋が浮かべる。顔は笑っているのに目はまったく笑っておらず、今の発言も本当にやろうと思えばできるのだと、そう感じてしまう迫力があった。

――しかし。

「おい、そんな言い方はやめろっ!! 今のおまえは警察官なんだぞ!」

目を吊《つ》り上げた大庭が怒鳴りつけるなり、芦屋の身体から立ち上っていた気配がすーっと引いた。

気がつけば表情はいつもの穏やかで柔らかいものへと戻っていて、芦屋が面倒くさそうに「はい、はい」と大庭に横柄な声を返す。

芦屋と大庭以外の三人が、理由もわからぬままにほっと胸を撫《な》で下ろしていた。

「まぁ――とにかくですね、人を呪って殺せることに優越感を感じている、あの感性の壊れたクソガキに犬を与えてはいけません。犬を手にしたら、あいつは確実に首を切り落として新しい犬神に仕立てます。それを放置したら、被害は次々に広がりますよ」

平時の雰囲気に戻った芦屋に対し、横から口を出したのは石蕗だった。

「大釜さん……こんな連中の言うことを信じちゃいけませんよ。呪いとか犬神とか、こいつら頭がおかしいんですよ。俺たちは刑事部です。刑事部の刑事には、刑事としての誇りがあります。こんなどこの部に所属しているかもよくわからない馬の骨どもから、捜査の横やりを入れられる筋合いなんてありません」

かすかに膝が震えているのは、まだ芦屋への恐怖が消えていないからだろう。そんな風に強がってでも刑事の矜持《きょうじ》を守ろうとする石蕗に、大釜は困ったように笑いかけた。

「石蕗よ、そう頭を固くするな。おまえも、こっちの兄ちゃんが取調べをした際の映像と音声は確認しただろ。——世の中にはな、そういうことが不思議とできちまう、案外に理屈で説明のつかない連中がいたりするもんなんだよ」

大釜から梯子《はしご》を外され、眉《まゆ》を八の字に下げた石蕗がなんとも情けない顔をする。

その隣で、大庭が「誠に遺憾ながら、大釜さんの言う通りです」と口にした。

「とにかく、今の芦屋の話でおわかりになったかと思いますが、犬神は極めて危険な呪《じゅ》詛《そ》です。三塚が犬神使いであるとわかった以上、このまま彼を放置すれば確実に第三の『野犬襲撃事件』による被害者が出ることは間違いありません」

と、そこまで語ったところで大庭はくるりと首を回し、部屋の片隅で呆然《ぼうぜん》と立っていた楠木へと顔を向けた。

「ですから、楠木検事。今は三塚を司法機関の監視下で勾留《こうりゅう》しておくために、どうにか送致を受け入れてもらえる方法を検討していただけませんか？」

いきなり話を振られ、楠木がビクリと肩を跳ねさせた。楠木の顔にははっきりと戸惑いの色が浮かび上がる。

——正直なところ、令状申請をはじめとした大庭たちの無茶ぶりに、楠木は以前ほどの抵抗感や怒りはない。先の確認申請書の未提出事件の一件で、大庭たちだって良かれと思って要請しているのだと、楠木としては納得はできずとも理解はしたからだ。

しかし今回の送致に関する無茶ぶりは、これまでとはまた毛色が違った。楠木の担当は、あくまでも呪詛対策班だ。もちろん検事として呪詛対策班の事件だけを扱っているわけではないが、それでも刑事部の三課には窃盗事件の対応を得手としている担当検事がついている。その三課の担当検事を無視し、勝手に被疑者を送致するわけにはどうしたっていかないのだ。

そこばかりは司法云々《うんぬん》の前に、検察も組織として存在している以上は避けて通ることのできない問題でもあった。

だが、実際には検察よりも警察のほうが組織としては圧倒的に大きく、複雑怪奇な組織構成をしているわけであり――、

「おいっ‼ バヵなこと言ってんじゃねぇぞ！」

楠木が返事をするより先に大庭を怒鳴りつけたのは、大釜だった。

「いいか、三塚のガラを押さえているのは刑事部の三課だ。その三課が不起訴と決めて、保護者が来たら三塚を釈放すると既に決めてんだよ。それなのに生安部の所属であるお前らがでしゃばって、もしまかり間違って本当に送致なんてしてみろ。そんなのここにいる全員の首だけじゃすまねぇぞ。間違いなく刑事部長が出張ってきて、お前らとほとんど面識のない生安部の連中にまで多大な迷惑をかけることになるからな」

大釜の勢いに押された大庭が、背を反らしてぐっと唇を嚙《か》みしめた。

そこに追随するかのごとく「僕も、大庭のその案には反対だ」と芦屋が口にした。

「というよりも、身柄をおさえて拘置しておくだけじゃダメだね。それだと新しい犬神が作られないだけで、既にあのクソガキの式となった犬神はそのままになる。呪詛を使

った快楽殺人を覚えたあいつが、人を呪うことを我慢できるなんて思えない。たぶん三人目に向けて、もう呪は放たれているはずだよ。今現在、三人目の被害者がまだ出ていないことのほうが僕からすれば不思議さ。仮に二人殺して犬神の恨みがいくらか弱まっていたとしても、呪われた相手はどうやって犬神から身を守っているのやら」

淡々と語った芦屋の話に、大庭を除いた三人がどうにも複雑な表情を浮かべた。

だが、ただ一人――大釜だけはすぐに顔を青くすると、芦屋の目を見返しながらやや重々しく口を開いた。

「実はよ……おまえさんがた二人にもまだ言ってなかったんだが、その三人目の被害者となりかけているかもしれん人物に、俺は心当たりがあるんだわ」

これには大庭と芦屋だけではなく石蕗も楠木も、大釜の顔を見て目を見開いた。

「本当はな、そのことも相談しようと思って、おまえらのいるあの地下倉庫に行ったんだが――でもまさか、こんな展開になっちまうとはな」

どことなく疲れたように目を伏せ、大釜がふぅと鼻から長い息を吹く。

「大釜さん。心当たりとおっしゃるからには、犬神に呪われているかもしれないというその三人目は、どこの誰か氏素性をご存じということですね？」

「あぁ、その通りだ。その子はな、先の野犬襲撃事件の被害者の女子高生と、それから自宅で喉《のど》を食い千切られて死んでいた男子高生と同じクラスの生徒なんだよ。つまり今も隣の部屋にいる、あの三塚とも同級生で顔見知りの人物ということになる」

大釜が伏せていた目を上げて、大庭の顔を見上げた。その表情は熟練の刑事のものとは思えない、なんとも困り果て、そして誰かに助けを求めている者の顔だった。

「その子の名はな、月代瞭子――年の離れた妹の娘で、俺の姪《めい》っ子なんだよ」

6

月代瞭子は、変わらず家に帰るのが憂鬱《ゆううつ》だった。

学校からの帰りのバスに乗りながら、今日も倦《う》み疲れきった吐息をこぼす。

家に帰れば、また鼻の奥を刺激する獣臭が自分の鼻腔《びこう》には充満するのだろう。家を徘徊《はいかい》して自分に付きまとう、湿った息遣いも首筋に感じるに違いない。

母の兄である伯父《おじ》さんに買ってもらった金魚は、もういない。とうとう最後の一匹が、今朝方に死んでしまったのだ。玄関の下足箱の上の水槽は、今はもう空だった。

瞭子はふと気がついて、数えてみた。

もともといた金魚の数は一一匹、それからクラスメイトだった石和が自宅で野犬に嚙まれて死んだというのが一一日前――彼が死んだその日から、瞭子の大切な金魚は死に始めたのだ。

三塚の噂はもうクラスのグループライン内に留《とど》まってはいなかった。〝犬神君の呪い〟として校内のそこかしこで噂され、そして怖がりながらもクスクスとみんな笑っていた。

でも——瞭子は笑えない。ちっとも笑うことなんてできやしなかった。

金魚が全ていなくなった今、明日《あした》の朝に命を失っている存在は何なのか？

瞭子は今夜寝ることが、早くも今から怖かった。

だからこそ、バスが自宅の最寄りの停車場に止まっても、椅子から腰を上げることを躊躇《ちゅうちょ》した。だが家に帰らなければ、母親が心配してしまう。

それに直感なのだが、視えない獣の気配は実のところ家ではなく、本当は自分の身の回りを徘徊している気がするのだ。朝や昼間はたいして感じない。でも夕暮れとなって夜が近づいてくると、気配が濃厚となり感じられるようになる。

学校に通う瞭子は夕方に家に帰ってくる。だからこそ自分の家の中でばかり気配を感じていたのではないのかと、今はそう思っていた。それが確かなら自分の家を避けて、友人宅や旅館に泊まってもきっと意味はない。

だからやむなくバスを降りてからトボトボと家に向かって歩いていたら、

「よう、瞭子ちゃん」

背後からかけられたその声に、丸まっていた瞭子の背筋がすっと伸びた。

自然と顔がほころび、驚きながらも喜んで振り向くと、

「今、学校の帰りかい？」

案の定、そこに立っていたのは瞭子に金魚を買ってくれた伯父さん——気さくに右手を上げ、左手には布の被《かぶ》った大きなケージを手にした大釜虎次郎がいた。

警視庁の刑事をしている瞭子の伯父さんは、基本的に忙しい。

年始やお盆休みに会いに来てくれるときも、途中で呼び出しを受け出ていったことは一度や二度ではない。

だがそんな忙しい伯父さんが、平日にわざわざ会いに来てくれたのだ。

「瞭子ちゃんのお母さんからよ、『前に兄さんが買ってくれた金魚が死んで瞭子が落ち込んでいるから元気づけて』って言われてな。それで顔を見に来たんだけど、なんだよ。案外元気そうで安心したよ」

と、伯父さんは瞭子の部屋の床にあぐらで座りながら笑った。

瞭子としても、落ち込んでいるところを伯父さんに見られたくはない。だから無理をして笑っているものの、でも伯父さんはそんな瞭子の心情に気がついていると思う。気がついた上で笑いとばしてくれているのだ——伯父さんは、そういう人だった。

そんな伯父さんが持参した、瞭子も「なんだろう?」と思いつつも訊《き》けずにいたケージを、座布団の上に座った瞭子の前へとドンと置いた。

「まあ、金魚の代わりってわけじゃねぇんだがよ。どうだろう、気分を変えるためにも、しばらくこいつを預かってもらえねぇかな」

伯父さんがケージに被った布をとる。中にいたのは大人しく丸くなった白猫だった。

瞭子が目を瞠《みは》った。それというのも、その白猫があまりにキレイだったからだ。もしくは気品に溢《あふ》れていると、そう言い直したって構わない。

とにもかくにも染み一つない純白の毛並みに、シュッとした手足にほっそりとしている胴のライン。顔こそ寝たふりをしてそっぽを向いているものの、目を瞑《つぶ》っていてもこの猫が類《たぐ》いまれなほど顔立ちが整った猫だというのはわかった。

「どうしたんですか、こんなキレイな白猫」

瞭子が驚き訊《たず》ねれば、伯父さんが後頭部を掻《か》きながら口を開いた。

「いや、実を言うと、困っててな。同僚の刑事にどうしてもって頼まれて、この猫を預かったのはいいんだがよ、ここのところ忙しくてどうにも面倒を見てやれねぇんだ。知っての通りおじさんは一人身の官舎住まいだからさ、事件が立て込んで忙しくなると何日も家に帰れなくなっちまう。さすがにそれは可哀想だろ。

だからさ、瞭子ちゃんのところでしばらくこいつの面倒を見てくれねぇかな」

伯父さんがそう頭を下げるなり、白猫が退屈そうにくわっと大きな欠伸《あくび》をした。

「なぁ、頼むよ。もう瞭子ちゃんのお母さんの許可はとってあるからさ」

母親がいいというのであれば、瞭子が反対をする理由は別にない。そもそも瞭子は前から猫を飼ってみたいと思ってはいたのだ。けれどもこれまでは家に金魚がいた。だから猫を飼うことを瞭子は勝手に断念していたのだが、今はもうその金魚たちがいなくなっている。

ゆえに問題はないのだが、でも瞭子は妙なためらいを感じた。

もし——もしもだ。

今晩寝て明日の朝になってから、瞭子の大事だった金魚たちのように、この白猫も腹を上にして冷たくなり床の上に横たわっているようなことになれば——伯父さん自身も預かりものであるというからには、詫《わ》びようがない。

だから瞭子としては首を横に振ろうとしたところ、

「瞭子ちゃんの心配ごとは、お母さんから聞いているぜ。この白猫な、名前は〝小春〟っていうんだが、この小春が朝になって死んじまわないかって心配なんだろ。だけどよ、そいつは杞憂《きゆう》ってもんだ。むしろ逆だぜ」

「……逆？」

「あぁ、そうさ。黒猫が不幸を呼ぶって言われるのと逆で、白猫ってのは幸運を呼ぶとも言われているらしいんだよ。だからさ、この小春を家に置いておけばきっといいことがあるはずさ。具体的には幸運を呼ぶ白猫パワーで、何も心配なく朝までぐっすり、ってところかな」

正直なところ、瞭子はここしばらく眠りが浅い。それは朝が来るのが怖く、石和が死んだ場所が自室のベッドの上だったという噂もあって、瞭子は自分のベッドで寝るのが怖いのだ。

不安はたっぷりある。金魚と猫とでは、死んでしまったときのショックも比べようもないだろう。

だがそれでも、何かに縋《すが》りたい気持ちも暸子にはあった。

「……わかりました。同僚の刑事さんへの伯父さんの顔を潰《つぶ》さないためにも、その幸運の白猫――小春ちゃんを、私が預かります」

途端に、これまで微妙に困り顔だった伯父さんの顔がはなやいだ。

「おぉ、そうかい！　いやぁ、そいつは助かるよ。几帳面《きちょうめん》な暸子ちゃんなら、安心して預けられる。これで伯父さんも、同僚にでかい顔ができるってもんだ」

そう言って「がははは」と声を上げ、伯父さんが豪快に笑った。

なんだか、その顔を見ていたら暸子も本当にだいじょうぶなような気がして、少しだけ口元がほころんだ。

そんな二人のやりとりなど気にもせず、ケージの中の小春が二度目の欠伸をした。

――そもそも。

暸子が三人目の被害者になりかけていると大釜が知ったのは、妹からの電話でだった。

『暸子が、危ないのよ！　兄さんが暸子に買ってくれた金魚が、どんどん死んでいくの。あの金魚がいなくなったら、次はたぶんあの子の番なのよ！』

大釜は最初、何をバカなことを言っているのかと思った。とにかく落ち着けと、電話口で妹に向けて語りかけながら、でも話しているうちに気がついた。

自分の妹は、自分の母の血を継いだ娘なのだった――と。

もう一〇年も前に亡くなっている大釜の母親だが、しかし一緒に住んでいた子どもの頃は、しょっちゅう不思議なことを口にしていたのを覚えている。

どこそこの川の河童《かっぱ》が今日は暴れているから絶対に水辺に近づくな、とか。

寝たきりの隣の家のじいさんが挨拶《あいさつ》に来たから今日は学校を早引きしてこい、とか。

そうして母親が口にした奇妙なことは、あとになってからたいがい「……なるほど」と感じられる出来事に繋《つな》がっていくのだ。

信じたくはないし、あまり認めたくもないが——しかし理屈では説明ができないことがこの世にはやはりあるのだろうと、大釜は思っていた。

殺人事件を扱う捜査一課への配属が決まったときも、大釜に「常に塩を持っとき」と助言したのは母親だった。そして実際にその母親の助言で助かったと思えることも、一度や二度ではないのも事実だ。

今は亡きそんな母の血を継いだ妹が、大釜にとっては姪《めい》である暸子の身が危険に曝《さら》されていると、そう泣きついてきたのだ。

妹を落ち着かせて話を聞いているうちに、大釜の顔もだんだんと青くなっていった。

最近、暸子の周囲から聞こえる獣の息遣いと、漂ってくる獣臭——それはおそらく〝犬〟のものなのだと妹は言う。しかも不安にさせないよう気のせいだと答えてはいるものの、どうも暸子自身も同じモノを感じているようなのだ。

そこではたと大釜は思い出す。姪が通っている高校は、確か『女子高生野犬襲撃事件』の被害者と同じ高校ではなかったか。そして捜査本部が解散するきっかけとなった、同じ高校の男子の死亡事件――もしかしてと思って暸子のクラスを妹に確認してみると、まさに死んだ二人と同じクラスだったのだ。

河原で野犬に嚙《か》まれて死んだ女子高生と、自宅で野犬に嚙まれて死んだ男子高生。その二人と同じクラスである暸子の周りには今、視えない犬の気配が色濃く漂っている。

自分の母親と同じだ。――やはり娘と孫、血は争えないのだろう。

この段階で大釜の脳裏をよぎったのは、地下へと追いやられた上に書庫めいた倉庫の片隅に粗末な部屋を与えられた、あの不気味な二人組のことだった。

捜査一課のヤマを扱っているとごくまれに現場でぶつかる、『呪詛《じゅそ》対策班』などという目眩《めまい》のしそうな名前の班に所属する二人組。

そんな二人を訪ねるタイミングを探っているとき、交番勤務時代から目をかけてやっていた石蕗が持ってきた相談が「実は窃盗未遂で補導した少年が、犬を盗もうとした理由を『呪いに使うんだよ』なんて、変な供述をしていまして」というものだった。

練馬の野犬襲撃事件を既にまともな事件とは考えていなかった大釜は、その少年――三塚の学校名と学年を聞きだし、自分の不吉な考えが合っているといっそう確信した。

しかし――なんとか間に合った。

大釜は暸子に小春を預けると、妹には「なんとかするから心配するな」とこっそり声をかけてから月代家を出た。その後、すぐにスマホを取り出して大庭に電話をかける。

「おい、例の白猫は姪に預けたぞ。本当にこれでだいじょうぶなんだろうな？」

『安心してください、大釜さん。今回の件は、まさに芦屋の専門分野ですから』

当たり前だが、警察官にも個人の得手不得手はある。法令の解釈がばっちりな警察官もいれば、職務質問での聞きだしが得意な警察官もいる。そういう職人めいた人材を適材適所に配置することこそ、事件の迅速なる解決にもつながるのだが。

「……しかしながら〝呪い〟が専門分野の警察官とはなぁ」

ぽつりとつぶやいた言葉に、大庭が『どうしました？』と電話越しに問いかけてくる。大釜が苦笑しつつ「なんでもねぇよ」と答えると、大庭が『替わります』と言ってから芦屋に電話を譲った。

『姪っ子さんのことなら心配無用ですよ。預けてきてもらった小春はただの猫じゃない。なんたって、僕の〝式〟なんですから』

大釜が、無言で眉《まゆ》を顰《ひそ》める。その〝式〟というのが、そもそもよくわからない。

『とにかくだいじょうぶです、三塚の手の内はわかりきってますので。──呪詛師が犬神という式を打つのなら、こちらも式をもって対抗するまでです』

……大釜にはさっぱり意味がわからないし、わかりたくもない。

だがそれでも今は、この二人に任せるしかないのだろう。

とりあえず清めの塩はいつもより多めに懐へと忍び込ませておこうと、そんなことを大釜は思った。

7

いつまで預かるかはっきりしない以上、小春をずっと閉じ込めておくのはあまりに可哀想だと、暸子は大釜が帰るなりケージを開けた。すると待っていたとばかりに小春がむくりと起き上がり、ケージからゆったりとした足どりで出てきたのだ。

フローリングの床に降り立つなり、暸子の顔をジッと見上げてから、フンと気に食わなそうにそっぽを向く。

そのあまりに気位が高そうな態度に暸子が目を丸くしていると、小春は長めの尻尾《しっぽ》をピンと立てたまま部屋の中を歩いて、暸子のベッドの上へとピョンと飛び乗った。

そのまま暸子がいつも使っている枕に目をつけ、感触を確かめるように前肢で何度も踏みつけてから、お腹をぺたりとくっつけてぐるりと丸くなる。

「ちょ、ちょっとっ！」

小春があまりに躊躇《ちゅうちょ》なく寝床を蹂躙《じゅうりん》するのでつい唖然《あぜん》としていた暸子だが、さすがに枕を座布団代わりに使われるのは看過できない。このままでは抜け毛に塗《まみ》れてしまい、洗わない限り使えなくなってしまうだろう。

だから枕の上から小春を追い払うべく、暸子はしっしっと手で脅す大仰な仕草をする。

でも小春はそんな暸子を一瞥《いちべつ》だけすると、つまらなそうに鼻を鳴らしてから丸めた自分のお腹の中へと顔を沈めた。

さすがにムッときて、実力行使に出るべく小春の脇に手を伸ばそうとしたところ、

「フシャァッ――!!」

と、瞭子の指先が触れるよりも早く、縦長の瞳《ひとみ》をした金色の目を剥《む》いて、口腔《こうこう》内の鋭い牙《きば》を見せつけるようにしながら威嚇の声を上げた。

これには瞭子もびくりとし、即座に手を引っ込めた。反射的に半歩退くと、小春は再び瞭子に興味を失ったようで、また瞭子の枕の上で丸くなった。

――これは困った。どうやら預かり物の、さらに又預かりなこの猫様は、瞭子の枕をたいそう気に入ってしまったらしい。

とはいえ瞭子だって、自分の寝床を占拠されてしまってはたまらない。

どうにかすべく、いったん部屋を出て母親と相談をしてみるものの、

「あら！　縁起のいいお客様なんだから、布団ぐらい譲ってあげなさいよ」

そう言われて、普段使っている自分のベッドの隣の床へと、来客用の布団を敷かれてしまった。

ちなみに別の枕がすぐ横にあるのに、小春はまったくそちらには興味を示さない。完全に瞭子の枕を陣取ったままだ。

それは夕飯を食べてから部屋に戻っても、シャワーを浴びてから部屋に戻っても、まるで変わることはなく、いよいよ寝る段となっても小春は瞭子の枕の上から微塵《みじん》も動こ

うとしないので、とうとう瞭子も諦《あきら》めた。

そろそろ日付も変わる。明日《あした》も学校である以上、そろそろ寝なくてはならない。

――でも、金魚はもういないのだ。

獣の臭いが漂うようになり、金魚が一匹もいなくなってから初めて迎える朝。

……自分は、どうなるのだろうか。

明日の朝ちゃんと、目を覚ますことはできるのだろうか。

――そんなことを思うと見えない手に心臓を握り締められたような気持ちになり、途端に呼吸が苦しくなった。

母親は、気にしないことが一番の薬だと言う。それはわかるが、しかしそう思ったところで鼻《び》腔《こう》の中に充満した獣臭さと、背後から聞こえる湿った息遣いは消えない。

けれども――だいじょうぶ。

――何もない。何かあったりしない。何かなんてあるわけがない。

瞭子はそう自分に強く言い聞かせ、床に敷かれた客用布団に潜り込んだ。そのまま横になってギュッと目を瞑《つぶ》ろうとするも、でもはっと気がついて半身を起こし、本来なら自分が寝ているはずのベッドの上に声をかけた。

「お願いだからあなたも、夜が明けたら死んでるなんてことはないようにしてね」

なんとも情けない笑みを浮かべた瞭子を、小春が僅かに薄目を開けてチラリと見てくるが、すぐにツンとそっぽを向いてまた目を閉じた。

そのまったく媚《こ》びない仕草が逆にちょっと面白くなってきて、瞭子はくすりと笑ってから部屋の電気を消した。


その夜、瞭子は夢を見た。

たぶん――夢なのだろうと、そう思う。

とにかく夢の中において、家の中をうろつく獣臭い犬が瞭子には見えていた。

ただし犬とはいっても、その犬には足がなかった。尾もなければ、胴さえもなかった。あるのは、首だけだ。

日本の犬種らしき犬の生首が、ぐちゃぐちゃとなっている切り口からダラダラと血を垂れ流しつつ、瞭子の家の廊下でもってふよふよと浮いて移動していたのだ。

――ハァッ、ハァッ
と、犬の生首が湿った息を吐く。肺なんてない首だけの癖に、赤黒い舌をだらりと垂らした口から生臭い呼気を吐き続けている。

瞭子の家の中を徘徊《はいかい》する、宙を漂う犬の生首が狙うのは、命のある存在だった。恨みと渇望ばかりを募らせた状態で首を刈りとられた、哀れなその犬が命じられているのは、月代瞭子の殺害だった。

だから犬の生首は瞭子を狙い、夜が近くなるとその周りを徘徊するのだ。

でも瞭子の家の中にはあちこちに、瞭子の匂いが染みついていた。

特に玄関付近には、瞭子と同じ匂いをした命が無数にあった。瞭子の想いがぎっしりと詰まった小さな命たちがいた。

命としてはそっちの方が小さくて獲《と》りやすい。

だから首だけの犬は毎夜一匹ずつ、そっちの命から奪っていった。

だがそれも、もう尽きた。

よって今夜は、もっともっと大きな方の命を奪う。

犬の生首は湿った息を吐きつつ家の中の徘徊を終えると、瞭子の部屋の前に浮かんだ。

ドアを開ける必要はない。するりと透過して、瞭子の部屋の中へと入っていく。

暗い室内の中、たっぷりと瞭子の匂いが染みたベッドの枕の上には、ちゃんと丸いものが鎮座していた。

――これで最後になる。

気に食わないながらも主の命に従い、一二〇度の角度に顎《あご》を開けて、ベッドの上で横になっている瞭子の喉笛《のどぶえ》に食らいつかんとしたとき、

「フギャァ!!」

枕の上で丸くなって待ち構えていた小春が、犬の生首へと飛びかかった。

小春が犬の生首の下顎《したあご》に、牙を剝いて嚙《か》みつく。

生前は中型犬であったため首だけでも小春の身体の三分の一ほどはあり、頭の大きさのみで比べれば圧倒的に犬の生首の方が大きいというのに、でも小春の小さな顎に嚙み

つかれた生首は「キャイン」と情けない悲鳴を上げてベッドの上に落下した。

布団の上で悶絶《もんぜつ》し「ヒャン、ヒャン」と犬の生首は鳴き続けるも、小春は噛みついた口を離そうとしない。

やがて犬の生首の色味がすーっと薄れだし、そのまま空気に溶けるように消えてしまった。

小春がすくっと四本の足で立ち上がると、床の上で静かに寝ている瞭子の寝顔をベッドの上から見下ろす。フンと鼻を鳴らして髭《ひげ》を揺らすと、例の尻尾をピンと伸ばした気位の高そうな仕草で数歩ほど歩き、そのまま何もなかったかのように再び瞭子の枕の上で丸くなった。

——そして。

まさにがばりという表現がぴったりな動きで瞭子が目を覚ましたとき、既に夜は明けて朝になっていた。

カーテン越しに入ってくる窓からの日差しを目にし、瞭子は自分が生きているということを理解した。

次いで自分のベッドの上の枕に目を向ければ、昨夜に寝たときと同じ姿勢のままで小春が丸くなっていた。背中が規則正しく上下していることからも、死んでいるわけではなくただ寝ているだけだとわかる。

途端にふぅと大きな息を吐き、布団の上で半身をもたげて緊張していた暸子の肩が弛《し》緩《かん》した。

——良かった、生きている。

そして同時に、やっぱりさっきのは夢だったのだと、そう思った。

母親が言ったように、やはり気にしすぎなだけだったのか。

あるいは伯父《おじ》さんが連れてきてくれた、幸運を呼ぶ白猫のおかげなのか。

だがどちらにしろ、自分はこうしてちゃんと目を覚ますことができたし、そして預かっている小春もまた無事だった。

そう思うと、なんだか急に家の中の空気が軽くなったような気がした。

鼻の中にあり続けた獣の臭いが消えている。

短く繰り返し続ける荒い息遣いも聞こえてこない。

ひさしぶりに気が楽な清々《すがすが》しい朝を迎えた暸子は、すくっと立ち上がった。

寝間着にしているスエット姿のまま、サーッと窓のカーテンを開ける。布越しだった陽光がドッと部屋の中に入ってきて、室内をあますことなく照らした。

すると自分の枕を陣取って寝ていた小春が抗議するかのごとく、「ニャー！」と薄目を開けて鳴いた。

思わず暸子がくすくす笑い、「ごめんね」と言ってから再びカーテンを閉めようとしたところ、

「……えっ?」

家の門の外に、たったいま瞭子がカーテンを開けた窓を見上げている人物がいた。

たぶん瞭子と同じぐらいの年の男子だ。黒いスニーカーに茶色のカーゴパンツ、青のブルゾンを羽織ってキャップを目深に被《かぶ》っている。

ゆえにはっきりと顔はわからない。わからないのだが――、

「……三塚君?」

自分でも意識しないまま、瞭子の口からは自然とその名前が出ていた。

別に親しかったわけではなく、会話だってほとんどしたこともない。だがそれでも瞭子は、自分の家の前に立っている人物が、もう二ヵ月も学校に来ていないクラスメイトだと直感したのだ。

三塚らしき人物は、しばしその場で立ち尽くしてから、踵《きびす》を返して瞭子の家の前から歩き去っていく。

追いかけようにも瞭子は寝間着のままだ。だから瞭子は見えなくなるまで、心がどうにもザワザワするその背中をじっと目で追い続けた。

そして――そんな瞭子の姿を、いつのまにか顔をもたげた小春がじっと見ていた。

8

最初に遠藤瑞葉を呪詛《じゅそ》したとき、三塚慎滋の気持ちの中には、まだどこか自分の力を疑うような気持ちがあった。

もちろん、信じてはいた。なにしろ小学生の時には二回、中学生の時には三回も金縛りにあったことがあるのだ。さらには中学校での修学旅行のとき、心霊スポットの滝を撮影したところ白いモヤのようなものが写り込んだことだってある。

つまり自分には、霊感があるのだ。

だから自分は、クラスの他の連中なんかとは違う。

あいつらとは違う世界を視ていて、違う視点でものを考えているんだ。

それなのにあいつらは――高校のクラスの連中は、自分のことを笑った。

あの笑われたときの声を思い返すだけで、三塚は怒りが湧き上がってくる。胸の内側からすーっと血が引き、胃の底から滾《たぎ》るような憎悪がせり上がってくるのだ。

文化祭でのお化け屋敷の演目は、実行委員だった月代瞭子が多数決を提案して決まったものではある。

でもそのお化け屋敷という案を出したのが、そもそも三塚だった。

そこに遠藤瑞葉が「ただのお化け屋敷じゃ、つまんないって」と三塚にケチをつけ、石和悠馬も「言い出したのは三塚なんだから、面白くするアイデア出せよ」と追随した。

だからこそ、案を出してやったのだ。

「なら〝犬神〟がモチーフのお化け屋敷にして、いろんな犬の生首を飾るってのは？」

すると一瞬の沈黙の後――クラス中の誰もが、笑ったのだ。

それは教室の壁が震えるほどの、廊下を介して学校中に響き渡ったほどの笑いだった。

自分からは何も提案しなかった連中も、馬鹿のように大口を開けてゲラゲラと笑った。知恵も知識も霊感もないくせに、誰も〝犬神〟のことなんてろくに知らないくせに、それでも腹をよじらせるほどに自分のことを笑い続けたのだ。

だからこそ、三塚はクラスの連中に思い知らせてやろうと思った。学校に行くのをやめ、自室に引き籠《こ》もり、どうやって思い知らせてやろうかと考え続けた。

そして考えた結果、やはり犬神を笑った奴らには犬神の怖さを教えてやるべきだと、そう思ったのだ。

だから三塚は、犬神についてひたすら調べなおした。三塚にとってのオカルト知識の源泉であるネットサイトを調べまくり、自分が信用に足ると感じた情報だけ集めた。

幸いにして、犬は家で飼っている。自分が中学生の頃、母親が衝動的にペットショップで買ってきた柴犬《しばいぬ》だ。邪魔だからと少し蹴《け》ったぐらいでギャンギャン喚《わめ》き立てる、あの犬を犬神へと仕立てればいい。

そのチャンスは一ヵ月ほどでやってきた。母親が旅行に出かけるというのだ。父親はどうせ会社か、愛人のところだ。帰ってくるわけがないから気にしなくていい。

――犬神を作るには、首だけ出して土に埋めた状態で飢えさせてから、その首を切り落とさなければならない。

かといって庭に埋めればあのバカ犬は鳴き叫び、隣近所から注目を集めかねない。だからやむなく風呂場《ふろば》に閉じ込め、手足を縛った状態でそのまま三日ほど餌をやらずに放置した。それから衰弱したところで台所から包丁を持ちだし、毛むくじゃらの首に包丁を差し込んだのだ。

頸骨《けいこつ》と頸骨の間にゴリゴリと刃を通しながら、とある考えが三塚の頭をよぎった。

もしも――もしも、これだけ苦労して作った犬神による呪詛が発動しなければ、どうしたらいいのか。

自分には霊感がある。だから間違いなく呪いはかかる。それを疑うつもりはない。けれども、もし仮に呪いがかからなければ……自分もまた、霊感のないクラスの連中なんかと同じ存在になってしまうのではないだろうか。

それは三塚にとっては耐えがたい屈辱だった。そんなことはないと信じていながらも、それでも不安を抱えつつ、三塚はクラスの誰をも呪える場所に〝犬神〟を埋めたのだ。最初の相手と決めていた遠藤瑞葉を思い浮かべながら、三塚は強く強く願った。

――死ね、と。

死んでくれなければ困るのだ。ここまで手間暇をかけて呪い、それで効果がなかったのでは、あまりに情けない。自分の霊感を信じる思いが揺らぐ。

だからこそ、三塚は切に願った。

――頼むから死んでくれ、と。

ゆえに呪ってから数日後、遠藤瑞葉が野犬に襲われて死んだというニュースを見たとき、声を上げて心から歓喜したのだ。

自分を笑った遠藤が死んだのは喜ばしい。

でもそれ以上に、自分に霊感があるという証明ができたことに三塚は安堵《あんど》していた。

それは不安からの、たまらない解放感だった。

そして同時に、とてつもない爽快感《そうかいかん》でもあった。

なにしろ呪殺は犯罪にはならない。日本の法律が呪詛を認めていないからだ。

だから遠藤を殺したとはいえ、三塚は何一つとして犯罪を犯したことにならない。

霊感がある自分は、人を殺しても罪に問われることのない特権的存在になったのだ。

学校に行けなくなってからずっと澱《よど》んでいた気持ちが晴れ、遠藤瑞葉の死をテレビのニュースが取り扱うたび、あれは自分がやったのだと誰かに喧伝《けんでん》したくなった。

さらには一度呪ったおかげで、なんとなくコツもわかった。遠藤のときは要領がわからずただ願っただけだが、でも次はもっとうまくやれる気がした。

そうして次に狙いを定めたのは、遠藤といっしょになって自分を嘲った石和だった。

遠藤のときはとにかくただ〝死ね〟とだけ願ったが、犬神で人を殺せると証明できた今、今度はもっともっと具体的に念じてみた。場所は石和の自宅がいい。前に自宅のマンションの名前を教室で喋《しゃべ》っていたから、住んでいる場所は見当がつく。

そう思って強く強く念じていたら、確かな手応えを感じた。

その感覚はどことなく釣りに似ていた。最初にドンとした感触があって、次に犬神が嚙《か》みついた相手がもがいている様子がなんとなくわかった。水の中で魚が抵抗するかのごとくの感触で、やがて力尽きると最後はすっと軽くなり、獲物自体の重みしか感じなくなる。

それは、たまらない手応《てごた》えだった。

脳が蕩《とろ》けて震えそうな、絶妙な重みだった。

だから三塚は、夜が明けるなり石和のマンションの前へと赴いた。

すると辺りは既に蜂の巣をつついたような騒ぎになっていて、制服を着た警察官が石和の家族が住む五階の部屋に何度も出入りをしていた。

その様を遠目で眺めつつ、三塚は息を荒くして興奮した。

――石和の奴も、死んだのだ。

腹の底から笑いが出そうだった。法を犯すことなく安全な立場から、自分を笑った馬鹿なクラスメイトに呪詛で天誅《てんちゅう》を下す――これ以上の快感などないと、そう感じた。

だから三塚は急ぎ、石和の次の相手を見繕った。

誰がいいのか。自分を笑った報いを受けるのに相応《ふさわ》しい次のクラスメイトは誰なのか。

そうして目をつけたのが――月代瞭子だった。

月代は文化祭実行委員だった。自分が笑われたあの場をとりまとめる役目を担いながら、笑った連中をいっさい批難しなかったのだ。

だったら、その分だけ月代の責任は重い。

つまり呪い殺されても当然、ということだ。

また——あの感覚を味わえる。再びあの爽快感を感じられる。

早く呪いたい。今すぐに呪い殺したい。

そう思って、三塚は石和と同じように月代を呪った。

——それなのに。

「……なんで、月代の奴はまだ生きてんだよ」

窓越しに見かけた同級生の姿を思い出し、三塚は砕けんばかりに奥歯を噛みしめた。

——そもそも月代に向けた犬神からは、初日から手応えを感じていた。

でも、小さい。石和のときと違って、やけに手応えが小さかった。それこそ祭の屋台にいる金魚でも釣り上げさせられたかのような、そんな小さな感触だった。

同じ中学校の出身だから、おおよその月代の家の場所は知っている。だから三塚は何度か確認に行ってみた。でも石和のときと違って、騒ぎになっている気配がなかったのだ。家の中で人が死ねば騒ぎになって当然なのに、そんな雰囲気がまるでない。

しかも、それが毎晩続いた。

月代を呪い殺すよう何度も何度も犬神に念じたが、でも毎回手応えが軽い。そして何度観察に行っても、月代の家には変化がない。

何が悪いのか？　どうして遠藤や石和のときのようにうまく殺せないのか？

……ひょっとして、犬神か？

もしかしたら二人殺したことで、犬神が弱っているのか？

もしそうであれば、新しい犬神が必要になる。なにしろ自分を笑ったクラスメイトたちは、まだまだ大勢いるのだ。

そう思って公園内を歩いていたら、手頃そうな小型犬を連れた婆さんがいた。

所詮《しょせん》は犬だ。犬なんぞいなくなっても、また新しいのを買えばいい。それに放っておけば勝手に死ぬような、その程度のものだ。

だからもらってやって有効に活用してやろうと、そう思って婆さんから犬を譲り受けようとしたところ――三塚は警察に捕まったのだ。

思い返せば場所が良くなかった。その公園は少し前に殺した遠藤瑞葉の現場からもほど近く、警察が居もしない野犬を探して捜索を行っていた場所だ。だからすぐ近くをパトロールなんてしていたのだろう。

とはいえ、たかが窃盗だ。まだ未成年ということもあって何も問題はない。

なんにしろ、二人も殺したこと自体はいっさい罪に問われるわけがないのだ。

実際に、母親が迎えにきたところで警察からも釈放された。

それがわかっていたからこそ堂々と接して、正直に取調べにも答えてやったというのに――最後にやってきたあの芦屋とかいう警察官はなんだ。

どうやら犬神を知っていたようだが、でもあの程度の知識は自分だって持っていた。

ネットを使えればもっと詳しいことだって言えた。

それに――なんといっても自分には霊感があって、実際に犬神を扱えるのだ。

あんな警察官なんて眼中にない。どうでもいい。

それよりも、まずは月代だ。とにかく月代を呪い殺さないことには、次に進めない。

だが新しい犬を手に入れようにも、なかなかうまくいかなかった。

今どきは外で犬を飼う家などなく、自分が生まれる前と違って野犬もいない。ペットショップで買うにも金がいるし、おまけに未成年では買えないらしい。

だから今まで通り同じ犬神を月代にけしかけてみるも、やはり手応えは変わらない。

既に一二回。一二回も呪ってもまだ、月代は死んでいないのだ。

しかも、今日の手応えは完全に何かがおかしかった。

遠藤と石和のときは犬神が何かを食い千切る感覚があったのに、今日は逆に何かによって犬神が喰《く》われた――そんな感覚だった。

だから今日は、じっと月代の家を観察していた。そうしたら自分の部屋らしき場所から月代が顔を見せたのだ。

呪い死ぬどころか、どこかすっきりとした晴れ晴れしい表情で遮光カーテンを開けて、朝の日差しを眩《まぶ》しそうに見ていた。

こっちはこんなにも頭を抱えているのに。

――おまえを呪い殺せず、こんなにも苦労しているというのに。

だから三塚はあらためて思った。なんとしても新しい犬神が必要だ、と。

月代の家をあとにしながら三塚はスマホを取り出すと、あらかじめ登録していたサイトにアクセスした。

それは地元の交流掲示板だった。検索をかけて開いた書き込みは『生まれたばかりの子犬の里親募集』というものだ。身分証明書を提示しなければいけないのが面倒だが、そこはもう強引に誤魔化せばいい。むしろ放っておけば保健所に処分してもらう犬を、税金を使わず処分してやるのだから感謝して欲しいぐらいだと三塚は思う。

——呪いは捕まらない。

——呪詛《じゅそ》は犯罪ではない。

取調室で自分を脅かした、芦屋という名の刑事の言葉がふと脳裏をよぎる。

——『人を呪った報いってのは、必ず呪った奴の元に返るんだ』

あのときはなんとなく雰囲気に呑《の》まれて震えてしまったが、今になって思えばあんなのはたいしたことはない。

「だったらさ、法を犯していない俺に対してその報いってのを与えてみろよ」

三塚は一人ほくそ笑みながら、掲示板の書き込みにメッセージを送った。

9

「ただいま、小春」

家に帰ってくるなり瞭子は自分の部屋へと駆け込み、いつものように自分の枕の上で丸くなっている白猫に声をかけた。

瞭子の声に小春は尖《とが》った耳を僅《わず》かにピクリと動かすと、うるさそうに顔を沈めていっそうギュッと丸くなった。

そんな小春の仕草を見て、瞭子がクスクスと笑った。

——小春が来てから、瞭子の周りの雰囲気はがらりと変わった。これまで家の部屋の隅で凝《こご》っていた闇が消え、例の息遣いが徘徊《はいかい》することもなくなったのだ。

とはいえ気配が完全に消えたわけではない。まだうっすらと残ってはいる。でもそれも、小春が近くにいるときは絶対にやってこない。小春に怯《おび》えて震え、しゅんとうな垂れたまま怖くて動けなくなっているような、そんな雰囲気を感じていた。

瞭子は小春のことがもうすっかり気に入ってしまった。あいかわらず枕とベッドは小春に占拠されてしまっているが、そんなのはもはや些細《ささい》なことだ。

「もうちょっとしたら、ごはんとってくるね」

制服から私服に着替えつつ瞭子がそう声をかけると、こっちを見ることのないままで小春の尻尾《しっぽ》が小さく縦に揺れる。

その動きを見て、瞭子はくすりと小さく吹き出した。

知らぬ存ぜぬで自分以外には興味がないとばかりにツンとしているくせに、けれども勝手に動く尻尾や耳で感情を隠し切れていない。そんな妙にわかり易いところも、瞭子がとても小春を気に入っている理由だった。

とりあえず着替えを終えると、瞭子は一階に降りてダイニングで宿題を済ませる。宿題を終えてからは、今日は早く帰ってきた母親といっしょに夕飯をとり、小春にも晩ごはんを届けると、それからゆっくりとお風呂《ふろ》に浸《つ》かった。

肩までどころか鼻の下辺りまで湯船に浸りつつ、瞭子はあらためて思う。

ほんの数日前までは、こんな風にリラックスしてお風呂に入ることなんてできやしなかった。鼻の奥にあり続ける獣臭と徘徊する気配に怯え、毎日一匹ずつ死んでしまう金魚に不安となり、瞭子は常に泣きそうになっていたのだ。こうして前のような日常を送れるのは小春のおかげに違いないと、瞭子はそう確信をしていた。

でも、小春はただ預かっているだけに過ぎない。伯父《おじ》さんはいつまでと期限は言っていなかったが、いつかは小春を返さなければならない。

瞭子としては小春にはもうこのままずっとこの家に居て欲しいのだが、それは無理なことだろう。だからせめて獣の気配が完全に消えるまで、それまでは小春を預からせてはもらえないかと、瞭子はそう切に思っていた。

考え事をしていたせいで少しのぼせ気味になってしまった瞭子は慌てて風呂を上がり、頭を拭《ふ》きながらスマホを片手に自分の部屋へと向かう。

階段を上っている途中で、ポーンと音がしてメッセージが届いた。またクラスのグループラインかなと思いつつ、二階に上がってから廊下でアプリを開くと、

——三塚慎滋。

瞭子にメッセージを送ってきた相手は、あの三塚だったのだ。

瞭子の目が、スマホの液晶画面を見つめながら大きく見開いた。

三塚は高校のクラスのグループラインには入っていないが、でも瞭子とは同じ中学に在籍をしていた。そっち経由であれば、瞭子と連絡先を繋《つな》げようと思えば繋げられるはずだ。

気がつけば、スマホを握る瞭子の手は微《かす》かに震えていた。

瞭子だって、もうなんとなく気がついてはいる。

三塚の〝犬神〟という発言を率先して笑った二人がともに野犬に襲われて死に、犬の生首に襲われそうになった夢を見た朝には家の門の外で三塚が立っていた。

——犬と、三塚慎滋。

ここ一ヵ月ぐらいで立て続けに起きている瞭子の身の回りでの変事には、必ずその両者の影がチラついているのだ。

スマホに表示された三塚の名を、瞭子が恐る恐るタップした。

画面が切り替わって三塚が送ってきたメッセージが開くが、でも何も文面はない。表示されたのは地図アプリの切り抜き画像だった。拡大されたその地図には印が打たれてあって、その印の場所がどこなのかはすぐにわかった。

そこは瞭子が通う高校のグラウンドだった。

どういう意味なのだろう――瞭子がそう思ったとき、ヒュポッという音とともにさらなるメッセージが三塚から送られてきて、新しい画像がスマホに表示される。

どうやら暗い中で撮影されたらしい写真を、瞭子は目を凝らしてマジマジと確認し、そこに写ったものが何かと気がついた瞬間、

「――ひぃ!!」

という悲鳴を上げて、反射的にスマホを床に投げ捨ててしまった。

三塚が送ってきた写真――それは、首のない犬の死体の写真だったのだ。

しかも一匹ではなく三匹だ。子犬だろうと思われる首のない身体が三体、山のように折り重なった状態で、赤とピンクの肉の隙間から白い骨が垣間《かいま》見える首の断面が、撮影したカメラの方へと向けられていた。

たぶんネットで拾ってきたような画像ではないと思う。解像度というか、写真に宿った生々しさが段違いなのだ。これはメッセージを送った三塚が撮影したものに違いないと、瞭子は感じていた。

つまりこの三体の子犬の首を、おそらく三塚は自分の手で切り落としたのだ。

カチカチと、暸子の前歯が鳴った。

どういう意図があって、こんな病的で異常な真似をするのか。

なんの意味があって、こんな写真を暸子に送ってきたのか。

この首のない犬の死体写真から暸子が感じるものは、ただただ恐怖だった。

まともじゃない感覚に、まともではない思考――ほんの二ヵ月前まで同じ教室で過ごしていた三塚が、もはや自分とは違う発想と思考で生きていることを暸子は直感する。

暸子が廊下の床に腰を落として震えていると、投げ捨てたスマホからヒュポッと再び新しいメッセージを受信する音がした。また新しい犬の死体の写真ではなかろうかと、怖々とスマホに目を向けてみれば、今度はただひと言だけメッセージが表示されていた。

『今から来い』

暸子が息を呑み、ギュッと自分の拳《こぶし》を握り締めた。

来い――というのは、きっと最初に送ってきた地図に印が打たれていた高校のグラウンドにまで、ということだろう。

普通に考えれば、絶対に行ったりはしない。既に時刻は二〇時を過ぎていて、間もなく夜中と呼ぶに相応《ふさわ》しい時間になる。そんな時間にどうして女子が一人で、しかも人気のない夜の学校になんていかなければいけないのか。ましてや相手は、自分で首を切った犬の死体の写真を送ってくるような異常者だ。どう考えたって、そんな呼び出しに応じるわけがない。

――でも。

三塚は、瞭子の家の場所を知っている。

僅か数日前に、この家の門の外に立ち、瞭子の部屋の窓を見上げていたのだ。

来い、というメッセージに従わなければ、彼の方からこの家に押しかけてくるかもしれない。そうして人知れず、家の中にまで忍び込んでくるかもしれない。

こんな異常な行動をする三塚が自分の生活圏に侵食してくる様を想像すると、瞭子は背筋がゾワゾワし震えが止まらなくなった。それならこちらから出向いたほうが、まだマシというものだ。

加えて、実のところ瞭子はほんの少しだけ責任も感じていた。

文化祭のお化け屋敷のテーマを決める場で「〝犬神〟がモチーフのお化け屋敷」と発言し、三塚はクラス全員から徹底的に笑われてしまった。

瞭子はあのとき、会議を取り仕切る文化祭実行委員だったのだ。

もしも自分も吹き出したりせずクラスメイトたちが笑うのを止めていたら、三塚は不登校にならなかったのではないだろうか。そして三塚が不登校にならなければ、ひょっとしたら遠藤《こうとうむ》も石和も死なずにすんだのではないだろうか。

それが荒唐無稽《けい》な話だということは、瞭子も自分で理解している。

けれどもどうしてか、そう思わずにはいられないのだ。

だから――瞭子は、行こうと思った。

三塚が地図に示した学校のグラウンドに、今から行くべきだろうと思った。

我ながら正気ではないと思う。

でも怖くても、そうしなければいけないと瞭子は感じたのだ。

そうしなければ、自分の身に纏《まと》わり付く犬の気配はいつまでも消えない気がする。

そう決意した瞭子はスマホを拾うと、震える自分の膝《ひざ》を叩《たた》いてから立ち上がった。

自分の部屋に入って、風呂《ふろ》上がりに着たばかりのスエットを脱ぎ捨てる。代わりにボーイフレンドデニムとトレーナーをクローゼットから取り出して手足を通すと、その上から厚手のPコートを羽織った。

その間、小春は自分の枕の上からじっと瞭子の方を見ていたが、それを無視して瞭子は部屋を出る。

階段は足音を殺して降りた。事情を説明しても母親を心配させるだけだ。だからこのまま何も言わずに家を出ようと玄関でスニーカーの紐《ひも》を結んでいたら、

「……こんな時間に、どうしたの？」

と、背後から母親に声をかけられた。いつもならこの時間は居間でテレビを見たまま滅多に動かない母親が、今は不安そうな顔で背後に立って瞭子を見ていた。

「うん……ちょっと、そこのコンビニまでね」

瞭子の胸が、僅《わず》かにちくりと痛む。母親に正直に話しても、止められるだけだ。もういい加減に終わりにするために、瞭子はどうしてもいかなければならない。

「……そう、くれぐれも気をつけてね」

今にも泣きだすのではないかとさえ思える母親の顔を背に、瞭子は歯を食い縛りながら「いってきます」と言い残し、玄関から外へと出た。

すぐさま背後で玄関の戸がバタンと閉まる音がして、瞭子は帳《とばり》が降りきった夜の中へと一歩を踏み出した。

冬を間近に控えたこの時期の夜気は、風呂上がりの体には少々堪《こた》えた。瞭子は自分の肩を抱くも、でも身体を震わせている原因が気温だけではないのもわかっていた。

いざ外に出ると、瞭子はどこまでも夜が広がっているこの世界が怖くなったのだ。しかしそれでも瞭子は、一人で出向かなければならない。

学校方面へと向かうバスは、この時間ならまだかろうじてある。しかし学校から家へと戻ってくるバスは、往路の時間を考えるとなくなっているだろう。

だから瞭子は、庭の片隅にある自転車に鍵《かぎ》を挿した。ハンドルを握ってスタンドを外し、サドルに跨《また》がる。するとなんだか妙にずしりとした重さを、ハンドルを通して前籠《かご》の中から感じた。

何が入っているのかと、首を伸ばして上から前籠を覗けば、

「…………うそ」

思わず声が出てしまった。

瞭子の自転車の籠に入っていたのは小春だったのだ。いつもの丸まった姿勢でもって、

狭い籠の底にすっぽりと納まっていた。

というか——あり得ない。

瞭子が部屋を出ようとしたとき、小春は間違いなく自分の枕の上にいたのだ。

珍しく頭を上げて瞭子の方を見ていたものの、でも瞭子はそれを無視して部屋のドアを閉めた。瞭子の部屋の窓には鍵がかけてあった。出入り口だって、瞭子が閉めたドア一つしかない。だから部屋から出てこられるはずがない。ましてや瞭子よりも先に家の外に出るなんて、できるわけがないのだ。

だがそれでも、実際に瞭子の自転車の籠に小春はいた。

瞭子は驚きながらも、小春を家の中に連れ戻すため籠の中に両手を伸ばす。

すると「フーッ!」と、こちらも見ないまま小春が背中の毛を逆立てて唸《うな》りを上げた。びくりとして瞭子が手を引っ込めれば、逆立っていた毛がすぐさま鎮まり、唸り声も止まる。

試しに瞭子はもう一度手を近づけてみるが、小春の反応はまるっきり同じだった。

——そんなわけがない。あろうはずがない。だって相手は、猫なのだ。どんなに賢くても猫であり、さらには自分が飼い主というわけでもなく、ただ預かっているだけの猫に過ぎないのだ。

——だけれども。

「……ひょっとして、小春も私といっしょに行ってくれる気なの?」

瞭子が問いかけるも、小春は顔を上げない。ただただ枕の上のときと同じように丸まっているだけだ。でもその耳はうなずくように何度もピコピコと上下に動き、尻尾《しっぽ》の先は早く行けと言わんばかりに前後に振れていた。

こんなときなのに、むしろこんなときだからこそ、瞭子はくすりと笑ってしまった。

「ありがとう、小春。——頼りにしているからね」

籠に小春を乗せたまま、瞭子が自分の高校に向かって自転車を漕《こ》ぎ始める。

自転車が走り出すなり籠の底で丸まったまま、ピンと伸びた髭《ひげ》が揺れるほどに小春がフンと強く鼻息を吹いた。

10

夜中に自分の通う高校の校舎を目にするのは、瞭子は二度目だった。

一度目は文化祭前日のことだ。あの日は通常の下校時刻を越えてもクラスメイトの半分以上が残っていたし、あちこちの教室にも照明が灯《とも》っていた。人の気配と活気に溢《あふ》れた祭の前夜の校舎を、友だちといっしょに買い出しから戻ってきた瞭子は「こういうの、嫌いじゃないな」と思いながら見上げていたのだ。

しかし自転車に跨がったままで一人で見上げる二度目の夜の校舎は、まるっきり雰囲気が違っていた。

街灯のない広大な敷地の中で、茫洋《ぼうよう》とした校舎の輪郭は夜の中に溶けかけているように見えた。おまけに等間隔で並んだ無数の窓の中身は全てがまっ暗で、校舎の内側は余すところなく夜闇に浸っていた。あの闇の深さでは、もし得体の知れない何かが仮に廊下で蠢《うごめ》いていても、誰も気がつきはしないだろう。

――自分たちが文化祭でやったお化け屋敷より、素のままの夜の学校の方がよっぽど怖いかもしれない。

そんなにべもないことを考えながら、瞭子が自転車から降りた。

ここに来るまで、自転車を漕ぎつつどうやって校内に忍び込もうか頭を悩ませていた瞭子だが、どうやらそれは杞憂《きゆう》だったらしい。

太く大きな鉄柵《てっさく》で閉ざされた校門の端が、僅かに開いていた。それはちょうど人が一人通れるぐらいの幅だ。よもや閉め忘れということはあるまい。たぶんあえて開けてあるのだろう。

その〝あえて〟を誰がやったかなんて、考えるまでもない。

やはり――いるのだ。

あのおどろおどろしい校舎の向こう側にあるグラウンドに、きっと彼がいる。

そう理解した瞭子は背中に寒気を感じ、助けを求めるかのように自転車の籠の中へと両手を差し入れた。

今度は威嚇の声は上がらなかった。瞭子が伸ばした手のなすがままに、小春は瞭子の手に抱かれてすっぽりとその腕の中に納まった。

思えば預かってから、暸子が小春に触ることができたのはこれが初めてだった。あいかわらず目も合わせてくれないが、それでもコート越しであっても感じる生きた存在の体温は、この上なく心強かった。

暸子は抱えた小春に向けて「行くよ」と小さく口にすると、校門の隙間を通り抜けて校内へと入った。

昼間なら普通に歩いて移動をするだけの校舎と校舎の狭間《はざま》の道が、今はどこまでも暗く先が見通せないトンネルのように感じられた。音も静かで人の気配もなく、昼間はあんなに人でごった返している校舎が、まるで廃墟《はいきょ》のように思えた。

自然と暸子の腕には力が籠《こ》もり、抱かれた小春が「にゃぁ」と苦情を言うかのように鳴いた。慌てて腕の力を抜き、不満げな小春に暸子が「ごめんね」と謝った。

というか、夜の学校なんて本当は何も怖くはない。

それよりも怖いのは……むしろこれから会う、彼のほうだ。

暸子はそう自分に言い聞かせると、舗装された暗い道を通って校舎の裏へと回った。

すると、校舎に遮られていた視界が急に開けた。

送られてきた地図に印が打たれていた場所――高校のグラウンドにたどり着いたのだ。

暸子の前にひたすら闇が広がる。明かりはなく、ただただ茫漠《ぼうばく》としてのっぺりとしている薄闇の漂う空間が広がっていた。

瞭子が、自分を呼び出した人物の名を叫んだ。

「三塚君っ！」

「ここにいるんでしょ、三塚君っ‼」

だが、返事はない。再び叫んだ瞭子の声も、闇の中に拡散して消えていく。

しーんとして反応がない校庭を前にし、瞭子が思案する。気配はあるのだ、暗くて見通すことのできないこのグラウンドのどこかに、何者かの気配はある。

怖くないと言えば、それは嘘だ。でも毒を食らわば皿まで、という格言もある。

ここまで来たなら返事はなくても確認せずには帰れないと、舗装がされているアスファルトの上から整えられたグラウンドの土の上に一歩を踏み出そうとして、

「フシャォーッ‼」

突然に唸りを上げて小春が暴れ、瞭子の腕の中から飛び出した。

瞭子が「きゃっ」と悲鳴を上げると同時に、小春が地面に降り立つ。

小春が四本の足で立った場所は今しがた瞭子が歩み出そうとしたアスファルトと地面の境目であり、その境界のかろうじてアスファルト側に小春は立っていた。

元から吊《つ》り上がった目をさらに吊り上げ、小春が「シャーッ！」と全身の毛を逆立てながら、来るなとばかりに瞭子を威嚇する。

「な、なに……いきなりどうしたの？」

小春の気迫に気圧《けお》されて瞭子が後退《あとずさ》りをすると、

「…………………チッ」

という舌打ちが聞こえた。

瞭子が「えっ？」という驚きの声をもらし、音のした方に目を向ける。

すると――澱《よど》んだ闇の中、瞭子から僅《わず》か一〇メートルほどの距離に人が立っていたことに気がついた。

瞭子の喉《のど》から「ひっ」という声が出て、勝手に足が後ろへ一歩下がった。

きっと――グラウンドの中心にばかり目がいっていたから、気がつかなかったのだろう。あるいは暗めの色を基調とした服装が保護色となって、闇の中にその姿を溶けさせていたのか。なんにしろ、まるで闇の中から湧いて出たようなその人物の姿に、瞭子は心当たりがあった。

「……三塚君、だよね？」

瞭子の呼びかけに、キャップを目深に被《かぶ》った少年――三塚が、じっとうつむけていた顔を上げた。

そして三塚の顔を目にするなり、瞭子は思った。

――誰、この人？

闇の中にぼぉと浮かび上がった白い顔は、瞭子のクラスメイトであり中学からの顔見知りの、間違いなく三塚のものではある。

けれども――三塚は、こんな表情を浮かべるような男子ではなかった。

たいがいは周りの目を気にしてオドオドして黙っているのに、でもときどき空気が読めない場違いな発言をして周囲を驚かす。人付き合いが苦手そうで、人との関係にもあまり興味がなさそうな、大人しくてやや暗めの男子――それが、瞭子の持つ三塚慎滋のイメージだった。

それなのに……これはどういうことか。

少なくとも瞭子の記憶の中の三塚であれば決して浮かべることがない、自信に満ち溢れていて人を見下すことに躊躇《ちゅうちょ》がなく、横柄で居丈高で傲岸不遜《ごうがんふそん》な、瞭子のことをバカにし切ったような歪《ゆが》んだ笑みを浮かべていたのだ。

瞭子の知っている三塚とはあまりに違う、どこか薄ら寒さすら感じる今の三塚に、瞭子はもう一度同じ問いを投げかけた。

「本当に……三塚君なんだよね？」

目玉をぬらりと動かして瞭子を見据え、三塚が自分の上唇をちろりと舌で舐《な》めた。

「……ひどいなぁ。たった二ヵ月ぐらい学校に行かなかっただけで、クラスメイトの顔を忘れるんだ。ほんとうちのクラスの連中は、みんな人でなしだよね」

瞭子を蔑《さげす》みながら、でもどこか楽しげに三塚が喉の奥でクックと笑った。

――違う。やはりこの三塚は三塚なんかではないと、瞭子は思った。

仮に外側の皮肉は同じであっても、少なくとも中身がまるで違っている。歪《いびつ》で捻《ねじ》れ、歪みきって裏返った別の何者かになっているのだと、そう感じずにはいられなかった。

「月代はさ——呪いが罪にならない、って知ってるか？」

唐突すぎる三塚の問いに、瞭子が「……いきなり、なに？」と漠然と訊《き》き返す。

でも三塚は気にもしない。瞭子が怪訝《けげん》そうに目を細めているのを無視して、一人で話の先を続ける。

「呪いは、日本の法律で認められていないんだよ。呪いは効果がないって頭から決めつけてるからさ、呪った相手と呪い殺された相手には因果関係がないってことになるのさ。つまり人を呪い殺しても、決して犯罪にはならない。どれほど強力な呪いで惨たらしく殺そうとも、何の罪にも問われない。つまり人を呪い殺すことはさ、何ら悪いことじゃないってことなんだよ」

三塚の口が弧を描くように歪み、瞭子は自分の顔から血の気が引くのを感じた。

「な……なにを言っているの？」

「しらばっくれるなよ、月代。本当はもう、おまえもわかってるんだろ？」

瞬間、急に辺りに生臭さが立ちこめ始めた。

瞭子は、この臭いに覚えがあった。というよりも瞭子の周りに漂う気配とともに鼻腔《びこう》に残り続け、散々悩まされ続けてきた臭いなのだから忘れられるわけがない。

「こっちに来いよ、月代」

グラウンドに立っている三塚が言った。

「俺と勝負しようぜ。これまでずっと俺の呪いをかわしてきた月代がさ、最後までかわしきることができるかどうか、試してみようぜ」

瞭子が首を左右に振った。三塚が何を言っているのか、瞭子は正確には理解しきれていない。けれども応じてはいけない何かがあると、そう直感で理解していた。

三塚が、僅かに目を細める。

すると、これまで三塚と瞭子の間に立って「フーッ！」と唸《うな》るだけだった小春が、急に振り向いて「フギャーッ！」と激しく鳴いた。

——ハァッ、ハァッ

瞭子の首筋に、生温かく湿った吐息がかかる。

それは身に覚えしかない感覚で、息遣いから逃げるべくとっさに瞭子が走った。

走ったといっても、それはほんの数歩だけのこと。でも小春が制止させるかのような鳴き声を上げる横を通り抜けて、瞭子はアスファルトの上から土のグラウンドの上に飛び出してしまったのだ。

直後——自分の周りに、新しい気配が生まれたのを肌で感じた。

これまでそれは、ずっと一つだった。

でも新しく、三つ増えていた。どれも最初の一つと同じだ。汗と汚物に加えて血の臭いも混じったひどい獣臭。加えて吐く息は生温かく、首筋の急所を狙い虎視《こし》眈々《たんたん》と油断する隙を窺《うかが》っているのだ。

そんな気配が今はもう四つ――潜むこともなく隠れることもなく、暴れ回るように瞭子の周りを縦横無尽に飛び交っていた。

ハァッハァッ、ハァッハ、アッハァッ、ハァ、ッハァッハ、アッハ、アッハァッ
アッ、ハ、アッ、ハァッハァッハァ、ッ、ハァッ、ッハァ、ハァッハ、アッハァ
ハァハァッ、ハァッッ、ハッハッ、ハァッ、アァアッハァッ、ハァッ、ハァッハ
瞭子の足が震えてもつれ、その場で無様に尻餅《しりもち》をついた。

全身が震えるのを止めることができず、奥歯が勝手に噛み合うガチガチという音が頭《ず》蓋《がい》を通し瞭子の鼓膜を直接に震わせる。

増えた三つの気配は、最初の一つと比べたら小さい。しかし、まだ命を奪われた怒りが微塵《みじん》も色褪《いろあ》せず、生きる者への憎悪に滾《たぎ》っていた。

瞭子は、とにかく怖かった。

三塚が差し向けたこの生者への殺意に満ちた気配も恐ろしければ、おかしくなってしまったとしか思えないことを平気で口にする三塚もおっかなかった。

そしてなによりも――いつしか三塚の後ろに立っていて、牙《きば》で抉《えぐ》られた喉を真っ赤に染めながら恨みがましい目をする、死んだはずの二人の同級生の姿が怖かった。

瞭子の視界がぐにゃりと歪む。脳もぐらりと傾ぐ。

　自分が目にした存在が現実の存在なのか幻覚なのか、はては現《うつつ》か夢なのかさえも、もはや瞭子にはわからなかった。

「……もう、やめて」

尻餅をついたまま全てから逃避するように頭を抱えた瞭子が、両の眼からダラダラと涙をこぼして三塚へと訴える。

だが三塚の笑みは変わらない。同じ場所に立ち続けたまま、嗜虐《しぎゃく》的で恍惚《こうこつ》とした笑みを瞭子に向け続けている。

小春が瞭子の周りの気配に向けて威嚇の唸りを上げ続けている。でもいつぞやの夢のときと違って効果は薄く、気配が放つ濃厚な死の臭いは何も変わらない。

見えない四匹の犬の首が、瞭子の頭上を円を描くようにゆっくり回りながら、血腥《ちなまぐさ》くて生臭い湿った息を吐き続けている。

三塚はいつのまにか声を上げて笑っていた。怯《おび》える瞭子の姿を見て心から楽しそうにゲラゲラと、人の顔とはここまで醜く歪むのかと、極限の状態においてもなお瞭子にそう思わせるほどの表情でもって楽しげに笑っていた。

もういっそこのまま意識を手放したほうがいいのではないだろうか。

そうすれば気を失っているうちに全てが終わっているのではないだろうか。

瞭子がそんな諦《あきら》めの境地にいたろうとしたそのとき、

――コツン、――コツン、――コツン

という靴音が、ふいに遠くから聞こえた。

それは三塚の笑い声よりも、瞭子の周りを巡り続ける獣たちの息遣いよりも、明らかに小さな音だ。

だがそれでも確かに、アスファルトの上をこちらに向かって歩いてくる誰かの足音が、瞭子にはしっかりと聞こえたのだ。

三塚の笑い声が、急に止まった。途端に瞭子の周りを巡る気配も動きを止め、三塚ともども足音が聞こえる方へと意識を向ける。

――そして。

靴音の主が校舎と校舎の間の暗がりを抜けて、ゆらりといった動作で瞭子たちの前へと姿を現した。

それは、二人の男性だった。

一人は黒いシングルのスーツをかっちり着込んだ大柄な男性であり、もう一人はラフなジャケットを飄々《ひょうひょう》と羽織った細身の優男。

瞭子は顔も名もまだ知らない――大庭と芦屋だった。

並んで歩く二人の足が、グラウンドとアスファルトの境目の場所でぴたりと止まった。

予想だにしていなかった闖入者《ちんにゅう》を三塚は忌々しそうに睨《にら》みつけ、瞭子はわけがわからずにただ黙って固唾《かたず》を呑《の》む。

三塚の正面に立った背の大きい方の男——大庭が、いきなり懐から一枚の紙を取り出すと、暗がりでも見えるように三塚に向かって広げて突き出した。

大庭の足元近くで尻餅をつき二人を見上げていた瞭子は、その書状がなんなのかを知って目を見開く。

「三塚慎滋、おまえには逮捕状が出ている。大人しく我々に同行してもらおう」

大庭が広げた書状の一番上には、確かに逮捕状と大きな文字で書かれていた。

11

三塚に向けた大庭の声が夜の闇に霧散し消えた後、最初に動いたのは瞭子でも三塚でもなくて、小春だった。

今の今まで瞭子の傍らで唸っていた小春が、大庭の横に立っている優男——芦屋にフギャッと飛びかかったのだ。だが飛びかかったというのは、あくまでも瞭子視点でのこと。実際は抱きついたと表現すべきなのだろう。

芦屋が自分の胸に飛び込んできた小春を受け止めると、芦屋の腕に抱えられた小春はゴロゴロと喉《のど》を鳴らし、芦屋の首筋に頬を擦りつけ始めた。

瞭子の目が自然と丸くなる。これでも瞭子は小春と数日をともに過ごし、自分の枕だって譲ってあげた仲だ。でもその間、一度でも小春が自分から瞭子に近寄ってくることはなかった。にもかかわらず、小春のいきなりのこの甘えようだ。

「よくぞ瞭子ちゃんを守ったね、小春」

芦屋が小春の頭を撫《な》でる。するとあの小春が、恍惚《こうこつ》とした表情を浮かべた。

瞭子は、芦屋が口にした言葉の意味はよくわからない。

けれども逮捕状を持っていたということは、この二人はきっと警察官なのだろう。そして警察官であれば、瞭子は小春に懐かれたこの男性の正体に心当たりがあった。

「ひょっとして小春を預かって欲しいって……伯父《おじ》さんに頼んだ方ですか？」

瞬間、小春を抱いた男性の顔が瞭子の方に向いた。

これまでは暗がりであまりわからなかったが、なんというか——びっくりするほどにキレイな顔立ちの人だった。

中性的でどこか女性めいた印象があるも、でも目はすーっと横に伸びてキリリとしている。隣に立つ男性があまりに大きいこともあり小柄のようにも感じるが、実際はそうではない。瞭子より頭半分以上も上背があり、肩幅だってしっかりとした、頼りがいのあるちゃんとした男性の身体付きをしていた。

そんな「警察官ではなくて、本当はモデルです」とでも言われたほうがまだ納得できそうな見目の男性が、小春を片腕に抱きかかえたまま地面にへたり込んだ瞭子に向かって手をすっと差し伸べた。

その仕草があまりに自然だったのでほぼ反射的に瞭子が手を取ると、男性が掬《すく》いあげるかのようにすっと瞭子を立ち上がらせてくれた。

「君が、月代瞭子ちゃんだね？　僕は芦屋といいます。——君のおじさんの大釜さんから話は聞いているよ。小春の面倒を見てくれて、本当にありがとう」

未《いま》だに驚いた表情の抜けない瞭子に対し、芦屋が優しく微笑んだ。切れ長の目の角度を和らげ口元を綻ばせた眉目秀麗な芦屋の顔に、瞭子は急に自分の頬が紅潮しそうになるのを感じてしまう。

すると芦屋に手を握られていたことも恥ずかしくなり、瞭子は慌てて自分の手を引き戻した。思えば風呂上がりに外に出てきたこともあって髪もボサボサだ。芦屋の視線から逃れるように、瞭子が赤くなった顔を伏せた。

照れた瞭子の様子を前に芦屋がいっそう微笑みを深くするのに対し、芦屋の腕に抱かれたままの小春はもじもじとする瞭子の旋毛《つむじ》をジトッとした目で睨み付ける。

こんな状況にもかかわらず瞭子がドギマギとしていると——、

「いい加減なこと言ってんじゃねぇよ！　逮捕状なんて、誰がそんな下らない嘘を信じるかっ!!」

喉の奥から振り絞った三塚の怒声が、校庭に響き渡った。

三塚を見下ろす大庭の目がぐっと細まる。

「ほぉ、この逮捕状が信じられないとは心外だな、これはうちの担当検事を通し確かに裁判所より発行された、間違いなくおまえへの逮捕状だ。それが信じられないというのならば、我々の警察手帳でも見せてやろうか？」

「はぁ？　おまえらが警察なのは疑ってねぇよ。というよりも取調室で人のことを馬鹿にした、おまえの隣のそいつの顔は忘れねぇさ」

ギリリッという奥歯が砕けそうな歯軋《はぎし》りの音とともに、刺し殺さんばかりに鋭い目でもって三塚が芦屋を睨む。

だが敵意を向けられた当の芦屋はいたって涼しい顔であり、小さく鼻で笑ってから小春を抱えたままつまらなそうに肩を竦《すく》めた。

人を小馬鹿にしたその態度が、三塚の怒りの火にいっそう油を注いだ。

「あのときおまえもさ、『〝呪い〟は犯罪にはならない』って確かに認めてたよな！」

「あぁ、言ったね。呪詛《じゅそ》は刑法上での存在が認められていない。ゆえに〝人を呪う〟行為自体は犯罪にはならないよ。だけど『首を洗って待ってろ』とも言ったはずだよ。

――どうだ？　覚悟はできているか、クソガキ」

途端に荒っぽくなった芦屋の言葉遣いに、瞭子が目を瞠《みは》った。

一方で、抱えられた小春はゴロゴロと喉を鳴らしたまま、自分の匂いを擦り込むようにいっそう激しく芦屋の胸に顔を擦りつける。

「おまえ、馬鹿なんじゃねぇのか？　呪いは犯罪じゃないんだから捕まるわけがないんだよ。だから覚悟なんてするわけがねぇだろ。それとも警察は何の犯罪もしていない人間を、無理やり捕まえるのか？　罪状もないのに無実の人を捕まえるってのが、おまえら警察のやりかたな――」

醜くを顔を歪《ゆが》ませ、最後に「のかよ！」と三塚が叫ぼうとした瞬間、

「動物愛護法だ」

大庭が淡々とした声で割って入った。

「三塚慎滋。おまえに出ている逮捕状の罪状は、動物の愛護及び管理に関する法律――すなわち俗に称する『動物愛護法』違反だ」

そう言って大庭が逮捕令状をさらに前に突きだすと、三塚が「……へっ？」という間抜けな声を上げた。

「窃盗容疑で捜査三課に補導された際の〝犬神を作ろうとした〟という発言で、我々はおまえに〝動物虐待の容疑あり〟と判断し捜査を始めた。飼っていた犬は〝逃げた〟と、母親には説明をしたらしいな。だがそれなら、浴室の清掃は徹底してやっておくべきだったな。排水管の中から犬の毛と肉片が大量に出てきたぞ。おまえが庭に埋めた、犬の死体も既に掘り返し済みだ。さすがに首のない死体を目にしたときには、おまえの母親は泣いていたぞ。

――聞けば釈放された日の晩に家を出て、それきり帰っていないそうじゃないか。我々は極めて捜査がしやすかったが、あまり保護者に心配をかけるな」

一気呵成《いっきかせい》に語った大庭の隣、今度は芦屋が三塚に向かって話しかける。

「それから君さ、ネットの掲示板を使って里親募集の子犬にも手を出したよね。なんだか怪しい身分証を出してきた人に強引に子犬を三匹も持っていかれた、って元の飼い主から警察に相談があったよ。その人の証言から子犬を奪ったのはすぐ君だってわかったけどさ――まさか今度は首を切った犬の死体を埋めもしないで放置するとか、はっきり言ってもう正気じゃないよ、おまえ」

芦屋のその言葉で、三塚が首のない子犬たちの死体の写真を送ってきたことを、瞭子は思い出す。あれはやはり、三塚自身がやっていたことだったのだ。

「以上の二件の容疑から、被疑者は未成年ではあるものの極めて悪質な動物愛護法違反を犯している可能性が高いと判断し、こうして逮捕状が発行されている。『愛護動物をみだりに殺し、又は傷つけた者は、五年以下の懲役又は五百万円以下の罰金に処する』という動物愛護法の第六章四四条への抵触により、三塚慎滋――おまえを逮捕させてもらう！」

大庭の声が、夜の校庭に高らかと響き渡った。

それを聞く三塚が、キャップを被《かぶ》ったまま顔を伏せた。

瞭子には、その三塚の仕草はまるで観念したかのように見えた。警察に逮捕状を突きつけられ、罪状も教えられてあきらめて大人しくなったのだと、そう思った。

でも――実際は違った。

伏した面を上げたとき、三塚の顔は喜色で歪んでいたのだ。

自分の肘《ひじ》と肘をそれぞれの手で包み、瞭子がぶるりと身震いした。

三塚の表情は、もはや不気味としか称しようがなかった。欲望のままに歯を剝《む》き出しにし、口は寝かせた三日月のごとくニタリと笑っている。目は血走って皿のように大きくなり、それはまるで目の前の情景を網膜に焼き写そうとでもしているかのように、瞭子には思えた。

締まらない口端から一筋の涎《よだれ》を垂らしつつ、三塚が言う。

「わかったよ、俺を逮捕するんだろ。だったらさ……早くこっちに来いよ」

そうしてすーっと右腕を上げ、くいくいと大庭と芦屋を招いたのだ。

「二人して、こっちに来ればいいさ。そうして、俺を捕まえてみたらいい」

ふと瞭子が気がついた。見えることのない、でも確かに存在している四つの気配の動きが、ぴたりと止まっていた。それはまるでこちらをじっと見据えているような、虎視《こし》眈々《たんたん》とタイミングを狙っているような、そんな風に感じたのだ。

——嫌な予感がする。

このまま三塚の元にまで歩いて行けば、きっとまずいことになる。

そう直感した瞭子が、芦屋と大庭に忠告の声を上げようとしたとき——大庭は三塚の元に向かうのではなくスマホのライトを灯《とも》し、なぜか自らの足元を照らした。

ぼんやりとした闇の世界がライトによって丸く切り取られ、舗装されたアスファルトと整地されたグラウンドのちょうど境目が照らし出される。

　すると、瞭子は妙な違和感を覚えた。

　それは大庭が今立っている場所からほんの少しだけ前の箇所、真っ平らになっていなければならない整地された地面が、やけにでこぼことしていたからだ。そこだけ、なんだか色味も違う。土の色がやけに濃くて瑞々《みずみず》しくて、それはまるで土を掘って埋め直した跡のように見えたのだ。

「なるほど――犬神は、土の中に埋めた首の上を踏ませることで力を発揮する。高校生であれば体育の授業は必ずあるからな。ここに埋めておけばクラスの全員どころか、授業でグラウンドに出るこの学校の生徒は誰でも呪い放題ということか」

　そう言って大庭がつまらなそうに鼻で笑ったのに対し、三塚は招いていた手の動きを止めてピクリと片眉《かたまゆ》を跳ねさせた。

「どうする？　とりあえず車からいつものスコップを持ってくるか？」

「いいや、証拠品の回収だけなら後からでも十分だ」

「そうか。それじゃ――彼のお言葉に甘えて、僕もこの犬神の上を跨《また》ごうか？」

　と、芦屋が軽い口調でどことなく意味深に笑った。

「出向してきたとき〝呪詛返し〟はしないと約束しただろ。おまえは手を出すな」

　大庭がきつめの口調でそう答えると、芦屋が「そりゃ、残念」と肩を竦めた。

　大庭がスマホのライトを消す。それから被疑者である三塚を見据え、アスファルトの上からグラウンドに向かって一歩を踏み出した。

それは本当に何でもない一歩で、普通に考えればただ地面の上へと足を置いただけのことだ。

でも色味の違う、おそらく犬の首が埋まった地面の上を大庭が踏んだ瞬間に——三塚の顔が、ぐにゃっとひしゃげた。

どうすればここまで下卑た笑いができるのだろうかと、瞭子はそう思った。三塚の腹の底で渦巻いていた暗い感情が一気に解放されて、かろうじて抑え込んでいた嗜虐《しぎゃく》的な思いを余すところなく顔に映し出す。

——誰かを呪えば、自分は特別になれる。

——誰でもいいから呪い殺せば、自分が特別な存在だと証明ができる。

三塚にとって、もう人を呪い殺す理由は存在せず、ただ呪い殺すという行為にだけ意味が存在しているのだろう。

そんな歪んでいるにもほどがある願望を叶《かな》えるべく、宙に浮いた四体の犬神が、自分たちの外法頭《げほうあたま》を踏んで呪詛のトリガーを引いた大庭に襲いかかろうとし、

——パンッ、パンッ、パンッ、パンッ!

と、連続して風船の破裂するような音がするなり、四つの気配が一瞬で霧散した。

「――――えっ？」

醜い笑みを張りつけたまま、三塚の顔が固まる。

破裂音と同時に、瞭子は周囲の空気が一変したのを感じた。肌に纏《まと》わり付くように濃密だった夜の闇が、まるで風に吹かれて靄《もや》が引くかのようにすーっと薄まったのだ。

もう生臭さは感じない。血の臭いもしなければ、息遣いも聞こえない。

さっきまでは気を抜けば立っていられなくなりそうなほどの怖さがあったのに、今は少しも恐怖を感じなかった。

「……なんで……なんでだよっ!!」

何の気配も感じなくなった虚空に向かって、三塚が叫ぶ。

だが、それだけだ。反応するモノなど存在せず、三塚の叫び声は反響することすらなく、むなしく空に吸い込まれて消えていく。

その間も大庭は足を止めることなく三塚に歩み寄り、見上げるほど大きな体が気がつけば三塚のすぐ目の前に聳《そび》えていた。

三塚が「……あ」と間抜けな声を上げるなり大庭に右の手首を握られ、うつぶせに組み敷かれる。腕をとられて肩の関節を逆向きに押さえつけられた三塚が、苦悶の表情を浮かべながらも首を後ろに向け、大庭に向かって叫んだ。

「ちょっと待てって！　こんなのは何かの間違いだっ！」

「何が間違いなものか。間違いなのはむしろ、怪異なんて不条理がこの世にあることのほうだ。――二三時一八分、逮捕だ。安心しろ、言いたいことがあるのならちゃんと取調室で聞いてやるさ」

つかんだ三塚の右手に、大庭が手錠を嵌《は》める。冷たい金属の感触を手首に感じるなり、三塚の体から力が抜けた。

観念して大人しくなったのかと大庭は思ったが、でも三塚がぼそぼそと何かを口の中でつぶやいていることにすぐに気がついた。

「……もさ、ど……ごほ………いんだろ？」

途切れ途切れの意味のわからない言葉を耳にしながら、大庭が三塚に忠告をする。

「余計なことを言うと身のためにならんぞ。おまえには一応、黙秘権もあるからな」

だがそんな大庭の言葉とは裏腹に、三塚は上体を反らし首を曲げて大庭の顔を見上げると、不敵な笑みを浮かべた。

「――でもさ、動物愛護法違反でしかないんだろ？」

「……なに？」

「俺は人を呪い殺したのに、でも捕まる理由は殺人罪じゃない。たかだか動物愛護法違反に過ぎないんだよな？　――だったらさ、やっぱり殺し得じゃんかよ。呪いはさ、コスパがいいんだよ。人を呪って殺せる俺は、あんな連中とは違うんだよ！」

よく見れば、さっきまでの歪《いびつ》な笑みと違って、額に脂汗を浮かべた今の三塚の笑みがただの強がりなことは明らかだった。

だがそれでも、大庭は頭に血が上った。〝殺し得〟なんて不埒《ふらち》にもほどがある言葉を耳にし、とっさにカッとなってしまった。

だから極《き》めたままの三塚の肩につい必要以上の力をかけようとしてしまい、でも寸前で思い留《とど》まった。それは三塚の頭の上に、いつのまにか自分のものではない手が乗っていて、驚いたからだった。

その手は芦屋のものだった。気がつけばすぐ隣に立っていた芦屋が手を伸ばし、三塚のキャップを脱がしてボサボサの髪の上から、三塚の頭に自分の手を置いていたのだ。

途端に、強がりの笑みを浮かべていた三塚の表情が固まった。表情だけではない、まるで時間でも止められたかのように、三塚の全身の動きが止まったのだ。

「おい、おまえは手を出すな！」

「……つれない言い方だなぁ。義憤に駆られた相棒が被疑者の肩を壊して始末書を書くんじゃ可哀想だから、こうして助けてあげたんじゃないか」

飄々《ひょうひょう》とした芦屋の言い分に、大庭が目を鋭くしつつもむっつりと押し黙る。

直後、芦屋が手を放すが、それでも三塚の身体は動かなかった。さりとて完全に止まっているわけではなく、目だけが忙《せわ》しなく動いている。

上下左右前後と余すところなく、三塚が目で周囲を探り続ける。何もない場所を行ったりきたりと三塚の目はぐるぐると回り続け、それから時間とともに三塚の顔色がどんどんと青く変わっていった。

「……おい、何をした」

「安心しなよ、呪詛《じゅそ》返しなんかしていないからさ。というか、こいつ相手には呪詛を返すまでもないしね」

大庭が「だから、何をしたんだ」と不快そうに繰り返すと、芦屋がなんとも陰湿な笑みを口元に浮かべた。

「彼の願いを叶えてあげただけのことだよ」

「……願い？」

「そう、彼は特別になりたくて特別な力を欲していただろ？　だからさ、普通の人には感じられないモノが感じられるように、少しだけ見鬼の才を開いてあげたのさ」

そう芦屋が口にした直後、これまでじっとしていた三塚がバネに弾《はじ》かれたかのごとくいきなり暴れ出した。

とはいえ大庭に右腕を組み敷かれた体勢からは逃げられない。しかしそれでも、水の中で溺《おぼ》れてもがいているかのごとく、両足と左腕をむやみやたらに振り回し始めた。

「――うるさいっ！　悪いのはおまえらだ、おまえらが俺を笑ったからだっ！　おまえたちは殺されて当たり前のことをしたんだよ！　だから俺は犯罪にはならない呪いでもって、おまえたちを殺したんだっ‼」

必死になって喚《わめ》いてもがく三塚だが、大庭とはあまりに体格差があり過ぎる。立ち上がって逃げたくとも、大庭の体重を前に完全に押さえ込まれていた。

「……つまり今の三塚には、自分が殺した同級生二人が視えているということか？」

「いや、彼には瞭子ちゃんほどの才能はないからね、視えやしないよ。でもさ、呪い殺された恨みで彼に取り憑《つ》きずっと囁《ささや》き続けている二人の怨嗟《えんさ》の声は、少しだけ特別になれた彼にも聞こえているんじゃないかな」

それまで無闇に振り回していた左手で、三塚が必死に自分の耳を塞《ふさ》いだ。

「やめろっ！　喋《しゃべ》るな、話すな、囁くなっ！　呪殺は犯罪じゃない！　呪いは罪に問われない！　だから俺は、何も悪くなんてない！　だから俺を恨むな！　憎むな！　黙れっ！　黙れっ！　黙れっ！　黙れっ！………頼むから、もう黙ってくれ！」

耳を押さえた程度で、恨みに満ちた死者の声が聞こえなくなるわけがない。

目尻《めじり》に涙をためてじたばたともがく三塚を前に、自業自得ながらも哀れな末路だと大庭は思った。

「だから言っただろ。『人を呪った報いってのは、必ず呪った奴の元に返るんだ』って」

芦屋がぼそりとつぶやくが、今や死者と生者の声が入り混じって聞こえるようになってしまった三塚は、もはや芦屋の声に何の反応も示さなかった。

「まったく……せめて調書をとってからやって欲しかったもんだ」

大庭が「これは骨が折れるぞ」とつけ加えた声を聞きつつ、瞭子は自分の命を脅かしていた一連の怪異がこれでようやく終わったのだと、そう確信していた。

12

「あなたたちが逮捕してきた直後に、どうして被疑者が突発性難聴なんていきなり発症するのか——その辺の理由を、ちゃんと説明してください！」

例によって呪詛対策班の部屋を訪ねてきた楠木が、向かい合って座る大庭と芦屋の机の狭間《はざま》にドンと自分の手を叩《たた》きつけた。

鼻息荒く捲《まく》し立てた楠木を間近に、大庭が困ったように苦笑する。

一方で、直接的な原因を作った芦屋は、いつものように涼しい顔で微笑んでいた。

実際のところ、楠木はだいぶ苦労をしたのだ。

逮捕された被疑者の警察の拘置時間は四八時間のみ。にもかかわらず三塚は、本庁に連れて来られるなり「死人の声がずっと聞こえんだよ、助けてくれよ！」と叫び続けたのだ。結果、まずは薬物検査が行われた。

検査の結果、当然ながら薬物の検出はなし。でも三塚の暴れようは尋常ではなく、そして嘘とも思えず、やむなく医療機関を受診させたところで下りた診断が、顕著な雑音の症状がみられる〝突発性難聴〟だったのだ。

突発性難聴は、主にウィルスや血流障害によって起きるとされている。ゆえに取調べ上での暴力などが疑われることはなかったものの、検査や受診でだいぶ時間をとられてしまったことで、ほとんど調書も巻けないまま三塚の身柄は検察に――すなわち楠木検事に書類送検されたのだ。

書類送検されたといっても、実際に三塚の身柄は警視庁にあるわけで、楠木の指示でもって大庭たちもまだまだ証拠集めに動く。でも楠木の責任は俄然《がぜん》重くなる。加えて初動の四八時間は診断でほぼ捜査ができなかったという重いビハインドを背負ったまま、二四時間以内に被疑者の身柄を勾留《こうりゅう》するか否かを判断しなければいけない。

だいたいの事情を聞いていた楠木が選んだのは、勾留だった。

しかしそれは完全な見切り発車であり、そこからもうてんやわんやで証拠集めに奔走し、どうにかこうにか三塚を起訴したのが昨日のことだったのだ。

「まあ、望むのであれば別に詳しい理由を語ってあげてもいいけど……でもきっと、花ちゃんは理由を訊《き》いたことを後悔すると思うよ」

芦屋が意地の悪く、そしてどことなく仄暗《ほのぐら》い笑みを浮かべた。

極度の怖がりである楠木は、芦屋のその不気味な笑みだけでぶるりと体を震わせて、それからたっぷり三秒ほど考えてから「はぁ」と重いため息を吐いた。

「……わかりました。やっぱり言わなくていいです、聞きたくありません。――あと、花ちゃんって呼ぶな」

腕を組んでなんとも難しそうな表情を浮かべる楠木だが、小刻みに震えている膝《ひざ》が芦屋の脅しに日和ったことを如実に示していた。

だが、それはそれとして。

「それで楠木検事、起訴された三塚はどうなりそうですか？」

大庭の問いに、楠木が腕を組んだまま難しい表情を浮かべて眉間《みけん》に皺《しわ》を寄せた。

「……正直言えば、彼の罪を立証するだけならまず問題はないです。例の高校のグラウンドより押収した、四つもの犬の首とその現場の穴の中からいっしょに発見された彼の髪の毛、初期のころこそ調書もとれずに手こずりましたが、参考人である母親の証言もあって勝算は十分です。――でも、問題はその先でしょうね」

「その先、と言いますと？」

「どれほど悪質だろうとも、今回の件は動物愛護法違反での初犯です。判決が下りても、まず間違いなく保護観察処分でしょう。おまけに突発性難聴を発症して意味不明な証言をしているのも、こちらには不利です。状況次第では心神喪失と判断され、極めて短い観察期間ともなりかねません。犯した罪の大きさにそぐわない判決が下りれば、それだけ反省も浅くなる――すぐにまた再犯をする可能性があります」

やや沈痛な面持ちで語った楠木だが、そこに割って入ったのは芦屋だった。

「いや、その点はだいじょうぶだと思うよ」

飄々としつつさらりと語った芦屋に、楠木が僅《わず》かに目を丸くした。

「どうしてですか？　なんでそんなにあっさりと、三塚慎滋が再犯をしないと言い切れるんですか？」

「そうだね……どうしてかと言うのなら〝自分に恨み言を囁く死者の声を増やしてまで、人を呪う度胸なんてあのクソガキにはない〟から、かな」

芦屋の意見を聞くなり、楠木が「聞くんじゃなかった」と言わんばかりに後悔の表情を浮かべた。そのまま頭痛を堪《こら》えるように眉間を指で揉んでいたら――コン、コンとノックの音がした。

部屋の中にいた三人がいっせいにドアへと目を向ける。返事をするよりも先にパーテーションのスチールドアが開き、室内に入ってきたのは大釜だった。

「おう！　悪いな、邪魔するぞ」

大庭と芦屋がほぼ同時にガバッと自席から立ち上がり「大釜さん！　どうしたんですか、今日は」と、捜査一課のベテラン刑事を出迎える。

最近の大庭と芦屋ときたら、自分がこの部屋に来てもろくに挨拶《あいさつ》もしなくなった癖に、それとはあまりに違う大釜への態度に対し、楠木はぐぬぬと歯噛《はが》みをした。

そんな楠木の内心など知る由もなく、大釜が近寄ってきた大庭と芦屋を前にしてぴしっと襟を正した。

「いやな、今回の件に関して、おまえら二人にまだ礼を言ってなかったと思ってな」

そう言うなり大釜が、大庭と芦屋の二人に向かって深々と頭を下げた。

「姪《めい》の瞭子を助けてくれて、本当に感謝している。何かあれば、今後も俺に相談をしてくれ。できる限りの便宜は図ってやるつもりだ」

「いやいや！　頭を上げてください、大釜さん。自分らは自分らの職務を遂行しただけのことです」

「そうですよ！　むしろあれは間違いなく僕たちが対応すべき事件でした。逆に教えてもらったことに、こちらが感謝したいぐらいです」

大庭と芦屋の二人が交互に話しかけるも、大釜は白髪交じりの頭を簡単には上げない。

「そうはいってもな、姪の暸子は俺の娘みたいなもんなんだ。その暸子を得体の知れないモノから守ってくれたおまえらには、ちゃんと礼を言っておかないと俺の気がおさまらねぇんだよ。それからさ――そっちの検事さんも、ありがとうな」

自分にもいきなり話の矛先が向き、楠木も「どうも」と軽く頭を下げた。

それからようやく頭を上げた大釜だが、その顔にはなんだか困ったような表情が浮かんでいた。

後頭部をボリボリと掻《か》きながら、芦屋に目を向ける。そのらしくない迷いのある仕草に、芦屋がほんの少しだけ首を傾げた。

「どうかしたんですか？」

「あぁ、いやな……礼のついでにっていうと、本当に申し訳ねぇ話なんだがよ。実は暸子の奴がいたく寂しがっていてな、小春にまた会いたいから連れてこいって、ここのところ毎日のように俺に電話してくるんだよ」

「……はぁ」

「それでよ、そのときには小春の飼い主にもぜひともお礼を言いたいって――必ず芦屋も連れてこいって、そう言って聞かないんだよ」

大釜が、どうにも困ったように苦笑した。それはきっと「小春に会いたい」という口実を使う、瞭子の本当の狙いがわかっているからだろう。

芦屋が「小春っ！」と愛猫の名を呼んだ。

途端に、定番の避難場所であるパーテーションの欄間にいた小春が、芦屋の机の上に跳び降りてきた。机の上に立つなり、せめて一撫《な》でせんと伸びてきた楠木の手をかい潜《くぐ》り、小春が芦屋の胸の中に飛び込む。

白い毛に覆われた顔を、シャツの襟元から覗《のぞ》く鎖骨に擦りつけてくる小春を抱えて、芦屋がさきほどの答えを大釜に返した。

「大釜さんの頼みですからね、本当は瞭子ちゃんにも会いに行ってあげたいところなんですが――でも残念ですけど遠慮しておきます」

「そうか。まあ、おまえがそういうなら仕方がねぇな」

大釜が少し残念そうに、でもどことなくほっとしたようにつぶやいた。

だがそこに茶々を挟み込んだのは、楠木だった。

「そうは言っても、その大釜さんの姪っ子さんだって、小春ちゃんとしばらく寝食を共にしていたんですよね？　猫と別れるのは寂しいものです。意地悪せずに連れていってあげればいいじゃないですか」

どうにも空気の読み切れていない楠木に、芦屋が実に困った風の苦笑を浮かべた。

「花ちゃんさ、猫は式神にならないって知ってる？」

「……式神？　いきなり、なに言ってんですか」

あまりに脈絡のない問いかけに、お決まりの「花ちゃんって呼ぶな」という台詞《せりふ》を楠木が言いそびれていると、

「首を切られてさえ命令に従ってしまう犬と違ってね、猫は基本的に性情が気まぐれだから、相手に束縛され続ける式神にはなかなかなってくれないんだよ。

でもさ、そこはまあ……小春は、雌なんでね」

瞬間、芦屋の肌に頰ずりをしていた小春が半眼となり、耳まで弧を描く形で口元をにぃと歪めた。

それは決して猫の骨格ではできぬはずの笑い方であり、なによりも――執念と執着、それから固執と執心の臭いが漂う、なんとも怖気《おぞけ》のしそうな笑みだったのだ。

まるで――彼氏を束縛し、彼氏に束縛されて満足をするストーカー気質の地雷女。

そんな気配が、猫のはずの小春からは立ち上っていた。

今の小春の笑みをまざまざと目にして、楠木がぶるりと背筋を震わせる。

――自分は、あんな得体の知れないモノに媚《こ》びていたのか。

大釜もまた小春の笑みを見てしまったらしく、塩の入った袋を懐から取り出すと、ピリリと破って急ぎ自分の身体に振りかけた。

「これだから、おまえらとは関わりたくねぇんだよ！　おかしなことが常日頃から起きやがる」

「わ、私だって認めませんよ！　猫があんな風に笑うとか……そんな怪談染みたことが、あるわけありません！」

そんな風に取り乱す二人に対し、大庭が神妙にうなずいた。

「奇遇ですね。まったくもって自分も同感ですよ。自分も怪異など認めたくなんかありませんし、それに——そんなもの、ないほうがずっといい」

真剣な顔をして語った大庭に、楠木も大釜も「おまえがそれを言うな」と、心からそう思った。

本作品は書き下ろしです。

警視庁《けいしちよう》呪詛《じゆそ》対策班《たいさくはん》　出向《しゆつこう》陰陽師《おんみようじ》と怪異《かいい》嫌《ぎら》いの刑事《けいじ》

竹林七草《たけばやしななくさ》

角川ホラー文庫　24145

令和6年4月25日　初版発行

発行者――山下直久
発　行――株式会社KADOKAWA
〒102-8177　東京都千代田区富士見2-13-3
電話 0570-002-301（ナビダイヤル）
印刷所――株式会社暁印刷
製本所――本間製本株式会社
装幀者――田島照久

●お問い合わせ
https://www.kadokawa.co.jp/（「お問い合わせ」へお進みください）
※内容によっては、お答えできない場合があります。
※サポートは日本国内のみとさせていただきます。
※Japanese text only

ISBN978-4-04-114501-2　C0193

角川文庫発刊に際して

角川源義

第二次世界大戦の敗北は、軍事力の敗北であった以上に、私たちの若い文化力の敗退であった。私たちの文化が戦争に対して如何に無力であり、単なるあだ花に過ぎなかったかを、私たちは身を以て体験し痛感した。西洋近代文化の摂取にとって、明治以後八十年の歳月は決して短かすぎたとは言えない。にもかかわらず、近代文化の伝統を確立し、自由な批判と柔軟な良識に富む文化層として自らを形成することに私たちは失敗して来た。そしてこれは、各層への文化の普及滲透を任務とする出版人の責任でもあった。

一九四五年以来、私たちは再び振出しに戻り、第一歩から踏み出すことを余儀なくされた。これは大きな不幸ではあるが、反面、これまでの混沌・未熟・歪曲の中にあった我が国の文化に秩序と確たる基礎を齎らすためには絶好の機会でもある。角川書店は、このような祖国の文化的危機にあたり、微力をも顧みず再建の礎石たるべき抱負と決意とをもって出発したが、ここに創立以来の念願を果すべく角川文庫を発刊する。これまで刊行されたあらゆる全集叢書文庫類の長所と短所とを検討し、古今東西の不朽の典籍を、良心的編集のもとに、廉価に、そして書架にふさわしい美本として、多くのひとびとに提供しようとする。しかし私たちは徒らに百科全書的な知識のジレッタントを作ることを目的とせず、あくまで祖国の文化に秩序と再建への道を示し、この文庫を角川書店の栄ある事業として、今後永久に継続発展せしめ、学芸と教養との殿堂として大成せんことを期したい。多くの読書子の愛情ある忠言と支持とによって、この希望と抱負とを完遂せしめられんことを願う。

一九四九年五月三日

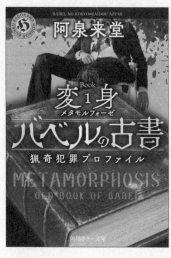

角の生えた帽子

宇佐美まこと

一気読み必至!! 人生を描く残酷怪談

何度も同じような悪夢を見る。それはさまざまな女をいたぶり殺すことでエクスタシーを覚えるという夢だ。ある日、その夢と同じ殺人事件が起こっていると知る。犯人として報じられたのは、自分と同じ顔をした別の名前の男だった——。運命の残酷さ、悲劇を描いた「悪魔の帽子」、松山が舞台の正統派ゴーストストーリー「城山界隈奇譚」など、惨くせつなく運命に巻き込まれてゆく人間たちを描く、書き下ろしを含む12篇。

角川ホラー文庫

ISBN 978-4-04-109692-5

妖琦庵夜話

その探偵、人にあらず

榎田ユウリ

人間・失格、上等。妖怪探偵小説の新形態!!

突如発見された「妖怪」のDNA。それを持つ存在は「妖人《ようじん》」と呼ばれる。お茶室「妖琦庵《ようきあん》」の主、洗足伊織《せんぞくいおり》は、明晰な頭脳を持つ隻眼の美青年。口が悪くヒネクレ気味だが、人間と妖人を見分けることができる。その力を頼られ、警察から捜査協力の要請が。今日のお客は、警視庁妖人対策本部、略して〈Y対〉の新人刑事、脇坂。彼に「アブラトリ」という妖怪が絡む、女子大生殺人事件について相談され……。大人気妖怪探偵小説、待望の文庫化!!

角川ホラー文庫

ISBN 978-4-04-100886-7

ホーンテッド・キャンパス

櫛木理宇

青春オカルトミステリ決定版！

八神森司は、幽霊なんて見たくもないのに、「視《み》えてしまう」体質の大学生。片想いの美少女こよみのために、いやいやながらオカルト研究会に入ることに。ある日、オカ研に悩める男が現れた。その悩みとは、「部屋の壁に浮き出た女の顔の染みが、引っ越しても追ってくる」というもので……。次々もたらされる怪奇現象のお悩みに、個性的なオカ研メンバーが大活躍。第19回日本ホラー小説大賞・読者賞受賞の青春オカルトミステリ！

角川ホラー文庫

ISBN 978-4-04-100538-5